KB108117

백설/공주 살인/사건

白ゆき姫殺人事件

백설 공주 살인 사건

초판 1쇄 펴낸 날 2018년 1월 16일　초판 2쇄 펴낸 날 2018년 4월 16일
지은이 미나토 가나에 **옮긴이** 김난주 **펴낸이** 박설림 **펴낸곳** 도서출판 재인 **디자인** 오필민디자인
등록 2003. 7. 2. 제300-2003-119 **주소** 서울시 강남구 언주로30길 13 대림아크로텔 1812호
전화 02-571-6858 **팩스** 02-571-6857

ISBN 978-89-90982-71-1　03830　Copyright ⓒ 재인, 2018 Printed in Korea.

책값은 뒤표지에 표시되어 있습니다. 잘못된 책은 바꿔 드립니다.

백설공주 살인사건

미나토 가나에

김난주 옮김

재인

1장

동료 1

〈가노 리사코〉

여보세요, 아직 안 잤어?

자고 있었다고? 그럼 당장 일어나. 문자로 끝낼 얘기가 아니야. 물론 긴급, 중대 뉴스지. 너 아니? 나 오늘 난생처음으로 경찰서에 가서 참고인 조사를 받았어.

교통 위반이냐고? 그런 시시한 일이 아니야. 그리고 내가 잘못한 일도 아니고.

시구레 계곡에서 일어난 사건 말이야.

딱 알아듣지 못하는 걸 보니 뉴스를 통 안 보는 모양이구나.

T 현의 T 시에 있는 시구레 계곡 숲속에서 시신이 발견되었다는 뉴스, 어제 크게 보도되었잖아. 시체가 열 군데 넘게 칼에 찔린 데다 석유를 뿌리고 태우기까지 했대.

그건 안다고?

그게 나랑 무슨 상관인지 모르겠다는 말이구나. 그렇겠지. 나도 어제는 뉴스를 보고 내가 사는 도시에서 저렇게 엄청난 사건이 일어났나 싶어서 좀 놀랐으니까. 아무리 시구레 계곡이 우리 집에서 차로 30분 거리라지만 설마 내가 아는 사람이 사건에 관련됐을 줄은 꿈에도 몰랐어.

그런데 회사에 형사가 찾아와서 그런 얘기를 들려주다니 말이야. 경찰이 왔다는 말을 듣고 무슨 절도범이 잡혔나 보다 생각했어. 과장이 불러서 회의실에 같이 갔을 때도 나는 누가 푸딩을 훔쳐 간 얘기를 할 작정이었어.

그랬는데 경찰이 시구레 계곡 사건 때문에 왔다잖아.

게다가 살인 사건의 피해자가 우리 회사 사람이라는 말을 들었을 때는 과장이 못된 농담을 하는 건가, 내가 꿈이라도 꾸고 있는 건가, 내 정신이 어떻게 된 건 아닌가 싶어 뺨을 꼬집어 봤다니까.

과장이 형사들을 소개했을 때야 그 말이 농담이 아니라는 걸 깨달았어. 삼사십 대 남자 둘이었는데, 우리 회사에 다니는 펑퍼짐한 아저씨들과 체형은 비슷했지만 눈초리는 완전히 다르더라. 둘이 동시에 나를 바라보는데, 옴짝달싹을 못 하겠더라고.

그런 상태로 피해자 이름을 들었어.

미키 노리코 씨.

잠깐 사이에 수도 없이 그 이름을 머릿속에서 되뇌어 봤을 거야. 아주 잘 아는 이름인데 되뇔 때마다 전혀 모르는 이름 같은 기분이 들더니 끝내는 그게 이름이란 것조차 인식할 수 없을 정도로 머릿속이 하얘졌어.

왜냐하면 그렇게 참혹하게 살해당할 거라고는 도저히 상상하기 힘든 사람이거든.

내가 2년 선배 중에 엄청 예쁜 사람이 있다고 말한 적 있지? 바로 그 사람이야.

미인이라서 원한을 산 거 아니냐고? 말도 안 되는 소리 마. 노리코 씨는 그런 싸구려 미인이 아니야. 노리코 씨가 얼마나 멋진 사람인지 얘기하라면 밤새도록 계속할 자신도 있어.

그런데도 노리코 씨에 대해 묻는 경찰한테 그저 그런 대답밖에 못 했어.

"친절하고 후배를 잘 보살피는 좋은 선배였습니다. 노리코 씨에게 원한을 품은 사람이 있다니 상상도 할 수 없어요."

그렇게 말이야. 형사도 내 말을 흘려들었을 거야. 그 사람들은 노리코 씨가 미인이라는 사실을 전제로 그녀에게 원한을 품을 만한 사람을 찾아다니겠지.

하지만 말이지, 노리코 씨는 얼굴만 예쁜 게 아니야. 백설 공주나 신데렐라같이 동화에 등장하는 예쁜 아가씨들은 모두 마음도 예쁘잖아. 세상 사람들의 태반은 그런 동화를 당연한 듯 읽으면서 자랐을 텐데 어째서 현실에서는 예쁘면 성격이 나쁠 거라고 단정해 버리는지 모르겠어.

하긴 나도 그런 사람 중 하나였지만 말이야.

우리 회사는 해마다 신입 여사원을 각 부서에 두 명씩 배치해. 그리고 같은 부서의 2년 선배들이 하나씩 맡아서 1년간 가르치도록 되어 있지. 사내에서는 그 이인조를 '파트너'라고 부르는데, 사제 관계를 상상하면 이해하기 쉬울 거야. 아니면 동아리 선배와 후배 관계라든지.

1년 선배는 그 후배들을 가르치지 못하도록 되어 있어. 왜, 중고등학교 동아리도 그렇잖아. 1년 선배는 신입생에게 무턱대고 군기나 잡으면서 거들먹거리지만 2년 선배쯤 되면 친절하게 대해 주잖아.

도대체 왜 그런 걸까. 게다가 1학년 때는 저렇게 되지 말아야지 생각하다가도 막상 2학년이 되면 후배들에게 똑같은 짓을 반복하고 말이야. 그런데 3학년이 되면 친절해지지. 1학년 때는 핍박을 당하다가 2학년이 되면 되갚아주고 3학년이 되어야 겨우 마음에 여유가 생기는 거야. 어느 세계에서나 짓밟지 않으면 성장하지 못한다는 뜻일까.

남자는 그렇지 않다고? 말도 안 돼. 너는 프리 라이터 같은 자유로운 일을 하니까 그렇게 생각하는 거야. 서로 치고받고 싸우다가 강둑에서 굴러 떨어지고는 마주 보면서 웃던 시대는 벌써 끝났어. 우리 회사 남자들을 보고 있으면 질투라는 한자는 부수를 계집 녀에서 사내 남으로 바꿔야 하지 않을까 싶다니까.

물론 휴게실에서 남의 험담 대회를 펼치는 건 여사원들이 맞아. 하지만 말이지, 사람들 앞에서 남 얘기를 하는 건 그나마 건전한 거야. 남자들은 대놓고 그럴 용기도 없어서 결국 인터넷에 익명으로 구질구질한 글을 올리잖아.

들리는 소문에 의하면 우리 회사에도 비공식 사이트가 있는 모양이야. '히노데 화장품'은 1부에 상장된 대기업은 아니지만 견실하고 가정적인 이미지를 내세우는 곳인데 그런 사실이 알려지면 평판이 땅에 떨어지겠지.

얘기가 옆으로 샜네. 내 파트너가 바로 그 노리코 씨였는데 지난 1년 동안 나한테 얼마나 잘해 줬는지 몰라.

처음 노리코 씨를 소개받았을 때는 너무 예뻐서 인사도 제대로 못 했어. 왜, 자기보다 높은 사람에게 먼저 말을 걸면 안 된다고 어른들이 그러잖아. 베르사유 궁전에서 마리 앙투아네트가 말을 걸어 주기를 기다리는 귀족, 아니 평민, 아니 아니다, 거의 노예 같은 심정이랄까. 기껏 취직했는데 앞길이 깜깜해서 울고 싶은 지경이었어.

나와 같은 부서로 배치된 동기 미 짱이 한없이 부러웠지. 미 짱의 파트너는 시로노 미키라는 수수하게 생기고 친절해 보이는 사람이었으니까. 그래그래, 그 사람도 미키야.

둘 다 미키지만 노리코 씨는 성이 세 그루의 나무라는 뜻의 미키고, 시로노 미키 씨는 이름이 아름다운 공주님이라는 뜻의 미키야. 서로의 이미지와는 정반대라서 혼란스러우니까 사람들이 미키 노리코 씨는 노리코 씨로, 시로노 미키 씨는 시로노 씨로 불렀어.

그런데 말이지, 일주일도 안 지나서 노리코 씨가 파트너라서 정말 다행이라고 생각하게 된 거야.

일도 친절하게 가르쳐 주고, 퇴근 후에는 자주 멋진 가게에 데리고 가서 맛있는 것도 사 주고 선물도 곧잘 줬거든.

노리코 씨는 부모님이랑 살기 때문에 돈을 쓸 일이 별로 없다고 했어. 하지만 쇼핑을 좋아하고 남에게 선물하는 게 취미라고 하더라. 아, 나도 그런 말 좀 해 보고 싶다. 다달이 월세랑 생활비로 월급이 대부분 사라져 버리는 이 신세라니.

대개는 가방이나 손수건 같은 걸 선물해 줬는데, 유명 브랜드 제품은 아니지만 품질이 좋고 사용하기도 편리한 것들이었어. 음식점도 괜히 격식을 차리는 곳보다는 분위기 좋고 맛있는 곳에 데려가 주었고. 술은 좋아하기는 하지만 별로 센 편이 아니라 가게마다 자신에게 맞는 한 잔을 개척하고 있다면서 마음에 드는 술을 내게도 맛보여 줬지.

화장법과 옷을 고르는 법도 가르쳐 줬어. 유명 브랜드 옷을 자주 입지 않기에 한번은 내가 "브랜드 같은 게 무슨 필요가 있겠어요."라고 한 적이 있어. 그랬더니 비싸다고 다 좋은 건 아니지만 중요한 순간에 최고로 보일 만한 옷 몇 벌쯤 갖춰 두는 게 좋다고 조언하더라. 이를테면 강약을 조절해야 한다는 거지.

그래서 나도 노리코 씨가 추천하는 편집 숍에서 프랑스 유명 브랜드의 원피스를 하나 샀어.

나는 시골에서 태어나 지방 국립대에 진학하고 졸업 후에는 곧장 현 내에서도 구석진 곳에 있는 회사에 취직하는 바람에 도시로 나갈 기회가 없었잖아. 그런데 노리코 씨와 함께 있으면 비록 시골에 살고는 있지만 자신이 점점 세련되어 가는 것처럼 느껴지는 거야.

너 지금 웃었지? 이젠 나도 고등학교 시절의 그 촌티 풀풀 나던 내가 아니란 말이야.

그런데 계속 받기만 하면 미안하잖아. 그래서 첫 보너스를 받았을 때는 내가 쏘게 해 달라고 했어. 그랬더니 노리코 씨가 뭐랬는지 알아?

"갚으려 하지 않아도 돼. 나도 신입 시절에 파트너인 선배가 참 잘해 줬어. 작년에 결혼하면서 퇴직했는데 정말 멋진 여자였지. 이 회사에 들어와서 그런 선배를 만난 게 정말 큰 행운이라고 생각했어. 나도 그 선배처럼 되고 싶어서 흉내를 내는 것뿐이니까 리사코 씨도 갚고 싶은 생각이 있다면 후배가 들어와서 파트너가 되었을 때 그 사람에게 잘해 주면 돼."

그러는 거야. 정말 멋진 사람 아니니? 아아, 눈물이 나올 것 같아.

그러다 보니 내내 신세만 졌어. 어쩌면 사회인이 된 이후에 나를 가장 잘 이해해 준 사람이 바로 노리코 씨였는지도 몰라.

내가 숫자에는 비교적 강하지만 실수를 곧잘 하잖아. 그런 부족함을 금세 알아차리고 매번 전표나 서류를 확인해 준 덕분에 지금까지 큰 실수 없이 지내 왔다고 생각해. 뿐만 아니라 내가 말해 준 것도 아닌데 내 취향까지 꿰뚫고 있었어.

요즘 세리자와 브러더스에게 푹 빠져 있다고 지난주에 내가 메일에 썼지? 주말에 도쿄에서 콘서트가 있으니까 생각 있으면 가서 보라고 말이야. 물론 네가 갈 거라는 기대는 안 했지만. 유튜브라도 검색해 봤어? 안 했다고……. 내가 괜한 짓을 했네.

개그맨이 아니야. 세리자와 유야와 마사야라는 형제 바이올리니스트야. 이삼십 대 여자들 사이에서는 아주 유명해. 앨범도 다섯 장이나 냈고 팬 클럽까지 있을 정도니까.

나랑 바이올린이 도무지 연결이 안 된다고? 하긴 그럴지도 모르지. 옛날의 난 문화적인 취미와는 거리가 멀었으니까.

연말이라 굉장히 바쁜 시기에 노리코 씨가 크리스마스 선물로 CD를 줬어. 클래식에 전혀 관심이 없었던 나는 노리코 씨가 이번에는 빗나갔구나 생각하면서도 일단 들어 봤지. 그런데 어찌 된 일인지 눈물이 줄줄 흐르는 거야.

뭐랄까, 누군가의 품에 포근히 안겨 있는 기분이었다고 할까. 괜찮아, 다 잘될 거야, 하고 격려해 주는 것처럼 말이야. 그 부드러운 음에 감싸여 있는 동안, 내가 이런 따스함을 원했었구나 하고 감격했어.

게다가 그 형제가 둘 다 참 잘생겼어. 두 사람의 이름을 합하면 우아하다는 뜻이 되는데 정말 그런 분위기를 풍긴다니까. 형인 유야는 나보다 세 살 많은 스물여섯이고, 동생인 마사야는 나랑 같은 스물세 살. 나는 유야파야. 소리는 마사야쪽이 더 섬세하고 좋지만 2월생이라서 패스. 학년이 같아도 연하는 역시 아니야. 고등학교 때 너랑 그렇게 사이가 좋았어도 안 사귄 건 내 생일이 너보다 석 달 빨랐기 때문일 거야.

이제 와서 그런 소리 하지 말라고? 미안, 미안.

연주회에도 한번 가고 싶은데, 지방 도시도 아닌 이런 촌구석까지는 안 오겠지.

오늘은 그 CD 들으면서 노리코 씨를 추억하다 자야겠다.

그런데 잠이 올까 모르겠네. 도대체 왜 그렇게 좋은 사람이 살해당해야 했는지 모르겠어. 내 얘기를 들으니 너도 그렇게 생각되지?

남자? 애인 말이야?

그러고 보니 그런 얘기는 들은 적이 없네. 아무리 친하게 지냈어도 내 쪽에서 사적인 일을 물어보지는 못하겠더라. 친한 사이에도 차려야 할 예의가 있잖아. 노리코 씨 쪽에서 먼저 자기 애인 얘기를 한 적도 없고 내게 애인이 있느냐고 물은 적도 없어. 그런 속된 얘기는 안 하는 사람이니까.

노리코 씨는 아름다운 것이나 맛있는 것같이 마음을 풍요롭게 해 주는 일에만 관심이 있었던 게 아닐까 싶어. 아무리 그래도 그렇게 예쁜 사람에게 설마 애인이 없을라고. 하긴 노리코 씨에게 어울리는 사람이 이 촌구석에 있을 것 같지도 않지만 말이지. 적어도 회사 내에는 없었다고 단언할 수 있어.

스토커? 그런 일로 고민하는 것처럼 보이지는 않았지만, 워낙 예뻤으니 어쩌면 있었을지도 모르지.

범인은 분명히 정신이 이상한 사람일 거야. 빨리 잡혔으면 좋겠어. 나는 그놈을 평생 증오할 거야. 내게서 소중한 사람을 빼앗아 갔으니까.

노리코 씨 같은 사람은 두 번 다시 만날 수 없을지도 몰라. 좀 더 오래 함께 지내면서 많은 걸 배우고 싶었는데. 다음 주에 맛있는 두부 집에 데리고 가 줄게, 라고 약속한 게 마지막 말이었어.

두부 같은 거 먹어 봐야 배도 안 부르다고? 어머, 말도 안 돼. 어쩌면 시노야마 계장이랑 똑같은 소리를 하니.

나는 술집에 가면 항상 튀긴 두부부터 주문하잖아. 얼마 전 회사의 같은 부서 사람들과 근처에 있는 선술집에 갔을 때도 그랬어. 코스 요리에는 튀긴 두부가 들어 있지 않다고 해서 말이지. 회사 사람들과 이제는 꽤 허물없어져서 내가 먼저 주문을 했거든. 그랬더니 시노야마 계장이 빈정거리는 투로 그러더라. 여자들은 아무리 먹어도 배가 부르지 않은 두부 같은 걸 왜 좋아하는지 모르겠다고. 제법 괜찮은 사람이라고 생각했던 터라 조금 충격이었어.

그랬는데 글쎄 노리코 씨가 자기도 두부를 좋아한다면서 맛있는 두부 집이 있으니 다음 주에 당장 가자는 거야. 참깨가 들어간 두부를 튀겨 준다나. 입에 넣는 순간 참깨의 풍미가 입안 가득 퍼지면서 따끈따끈한 두부가 혀에서 사르르 녹는다. 상상만 해도 군침이 돌아. 가게 이름은 못 들었어.

정말? 알아봐 주겠다고? 역시 전화하기를 잘했다. 이 얘기를 들어 줄 만한 사람이 너밖에 없다고 생각했어. 기분도 우울했는데 고마워.

같이 가자고? 이쪽으로 오겠단 말이야? 혹시 사건에 흥미가 있는 거야? 그렇다고 지금 한 얘기를 SNS에 올리거나 주간지 같은 데 팔아넘기면 절대 안 돼.

무책임하게 다룰 사건이 아니란 말이야. 알겠지?

그럼 잘 자.

*

여보세요, 나야. 시구레 계곡 여사원 살해 사건의 속보야.

그게 말이지, 노리코 씨가 살해당한 시각이 나랑 헤어지고 나서 몇 시간 후인가 봐. 또 한 번 식겁했지 뭐야. 지금도 손이 떨려서 휴대 전화를 떨어뜨릴 것 같아.

아니야, 걱정 마. 그래도 순서대로 잘 얘기할 수 있어.

우선 시구레 계곡 숲속에서 신원 불명의 사체가 발견된 때가, 너도 뉴스를 봐서 알겠지만, 3월 7일, 그러니까 이번 주 월요일 새벽이야. 산나물을 캐러 갔던 노부부가 발견했다나 봐. 그날 낮에 첫 뉴스가 보도되고 난 뒤 밤에 큰 소동이 벌어졌어. 그리고 9일 수요일 아침 뉴스에서 사체가 노리코 씨라고 발표했지. 그러나 실제로 신원이 밝혀진 건 8일, 화요일 아침이었어. 그날 밤에 내가 너한테 전화한 거야.

신원이 비교적 빨리 밝혀진 건 가족이 실종 신고를 했기 때문이래.

형사가 회사로 찾아와서 나를 비롯해 노리코 씨와 친했던 사람들에게 참고인 조사를 벌인 날이 화요일 오후였잖아. 지난번 통화할 때는 말하지 않았는데, 그때는 노리코 씨가 주말에 시구레 계곡에 갔다가 살해당한 줄 알았어.

시구레 계곡은 회사에서 차로 30분 정도 걸려. 걸어서 가면

네 시간 남짓? 우리 회사 복리 후생부에서 '시구레 계곡 걷기'라는 행사를 해마다 가을에 실시하는데 나도 참가한 적이 있어. 회사에서 시구레 계곡까지 걸어갔다가 도시락을 먹고 돌아오는 게 전부야. 시구레 계곡은 단풍이 아름답기는 했지만 그것 말고는 즐길 거리가 없었어.

하지만 노리코 씨는 거기서 영혼을 정화해 주는 기운이 느껴진다고 했어. 영적인 것에도 관심이 있었나 봐.

그래서 노리코 씨가 제 발로 시구레 계곡에 갔다가 누군가에게 습격을 당했다고 생각한 거지.

그런데 오늘 또 형사가 찾아와서 지난주 금요일 밤에 무슨 일이 있었는지 자세하게 얘기해 달라고 하는 바람에 노리코 씨의 사망 추정 시각이 그때라는 걸 알았어.

노리코 씨는 금요일에 밤늦게까지 집에 들어가지 않았고, 실종 신고는 일요일 밤에 접수되었대. 스물다섯 살 난 딸이 주말에 집에 들어오지 않았다고 주말이 끝나기도 전에 실종 신고를 한 걸 보면 평소에 어지간히 반듯하게 생활했나 봐.

나 같은 사람은 부모와 떨어져 사는 데다 피차 무소식이 희소식이라느니 하면서 거의 연락도 하지 않으니 어디서 죽어도 아무도 눈치채지 못할 거야. 뭐, 입사한 후로 지각한 적도 결근한 적도 없으니 월요일에 출근하지 않으면 알아차리려나.

노리코 씨도 월요일에 무단결근을 해서 내가 걱정을 많이 했어. 설마 살해당했을 줄은 꿈에도 몰랐지만 말이야.

얘기가 다시 금요일 밤으로 돌아가는데, 그날은 우리 부서 회식이 있었어. 명목은 송별회. 4년 선배인 마야마라는 사람이 출산을 계기로 퇴직하게 됐거든. 사실 본인은 출산 휴가를 받고 싶었는데 위에서 허락을 안 했나 봐.

그래서 과장도 어딘가 모르게 죄책감이 있었는지 전원 참석하라고 닦달했지. 그날 우리 부서는 아무도 야근을 하지 않고 6시 조금 지나 다 같이 회사에서 나와서 6시 반에 회사 근처에 있는 '물레방앗간'이라는 술집에서 회식을 시작했어.

맞다, 지난번에 내가 튀긴 두부 주문한 얘기, 해 줬지? 그게 그때 일이야.

두 시간쯤 걸려서 1차가 마무리되고 2차로는 '물레방앗간' 건너편에 있는 '노래 노래'라는 가라오케에 가게 되었어. 마야마 씨가 다 같이 마음껏 놀자고 하는 통에 후배들, 그중에서도 여사원들은 빠질 수 없는 상황이었지. 그런데 노리코 씨는 열이 좀 있는 것 같다면서 마야마 씨에게 양해를 구하고 1차가 끝난 후에 돌아갔어.

노리코 씨는 내 파트너이기도 하니까 바래다준다는 핑계를 대고 나도 그만 돌아갈까 했는데 미 짱이 하도 같이 가자고 졸라서 결국 회사 뒤에 있는 '꿈의 연극'이라는 바에서 3차까지 하게 됐어. 과장이 부어라 마셔라 하는 바람에 주말 내내 숙취로 고생하긴 했지만, 지금은 미 짱에게 고마워해야 할 판이지.

덕분에 나와 미 짱에게는 금요일 밤의 알리바이가 생겼잖아.

말이 이상하다. 알리바이라니. 나나 미 짱이 노리코 씨를 죽일 턱이 없는데 말이야.

아무튼 회사 사람들 중에도 2차나 3차까지 따라간 사람들은 내심 안도하는 눈치야. 그리고 1차로 끝낸 사람들은 누가 묻지도 않았는데 자신은 그 후에 집에 돌아가서 무슨 무슨 프로그램을 봤다느니 하며 그 내용까지 자세히 설명하지 않나, 아니면 술기운을 쫓으려고 역 앞 커피숍에 들러서 몇 엔짜리 뭘 마셨다느니 하면서 필사적으로 그날 밤 알리바이를 대려고들 한다니까.

1차 끝나고 돌아간 사람들의 목록을 만들어서 누가 제일 수상한지 쑥덕거리는 사람들도 있어. 노리코 씨가 살해당했다는 사실이 알려졌을 때는 다들 슬퍼하고 심각한 표정을 짓더니 겨우 이삼 일 지났을 뿐인데 이 상황을 즐기는 사람도 생겨났지 뭐야.

정말이지 얄밉기 짝이 없어.

그런데 내 생각에 우리 회사 사람이 범인은 아닐 것 같아.

회사에서 노리코 씨와 시간을 제일 많이 보낸 사람이 난데, 이런 사건이 벌어진 데다 사내에 범인이 있다면 내가 짐작하지 못할 리 없잖아.

그렇다고 묻지 마 살인도 아닌 것 같아.

뉴스에서 전문가가 그러는데, 십여 군데를 찌른 후에 석유를 뿌리고 불을 붙인 걸로 봐서 계획적인 범행으로 봐야 하지 않겠냐는 거야.

그렇다면 범인은 어디서 노리코 씨를 기다리고 있었을까. 다른 곳에서 살해한 후에 시구레 계곡으로 운반한 게 아니라 시신이 발견된 장소에서 살해당한 거라니까 시구레 계곡에 도착할 때까지는 노리코 씨가 살아 있었다는 얘기잖아. 거기까지 걸어갔다고 보기는 힘들고 차에 태워서 데리고 갔을 텐데 말이지.

자발적으로 차를 탔을까, 아니면 억지로 태웠을까.

회사에서 노리코 씨의 집까지 가려면 먼저 S역까지 걸어서 15분, S역에서 집 근처 G역까지 전철로 10분, G역에서 집까지 걸어서 3분이야.

차에 태워 갔다면 회사에서 S역 사이가 그나마 사람들 눈에 띄지 않는 곳이니까 그 구간에서 태웠을 가능성이 높다고 생각해. 하지만 금요일 밤에는 '물레방앗간'에 갔잖아. '물레방앗간'은 회사에서 역 반대 방향으로 걸어서 5분 거리야. 그렇다면 과연 어디서 숨어서 기다렸을까. 게다가 노리코 씨는 평소에는 대개 7시쯤 퇴근하지만 그날은 6시 조금 넘어서 회사에서 나왔어. 그리고 '물레방앗간'을 나온 시각은 8시 반 조금 넘어서고. 시간을 맞추기가 어렵지 않았을까 싶어. 그런데도 계획적인 범행이었을까. 아니면 혹시 범인이 회식이 있다는 사실을 알았던 걸까.

만일 그렇다면 역시 우리 회사 사람, 그것도 같은 부서 사람이 범인? 아아, 싫다, 싫어. 사람을 믿지 못하게 될 것 같아.

시간을 정해서 어디로 불러냈을 가능성? 그럴까……, 그랬을 수도 있겠네.

1차 끝나고 열이 좀 있는 것 같다면서 돌아간 건 핑계고 누군가 불러내서 그랬단 말이지? 그렇다면 노리코 씨는 자신의 의지로 범인의 부름에 응해서 차를 탔다는 뜻인데…….

그럼 스토커일 가능성은 사라지는 건가?

가령 범인이 노리코 씨에게 스토커 행위를 해 왔다 해도 노리코 씨는 그 사실을 전혀 몰랐다는 얘기네. 그리고 스토커는 아니었지만 범인이 노리코 씨를 죽이고 싶을 만큼 증오했다 해도 노리코 씨 자신은 그 사실을 몰랐을뿐더러 밤에 불러내는 데 응할 정도로 친근하게 느꼈다는 뜻이고 말이야.

휴대 전화에 착신 기록이 남아 있지 않을까? 그러고 보니 노리코 씨의 소지품이 어떻게 되었는지 모르겠네. 그날 노리코 씨가 무슨 가방을 들었더라⋯⋯, 아, 그래!

나, 방금 굉장한 게 생각났어.

금요일에 노리코 씨는 명품 가방을 들었고 옷도 아주 잘 차려입었어. 틀림없어. 노리코 씨와 같이 간 편집 숍에서 맨 먼저 눈에 들어온 니트 앙상블이 있었는데, 노리코 씨가 색감이 멋지다면서 먼저 집어 들더니 그대로 사 버렸기 때문에 나는 포기했거든.

하기야 내게는 사이즈도 좀 빠듯했지만.

그 니트 앙상블을 입고 있었어. 나도 같은 가게에서 산 원피스를 입고 왔으면 좋았을걸 하고 살짝 후회했거든. 그런데 생각해 봐. 송별회라고는 하지만 자기가 주인공도 아니고 그저 허름한 선술집에서 먹고 마시는 자리일 뿐인데 왜 굳이 그런 차림을 했을까? 화로구이가 주 메뉴인 가게라 옷에 냄새도 밸 텐데 말이야.

혹시 누가 갑자기 노리코 씨를 불러낸 게 아니라 애초부터 누군가와 만날 약속이 있었던 것 아닐까? 잘 차려입고 만날 만한 상대와 말이야. 주말이기도 했고. 송별회가 나중에 잡힌 건지도 몰라. 역시 애인이었을까.

그럼 노리코 씨는 잘 차려입고 만날 만한 상대에게 살해당했다?

그건 너무 딱하다.

있잖아, 옷에 대해서 경찰에게 말하는 게 좋을까?

대신 휴대 전화나 그 밖의 소지품이 어떻게 됐는지 물어보라고? 왜 내가 그런 탐정 같은 짓을 해야 하는데? 하긴 뉴스 속보를 봐도 별 진전이 없는 것 같던데, 수사에 얼마나 진척이 있는지 궁금하기는 하네.

역시 옷에 대해서 말해야겠어.

물론 오늘 한 얘기도 공표 금지야. 만마로랑 네 블로그랑 꼼꼼히 체크할 거니까 알아서 해.

그런데 이쪽엔 언제 올 거야? 우리 집에서 묵어도 되니까 날짜 정해지면 연락해.

그럼 잘 자.

*

여보세요, 나야. 엄청난 정보를 입수했어.

어젯밤에 미 쨩이 우리 집에 왔거든. 리사코네 집에서 한잔 해도 되니, 그러면서 말이야. 미 쨩은 부모님이랑 사는데 집안이 엄격해서 여자가 술 마시는 걸 탐탁지 않아 하신대. 하지만 이번에는 술이 목적이 아니라 사건에 대해 얘기하고 싶어서 왔다는 걸 금방 알겠더라.

미 쨩은 노리코 씨와 나만큼 친하지 않았거든. 그래서 참고인 조사도 안 받았기 때문에 형사가 내게 뭘 물었는지, 내가 사건에 관해 어떤 정보를 갖고 있는지, 그런 것들이 궁금하지 않았을까 싶어. 왜냐하면 미 짱은 남의 말 하기를 좋아하거든. 신입 사원 때 이미 휴게실 주요 멤버로 떠올랐을 정도야.

미 짱은 이 지방 사람이라서 상사의 가정 사정 등에 대해서도 곧잘 정보를 얻거든. 그래서 나한테도 누가 누구와 밀회 중이라든가 그런 걸 곧잘 가르쳐 주었는데 이번에는 내가 정보를 더 많이 아는 것 같으니까 약이 바짝 올랐구나 싶어서 나는 살짝 우월감에 빠졌어.

그런데 천만의 말씀. 미 짱이 우리 집에 들어서자마자 나한테 뭘 묻기는커녕 자기가 추리한 내용을 늘어놓는 거야. 그것도 범인까지 지목하면서 말이지.

미 짱은 시로노 미키 씨가 노리코 씨를 살해한 범인일 거라고 했어.

근거는 무엇보다 시로노 미키 씨가 금요일 밤에 1차만 하고 돌아갔다는 점. 송별회의 주인공인 마야마 씨가 시로노 씨의 파트너였거든. 그렇다면 시로노 씨도 끝까지 함께하는 게 당연하잖아. 그런데 1차가 끝나기 무섭게 인사도 제대로 하지 않고 허둥지둥 가 버리는 바람에 무슨 일이 있나 하고 마야마 씨가 신경이 쓰였던 모양이야.

게다가 시로노 씨는 이번 주 내내 회사에 나오지 않고 있어. 월요일 아침에 회사로 전화해서 어머니 건강 상태가 좋지 않아 일주일간 휴가를 내겠다고 했대. 전화를 받은 과장이 난감해하는데 어머니가 위독하다는 말만 남기고 전화를 끊어 버렸다는 거야.

나도 화이트보드에 쓰여 있는 걸 보고 시로노 씨가 휴가 중이라는 건 알았지만 설마 그렇게 갑작스럽게 휴가를 냈으리라고는 생각을 못 했어.

아무리 그래도 그런 이유만으로 시로노 씨를 범인으로 단정하기는 좀 그렇잖아. 금요일 밤에 서둘러 돌아간 건 어머니 일로 집에서 연락이 왔기 때문일지도 모르고, 지금도 간병하면서 뉴스를 통해서 노리코 씨 일을 알고 놀라고 있는지도 모르고 말이야.

그런데도 미 짱은 시로노 씨 범인설을 굽히지 않았어.

시로노 씨가 시구레 계곡 근처에 있는 아파트에 살면서 자기 차로 통근한다는 거야. 그야 나도 알고 있었지. 갓 입사했을 무렵 가전제품을 사러 갈 때 차를 얻어 탄 적이 있는데 그때 내가 시로노 씨한테 주차비가 많이 들지 않느냐고 물어봤거든.

역에서 멀리 떨어진 아파트라 임대료가 싸서 주차 비용까지 합해도 회사에 걸어서 다닐 수 있는 가노 씨의 아파트보다 돈이 덜 들 거라는 게 그때 시로노 씨의 대답이었는데, 설마 시구레 계곡 근처에 살고 있을 줄이야.

노리코 씨도 시로노 씨의 차라면 경계하지 않고 탔을 거다. 시구레 계곡 방면으로 가도 수상하게 여기지 않았을 테고, 이상하다는 생각이 들었을 때는 이미 인적이 끊겨서 도움을 청할 수도 없었을 거다. 시구레 계곡에서 내린 다음 숲속으로 끌려가 살해당했을 거다.

미 짱은 그렇게 추리했어.

하지만 말이야, 물리적으로는 가능하다고 해도 중요한 건 역시 살해 동기잖아.

시로노 씨와 노리코 씨는 입사 동기고 내 눈에는 두 사람이 아주 사이가 좋아 보였어. 조금 전에 말했듯이 내가 가전제품을 사러 갈 때 시로노 씨에게 차를 태워 달라고 부탁한 사람도 노리코 씨였고, 그때 시로노 씨도 싫은 표정 하나 짓지 않고 같이 쇼핑을 해 주었단 말이지. 그리고 나랑 노리코 씨, 시로노 씨, 미 짱, 이렇게 넷이 점심을 먹은 적도 있어.

그런데도 미 짱은 확실한 동기가 있다면서 자신만만해하더라.

치정에 얽힌, 그야말로 원한. 작년 봄 우리가 입사했을 무렵, 시로노 씨와 시노야마 계장이 사귀었대. 그래, 맞아. 내가 튀긴 두부를 주문했을 때 빈정거렸던 사람 말이야. 나이는 스물여덟인가 아홉. 외모가 우리 회사에서는 잘생긴 편이어서 여사원들에게 인기가 많아. 그래서 시로노 씨와 사귀었다는 말이 영 믿기지 않더라.

시로노 씨는 못생긴 편은 아니지만 예쁘거나 귀엽지도 않은, 지극히 평범하고 수수한 사람이거든. 미 짱 네가 아무리 정보통이라지만 그 소문은 가짜가 아닐까? 하고 의심스러워했더니 미 짱이 시로노 씨 본인한테 직접 들었다는 거야. 미 짱이 믿기지 않는다는 얼굴을 했더니 시로노 씨가 뭐라고 했는 줄 알아?

남자란 여자가 직접 만든 음식을 세 번 먹이면 넘어오게 되어 있어.

그렇게 말하더래. 아닌 게 아니라 시로노 씨는 거의 매일 도시락을 싸 왔는데, 냉동식품이나 레토르트 식품을 쓰지 않고 굉장히 공들여서 싸 왔어. 1일 30품목(하루에 30종류의 식품을 섭취해서 균형 잡힌 식생활을 하자는 뜻으로, 1985년 일본 후생성이 발표한 '건강 증진을 위한 식생활 지침'에서 내건 슬로건—옮긴이)을 도시락 하나로 전부 해결할 수 있겠다 싶었을 정도야. 자기 혼자 먹을 도시락을 저렇게 공들여 싸는구나 하고 감탄했는데 사실은 두 개를 싸와서 그중 하나를 시노야마 계장에게 건넸을지도 모르지.

그랬는데 두 사람이 지난여름에 헤어진 모양이야. 무슨 일이 있었는지는 미 짱도 캐묻지 못했지만, 상대가 노리코 씨라면 어쩔 수 없잖아, 그러더라는 거야.

노리코 씨는 점심을 나가서 먹는 부류여서 음식 솜씨가 어떤지는 잘 모르겠지만 그 정도 미식가라면 분명히 스스로 요리도 할 테고, 그렇다면 시로노 씨로서는 승산이 없지.

어쩌면 시노야마 계장이 일방적으로 노리코 씨를 좋아하게 되어서 시로노 씨와 헤어졌는지도 몰라. 시노야마 계장이 아무리 인기가 있다 해도 노리코 씨와는 어울리지 않거든.

하지만 시로노 씨 입장에서는 시노야마 계장 정도 되는 사람과 사귀기가 좀처럼 어려울 테니 헤어진 후에도 미련이 남았을 수 있어. 감정적으로 처신할 사람은 아니니 겉으로는 노리코 씨와 아무렇지 않게 지냈어도 내심으로는 굉장히 분하게 여겼을지 모르지.

그리고 시노야마 계장 일은 차치하더라도 시로노 씨로서는 노리코 씨에 대한 심정이 복잡하지 않았을까 싶어. 한 부서에 신입 사원이 두 명씩 배치된다고 했잖아. 그 둘이 처음에는 하나에서 열까지 비교되거든.

나는 상대가 미 짱이어서 비교적 편했어. 미 짱은 숫자에 약한 데다, 성격은 명랑하지만 눈치가 빠른 편이 아니라서 말이지. 그런데 만일 같이 배치된 동기가 노리코 씨였다고 생각해 봐. 매사에 자신감을 잃게 되지 않겠어? 내게는 노리코 씨가 선배이고 동경하는 언니 같은 존재니까 내 부족함을 의식하지 않고 무슨 일이든 칭찬할 수 있지만 동기라면 그러기 쉽지 않을 거야.

시로노 씨가 그렇게 수수한 건 어쩌면 노리코 씨와 같이 있기 때문일지도 몰라.

둘이 함께 차를 끓여도 남자 사원이라면 누구나 노리코 씨가 갖다 주기를 바랄 거라고 지레짐작하고 누가 뭐라는 것도 아닌데 스스로 뒤로 물러났을 것 같아.

정말로 심하게 못생겼다면 상대가 노리코 씨냐 다른 여사원이냐에 관계없이 그런 사고에 젖어 특정인을 원망할 일도 없겠지만 시로노 씨 같은 경우는 비교 대상이 노리코 씨만 아니라면 그렇게까지 비굴해질 필요가 없거든.

그러니 노리코 씨만 아니었다면, 노리코 씨만 없다면, 하고 노리코 씨라는 존재 자체를 미워하는 마음이 입사 이래로 매일 조금씩 쌓여 왔다고 해도 이상할 게 없지.

그런 마당에 실연을, 그것도 노리코 씨 때문에 한 거야.

그래도 그렇지, 칼로 마구 찌르고 그것도 모자라 불까지 지르다니. 그것도 실연한 지 반년 이상 지난 다음에?

미 짱에게도 그렇게 말했어. 그랬더니 미 짱 말이, 시로노 씨가 정상이 아니라는 거야. 그러면서 회사에서 있었던 도난 사건 얘기를 꺼냈어.

도난 사건이라고는 하지만 경찰에 신고할 만큼 대단한 건 아니야. 맨 처음 사건이 일어난 건 작년 9월 초, 생일 파티 다음 날이었어. 우리 부서에서는 매달 한 번씩 생일 파티를 해. 참 가정적이지? 그래 봐야 천 엔씩 내서 그달에 생일이 있는 사람에게 커피 잔 같은 자그만 걸 선물하고 다 같이 케이크를 먹을 뿐이지만. 그런데 의외로 다들 즐거워해.

케이크를 세 개 사서 생일인 사람이 잘라 나눠 주는데, 9월에는 생크림에 딸기와 멜론과 밤이 올라간 케이크였어. 매번 부서 사람 모두가 나오는 게 아니라서 그날 출근한 사람들이 전부 먹게 되어 있는데, 작년 9월에는 그달이 생일인데 파티 날 갑자기 출장을 가게 된 사람이 있어서 그 사람 몫을 남겨 놓기로 했어.

미 짱이 접시에 케이크 한 조각을 담아 랩을 씌워서 휴게실에 있는 냉장고에 넣어 두었어. 원래 케이크 한 조각마다 딸기나 멜론, 밤 중에서 한 가지만 얹혀 있는데 그날 남긴 그 한 조각에는 세 가지가 전부 얹혀 있었어. 생일 파티에 참석하지 못해서 안됐다고 친한 사람들이 자기 몫을 올려놓은 거지.

다음 날 그 사람이 출근해서 점심때 자기 몫의 케이크를 가지러 갔어. 그런데 접시에 누런 밤 한 톨만 덩그러니 놓여 있더라는 거야. 그 사람이 모두들 듣는 데서, 내 케이크 먹은 사람 누구야! 하고 소리를 질렀지만 아무도 나서는 사람이 없었어.

누군가 무심코 먹었다가 민망해서 나서지 못한 모양이라

고 생각할 수도 있겠지만 그러기에는 남긴 모양새가 너무 얄미웠어. 먹으려면 깨끗하게 먹고 접시를 씻어서 싱크대에 갖다 두면 좋았을 것을, 빵 부스러기와 생크림이 지저분하게 들러붙은 접시에 밤만 남긴 채 냉장고에 도로 집어넣었으니 말이야.

게다가 밤에는 생크림이 묻어 있지 않았어. 케이크 위에 얹혀 있었으니까 밤을 빼놓고 먹었다 해도 생크림이 묻어 있어야 하잖아. 다시 말해 크림만 싹 핥아 먹고 접시에 도로 뱉었다는 얘기지.

뭐, 다른 사람들은 거기까지는 알아차리지 못했는지, 밤을 싫어하는 사람이 범인일 거다, 다음 달 케이크로는 몽블랑을 사서 범인이 누구인지 확인하자, 그렇게 우스갯소리로 마무리되었어.

그런데 그 후로 이상한 일이 심심찮게 생기기 시작한 거야.

우선 휴게실 냉장고. 여사원들은 편의점에서 사 온 디저트나 선물로 받은 과자의 포장지에 매직으로 이름을 써서 냉장고에 넣어 두거든. 그런데 사흘에 한 번꼴로 뭔가가 없어졌어.

내 푸딩도 없어진 적이 있어. 우유 맛과 말차 맛, 두 개를 선반 깊숙한 곳에 나란히 넣어 두었는데 먹으려고 냉장고를 열었더니 말차 맛밖에 없는 거야.

차라리 통째로 없어지면 그나마 낫지. 없어졌다고 화를 내면 그만이니까. 아이스크림을 딱 한 입만 먹거나, 과일 젤리에서 과일만 쏙 빼먹는 경우도 있었어. 그럴 때는 화가 난다기보다 기분이 나쁘잖아.

조회 시간에 이런 유치한 장난은 그만두라며 정체를 알 수 없는 범인에게 경고한 사람도 있었지만 전혀 효과가 없었어. 그렇다고 사내에 방범 카메라를 설치해 달라거나 경찰에 신고할 정도의 일은 아니라서 그 후로는 다들 냉장고에 아무것도 넣지 않게 되었지.

그랬더니 이번에는 책상 서랍에 있는 물건이 없어지기 시작한 거야. 여러 과일 맛이 섞인 목캔디 중 복숭아 맛만 없어진다든지, 초콜릿에 한 입 베어 문 자국이 있다든지. 처음에는 먹을거리만 그랬는데 점차 사무용품에까지 피해가 미치게 되었어. 분홍색 편지지만 없어지거나 샤프펜슬에서 심만 없어지거나. 그렇게 말이야.

범인을 찾겠다면서 몰래 카메라를 설치한 사람도 있었지만 별 성과는 없었어.

그러다가 다들 무감각해졌는지 피해를 당해도 별로 신경을 쓰지 않게 되었지. 부서 내에 누군가가 스트레스 때문에 마음의 병이 생긴 나머지 무의식중에 그런 짓을 하는 게 아닐까, 어떤 직원이 그렇게 말하자 다들 그럴 수도 있겠다고 납득하는 분위기였어.

그런데 미 짱은 그 범인이 바로 시로노 씨라는 거야.

하긴 여사원들은 범인이 여자일 거라고 예상하고 있었어. 다들 생리용품을 파우치에 담아서 화장실 선반에 넣어 두는데 그게 없어진 적도 있으니까.

물론 그런 짓을 하는 남자도 있을 수 있겠지만, 업무 시간에 없어진 적도 몇 번 있으니 여자 화장실에 남자가 드나들었다면 누군가는 알아차렸겠지.

그렇다고 그걸 시로노 씨와 결부하는 건 좀 이상하지 않나?

미 짱이나 나 역시 용의자의 한 사람일 수 있는데 말이지. 하지만 미 짱은 진즉부터 시로노 씨를 수상하게 여겼다는 거야.

10월 생일 파티 날에는 정말로 몽블랑을 준비했는데, 하나도 남기지 않고 다 먹어 치우는 바람에 밤을 싫어하는 사람이 누군지 밝혀내지 못했어. 하기야 그런 상황에서 누가 밤을 남기겠어. 범인이 아닌데 밤을 싫어하는 사람이 있었다면 정말 괴로웠을 거야.

그런데 미 짱 말로는 그날 시로노 씨가 거래처에 서류를 전달하러 나가서 회사에 돌아오지 않고 곧바로 퇴근했다는 거야. 생일 파티는 늘 업무 종료 시각인 6시에 시작되거든.

하지만 그건 우연일지도 모르잖아. 거래처에서 곧바로 퇴근해도 되는데 케이크 한 조각 먹겠다고 회사로 돌아오는 게 오히려 이상하지 않나? 자기 생일 파티도 아닌데 말이야.

그리고 시로노 씨도 피해를 당했다고 말하는 걸 들은 적이 있어. 분명히 냉장고에 넣어 둔 슈크림이 없어졌다고 그랬어. 아무도 가져가지 못하도록 봉투에 매직으로 커다랗게 '독 들었음'이라고 써 두었는데 말이지.

미 짱은 그것도 다 거짓말이라고 하더라. 시로노 씨가 싸오는 도시락만 봐도 알 수 있듯이 그녀는 건강을 끔찍하게 생각하는 사람이라서 간식을 먹는 일이 거의 없다면서 말이야. 출장 갔다 온 사람이 선물로 나눠 준 과자 같은 건 먹는 시늉이라도 하지만 제 손으로, 그것도 편의점 슈크림 같은 걸 사 들고 온 일은 그때뿐이었다는 거야.

그런 걸 누가 가져가지 못하게 한다면서 모두가 보는 앞에서 '독 들었음'이라고 쓴 건 자신도 피해를 당했다고 주장하기 위한 사전 준비였다고밖에 생각할 수 없대.

그래도 그 일 하나로 시로노 씨를 범인으로 모는 건 왠지 그래. 평소에 싫어하던 것도 어느 날 불쑥 먹고 싶어질 때가 있잖아. 나도 일본 전통 과자를 싫어하는데, 1년에 한 번쯤은 느닷없이 찹쌀떡이 먹고 싶어지기도 한단 말이지. '독 들었음'이라고 쓰는 알량한 짓을 한 사람이 시로노 씨 한 명뿐이었던 것도 아니야. 사탕 봉지에 압핀이나 변비약을 넣어 둔 사람도 있었는걸.

다만 시로노 씨는 야근을 마다하지 않는 편이어서 혼자 남아 일할 때가 많았고, 아침에도 꽤 이른 시각에 출근했으니까 그런 짓을 할 시간이 널렸다고 할 수는 있지. 안됐어. 남들보다 열심히 일한 게 오히려 해가 되다니.

노리코 씨는 피해를 입은 적이 없냐고?

왜 없겠어. 노리코 씨도 군것질을 많이 하는 편이 아니라서 간식을 도둑맞은 적이 있는지는 모르겠지만, 세리자와 브러더스의 오리지널 상품인 볼펜이 없어졌을 때는 낙심이 이만저만 아니었어.

바이올리니스트가 웬 볼펜이냐고? 세리자와 브러더스는 직접 작곡도 하거든. 평소에는 컴퓨터를 사용하지만, 자연의 기운이 넘치는 곳에 가면 하늘에서 멜로디가 쏟아져 내려온다나. 그래서 그 멜로디를 적어 두려고 천연목으로 된 볼펜을 만들기 시작했대.

범인이 그 볼펜에 그만한 가치가 있다는 걸 알았는지 어땠는지는 몰라. 아니, 아마 몰랐을 거야. 겉보기에는 보통 연필과 비슷하게 생겨서 별로 비싸 보이지 않았거든.

그 볼펜이 한 자루에 5천 엔이라고 하니까 없어진 물건 중 제일 비쌌을 거야. 나머지는 대개 몇백 엔짜리였고.

나는 도난 사건과 노리코 씨 사건은 별개라고 보는데 미 짱은 둘 다 시로노 씨가 범인이라고 단정하고 있어. 하도 자신

만만하게 지론을 펼치기에 경찰에도 그 사실을 말할 줄 알았는데 그러지는 않겠대.

자신이 문제의 발단이 되기는 싫은 거지. 그럴 거야. 범인이 정말로 시로노 씨라고 밝혀져서 체포되면 미 짱이 시로노 씨에게 원망을 들을 거 아냐. 감옥에 가더라도 사형이 아니고 언젠가 출소하게 되면 맨 먼저 복수할 것 같아 무섭기도 할 테고.

나도 결국은 노리코 씨 옷에 대해서 아무 말 안 했잖아.

그렇다고 너한테 경찰에 알려 달라고 부탁하는 건 아니니까 괜한 짓 하지 마. 정보를 흘린 사람이 나라는 게 밝혀지면 시로노 씨에게 원망을 들을 사람은 미 짱이 아니라 내가 될 테니까.

아아, 차라리 시로노 씨가 범인이라면 좋을 텐데. 스토커나 정체 모를 남자가 범인이라면 무서워서 돌아다니지도 못하고 밤에 잠도 못 잘 것 같아.

내가 무서워하는 이유를 모르겠다고?

나만큼 노리코 씨에 대해서 잘 아는 사람이 없거든. 살해당한 이유는 모르지만 범인이 그렇게 생각하겠어?

부탁이야. 두부는 됐으니까 하루라도 빨리 이쪽으로 와 줘. 기다릴게.

그럼 잘 자.

*

    여보세요. 나야. 경찰이 드디어 시로노 씨를 추적하기 시작했어.

    미 쨩이 밀고한 건 아니야. 나도 당연히 아니고. 목격 증언이 있었나 봐.

    시스템 관계로 회사에 출입하는 업자 중에 마키타라는 남자가 있는데, 그 사람이 금요일 저녁 8시 반 넘어서 회사 주차장에서 노리코 씨가 어떤 여자와 차에 타는 걸 봤대. 노리코 씨가 조수석에, 그 여자가 운전석에 앉았고 차는 곧 출발했다는 거야.

    마키타 씨는 인터넷 뉴스를 통해 시구레 계곡 여사원 살해 사건에 대해 알고 있었지만, 피해자의 이름을 보고도 처음에는 누군지 몰랐대. 그런데 며칠 전 주간지에서 노리코 씨 얼굴 사진을 보고 그날 밤 일이 떠올랐나 봐. 어둠 속에서 봤는데도 하도 예뻐서 어느 부서 사람일까 하고 궁금증이 일었대. 그 사람의 증언을 토대로 차의 색깔과 여자의 특징을 대조한 결과 함께 있던 여자가 시로노 씨일 것이라고 추정하게 된 거지.

    미인은 어디 있건 눈에 띄기 마련인가 봐.

    지금 우리 회사는 어딜 가나 그 사건 얘기뿐이야. 다들 입을 열 기회만 노리고 있었던 거 아니겠어. 미심쩍은 일이 있어도 곧장 경찰에 증언할 수 있는 게 아니라는 걸 이번에 알았어.

마키타 씨도 우리 회사 사람한테 "그러고 보니 금요일 저녁에……." 하며 지나가는 말처럼 가볍게 이야기를 꺼내 놓고 눈치를 살폈는데, 그런 얘기는 경찰에 알리는 게 좋지 않겠냐는 분위기여서 다음 날 경찰에 전화를 했대.

정말 엄청나게 중요한 목격 증언이지?

1차만 끝내고 나온 노리코 씨와 시로노 씨는 일단 회사로 돌아갔어.

시로노 씨는 회사 주차장에 차를 가지러 갔을 테고, 노리코 씨 역시 '물레방앗간'에서 역으로 가는 도중에 회사가 있어서 들렀다고 봐도 이상할 건 없지.

그리고 두 사람은 시로노 씨 차를 타고 회사를 떠났대.

노리코 씨가 왜 시로노 씨 차를 탔는지는 의문이지만, 시로노 씨라면 무슨 말을 해서든 노리코 씨를 차에 태울 수 있었을 거야. 몸이 좋지 않다는 노리코 씨를 역까지 데려다주겠다면서 태웠을 수도 있고. 걸어서 15분이면 만만찮은 거리니까 말이지.

하지만 실제로 향한 곳은 시구레 계곡인 거야.

노리코 씨를 죽이기 위해서? 아아, 끔찍해.

살해하는 장면은 일단 생략하고, 그 후 시로노 씨는 어떻게 되었느냐.

그게 말이지, 역 앞 도로에 세워져 있던 시로노 씨 차가 토요일 새벽에 견인되었다는 거야. 게다가 조수석 밑에서 노리코 씨 지갑이 나왔대. 노리코 씨 핸드백에는 지퍼가 달려 있었다는데, 그렇다면 어쩌다 보니 지갑이 튕겨 나온 게 아니라 두 사람이 차 안에서 몸싸움을 벌였다는 증거 아닐까.

아무튼 차는 발견되었어. 그렇다면 시로노 씨는 대체 어디 있는 걸까.

목격 증언은 그것뿐이 아니야. 모두들 첫 번째 증언자가 되고 싶지는 않지만 두 번째부터는 별 부담이 없나 봐. 그다지 도움도 안 되는 정보가 계속 밀려드는 눈치야.

그 가운데 시로노 씨에 관한 중요한 증언을 한 사람이 우리 부서의 오자와라는 남자야. 노리코 씨나 시로노 씨와는 동기지.

그 사람도 1차만 끝내고 돌아간 무리 중 하나인데, 과장이 계속 술을 권하는 바람에 너무 취해서 술을 깨려고 역 앞 커피숍에 들어갔나 봐. 곤드레가 된 채 집에 가면 새색시가 화를 낸다나.

창문으로 역이 내려다보이는 2층 카운터 자리에 앉아서 아이스 캐러멜 마키아토를 마셨는데 정신을 차리고 보니 엎드려서 잠이 들었더래. 퍼뜩 눈을 뜨고 시계를 보니 10시가 넘었더라는 거야. 1차만 끝내고 돌아가기로 신부랑 약속한 터라 이거 큰일 났네, 하면서 일어서다가 우연히 창밖을 봤는데, 시로노 씨가 역을 향해 헐레벌떡 뛰어가고 있었대. 커다란 가방을 양손으로 안고서.

월요일에 출근해서 화이트보드에 시로노 씨가 장기 휴가라고 쓰여 있는 걸 보고 그제야 '그래서 그랬구나.' 하고 납득했나 봐.

엄청난 정보 아니니?

정리하자면, 1차가 끝난 후 시로노 씨는 회사 주차장에 세워 둔 자신의 차에 노리코 씨를 태우고 시구레 계곡으로 가서 살해한 다음 불태우고, 다시 차를 타고 역 앞까지 가서 차를 버린 후 전철로 도주했다는 얘기야.

커다란 가방을 들고 있었다는 건 애초부터 도주할 작정이었다는 얘기잖아. 역시 계획적인 범행이었던 거지.

자기 어머니가 위독하다는 것도 거짓말이었어. 부모님 댁에는 가지도 않았나 봐.

여기까지 밝혀졌으면 시로노 씨가 주요 용의자로 전국에 지명 수배가 되는 건 시간문제겠지? 미 짱은 제 관찰력이 대단하다면서 얼마나 우쭐대는지 몰라.

뭐라고? 회사에서 시구레 계곡까지 얼마나 걸리냐고? 차로는 30분.

도로에서 숲속까지? 걸어서 10분 정도 걸리려나.

무슨 말이 하고 싶은지는 알겠어.

목격 증언이 있었던 8시 반에서 10시까지는 약 한 시간 반. 왕복 이동 시간을 빼면 범행에 사용할 수 있는 시간은 불과 10분 남짓. 온몸을 열 군데 이상 찌르고 석유를 부어 불까지 붙이기에는 시간이 부족하지 않냐 이거지?

그건 사내에서도 논란이 됐어. 공범이 있을 거라고 주장하는 사람도 있었고.

시로노 씨는 노리코 씨를 자기 차로 유인해 시구레 계곡에 데려다 놓았을 뿐 노리코 씨를 살해한 주범은 따로 있지 않을까 하는 얘기지. 그렇다면 시간적으로는 납득할 수 있어.

시로노 씨는 노리코 씨를 데려와 달라는 누군가의 부탁을 들어주었을 뿐, 그 사람이 설마 노리코 씨를 살해하리라고는 생각지 못했던 것 아닐까 하는 의견도 있었어. 다들 시로노 씨를 살인과 연관시키기 힘든 거겠지.

시로노 씨는 부탁을 받으면 거절하지 못하는 성격인 데다 자기 차로 출퇴근하고 있고 시구레 계곡 쪽에 살고 있어서 자신도 모르게 이용당했을 것이다. 거짓말까지 하면서 휴가를 내고 행방을 감춘 건 공범으로 체포될까 봐 겁이 났기 때문일 거다, 그런 동정적인 의견이 비교적 많아.

물론 소문은 그게 다가 아니야.

역시 주범이 누구일까 궁금하잖아.

지금 가장 의심받는 사람은 시노야마 계장이야.

그 사람도 금요일 밤에 1차만 하고 돌아갔거든. 그리고 노리코 씨와 사귀었다는 것도 사실이래. 친한 사람들에게 자기 입으로 자랑했나 봐. 그렇지만 둘이 같이 있는 장면을 본 사람은 아무도 없어.

시노야마 계장을 좋지 않게 생각하는 사람들은 그가 노리코 씨를 일방적으로 좋아하다가 마침내 사귄다는 망상에 사로잡힌 게 아니냐더라. 망상이 심해져서 살인에 이르게 된 거 아니냐고 말이야.

시노야마 계장은 입이 거칠어서 동기나 후배 남자 사원들도 싫어해. 이번에 그걸 확실히 알게 되었어.

시노야마 계장과 시로노 씨가 한때 사귀었다는 말은 미 짱 말고 다른 사람에게는 들은 적이 없지만, 시로노 씨가 시노야마 계장에게 마음에 있다는 건 사람들이 지금까지 말을 안 했을 뿐 대부분 눈치챘었나 봐. 그래서 시노야마 계장의 부탁이라면 시로노 씨가 두말없이 들어주었을 거라는 얘기지.

시노야마 계장?

그게 있잖아, 평소와 다름없이 출근하고 있어. 물론 노리코 씨가 살해당했다고 엄청 침통한 표정을 짓긴 하지만 일은 평소대로 하고, 소문이 귀에 들어갔을 텐데도 화를 내거나 부정하지 않고 아예 무시하는 것처럼 행동해.

그 사람이 진짜 살인범이라면 그런 태도를 취할 수 있겠어? 하기야 뉴스에서 보면 피해자와 같은 아파트에 사는 사람이 아무렇지도 않게 "정말 끔찍하네요."라고 인터뷰해 놓고 며칠 후에 체포되는 일도 있더라.

진짜 수상한 점이 있었다면 벌써 경찰이 중요 참고인으로 데려갔겠지.

미 짱은 여전히 시로노 씨가 범인이라고 주장하고 있어.

시구레 계곡까지 30분 걸린다는 건 제한 속도를 지켰을 경우고, 그 길이 밤에는 한산하니까 밟을 경우 15분에서 20분이면 도착할 수 있나 봐.

시로노 씨는 얌전해 보이지만 실은 엄청 밟는 타입이래. 미 짱이 시로노 씨 차로 '시구레 계곡 걷기' 행사 사전 답사를 간 적이 있는데 그때도 시속 80킬로미터 넘게 속도를 냈다는 거야. 미 짱이 속도위반으로 걸리겠다고 했더니 이 길에는 단속 카메라가 없어서 괜찮다고 여유만만하게 대답하더래.

그리고 오자와 씨가 증언한 '10시 넘어서'라는 시간이 10시 20분 정도까지는 그렇게 표현할 수 있으니까 범행을 저지를 시간은 충분하다며 주장을 굽히지 않아.

실제로 오자와 씨도 정확하게 10시 몇 분이었느냐고 물을 때마다 점점 자신 없어 하는 것 같고. 그래서 사실 정확한 시간은 아직 알 수 없어.

역시 시로노 씨의 단독 범행일까.

그 어느 쪽이든 노리코 씨를 살해한 범인이 같은 부서에 있을지도 모른다는 사실이 믿기지 않아. 만약 범인이 따로 있고 그 사람이 체포된다면 다들 시로노 씨나 시노야마 계장을 어떻게 대하려고 그러는지. 나는 소문을 듣기는 하지만 내 입으로는 아무 말도 안 하고 있으니 떳떳하지 못할 일은 없지만.

물론 외부에 알려지지만 않는다면 우스갯소리로 치부하고 넘어갈지도 모르지. '미안, 미안. 내가 다음에 한턱낼게.' 하는 느낌으로 자신들의 오해를 얼버무리면서 말이야.

그러니까 늘 말하지만 인터넷에 올리면 안 되는 거야.

노리코 씨 사진이 공개된 순간 팬 클럽이 생겼을 정도로 이상한 세상이니까. 사건의 명칭도 신문이나 텔레비전에서는 '시구레 계곡 여사원 살해 사건'이라고 하는 걸 '백설 공주 살인 사건'이라고 멋대로 바꾸고 노리코 씨를 '미스 백설' 또는 '백설 공주'라고 부르잖아.

이게 무슨 미인 대회인가? '백설'은 쌀가루를 사용한 세안용 비누의 이름으로, 우리 회사 '히노데 화장품'의 간판 상품이야. 작년에 온라인 판매 화장품 중 세안 부문에서 1위를 차지했어. '이제 당신도 백설 같은 피부' 어쩌고 하는 텔레비전 광고도 있잖아.

인터넷에 회사 이름이 나돈다고 하기에 검색해 봤더니 '백설'이 잔뜩 따라 나오더라. 그렇다 보니 누군가 재미로 그런 명칭을 붙인 거 아닐까 싶어.

설마 네가 그런 건 아니겠지. 아니라고? 뭐, 일단은 믿어 주지.

하지만 피부가 하얀 데다 머리카락이 검고 긴 노리코 씨에게 백설 공주라는 이름이 제격이긴 해. 사내에서도 텔레비전 광고에 어중간한 여배우를 쓰느니 노리코 씨가 나가는 게 어떻겠느냐는 말이 있었고 실제로 그런 기획안이 올라간 적도 있어. 노리코 씨가 거절했지만 말이야. 만일 광고에 나갔다면 사건이 지금보다 훨씬 시끄러워졌겠지.

게다가 용의자로 지목된 사람의 이름이 '시로노 미키'라는 것도 참 아이러니해. '성안의 아름다운 공주님'이라는 뜻이 잖아. 어쩌면 이름이 그렇게 동화의 세계 같은지. '백설 공주'가 용의자를 뜻하는 말로 사용되지 않기를 바랄 뿐이야.

아, 다행이다, 나는 평범한 이름이어서.

이쪽으로 오는 날짜가 정해지면 연락해. 내가 사건에 대해서 아무리 시시콜콜 얘기한들 그걸로 만족하지 못할 테니.

그래, 맞아. 네가 만마로에 올린 사실도 알아.

약속을 깨뜨린 벌로 두부 정도는 한턱내야 하지 않을까?

그럼 또.

[자료 1(237쪽~) 참조]

2장

동료 2

⟨미쓰시마 에미⟩

여기라면 사람들 눈을 신경 쓰지 않고 얘기할 수 있을 거예요. 저녁때가 되면 북적거리지만 낮에는 열려 있다는 사실조차 잘 모르는 사람이 많으니까요.

리사코도 오고 싶어 하던데……. 한 사람씩 얘기를 듣고 싶다고요? 그러고 보니 마치 경찰의 참고인 조사 같은 느낌이군요. 이거, 회사 명함이에요.

'미 짱'은 이름이 아니라 성을 그렇게 부르는 거예요. 저도 '미키'였으면 더 흥미로웠을 텐데……, 아, 감사합니다. 아카호시 유지 씨군요.

리사코의 전 남친이시죠? 어, 아닌가요? 고교 시절 문예 동아리의 동기고, 글 쓰는 직업을 갖게 된 사람이 그 사람밖에 없다고 들어서 틀림없이 아카호시 씨를 말하는 줄 알았는데. 그럼 작가라는 직업을 갖게 되신 분이 또 있는 모양이군요.

누구죠? 저만 알고 있을게요.

리사코는 은근슬쩍 자랑해 놓고 정작 제일 중요한 걸 안 가르쳐 준다니까요. 없다고요? 그럼 역시 아카호시 씨가 맞겠네요. 주간지 기자도 글 쓰는 직업이잖아요.

명함에는 프리 라이터라고 되어 있는데 주로 어느 주간지에 글을 쓰나요? 『주간 예지』…… 그럼요, 알죠. 굉장히 유명한 주간지잖아요. 우리 아버지도 매주 사서 보시는걸요. 텔레비전 뉴스를 볼 때 하도 잘 아는 척 신랄하게 의견을 펼치시기에 대단하다 싶었는데 알고 보니 대개는 『주간 예지』에서 보시고 하는 소리더라고요.

왜, 작년에 규슈에서 있었던 아동 유괴 살인 사건 때도 다들 유괴된 아이의 아빠가 수상하다고 의심했잖아요. 아이 아빠 이름이 노벨 화학상인가 물리학상을 받은 사람과 똑같아서 인터넷에서는 '박사'라고 불렀다죠.

그때도 『주간 태양』 등에서는 '박사'의 성장 과정을 낱낱이 조사해서 연표까지 만들고 '지킬과 하이드도 경악! 자상한 아버지의 정체는?'이라는 제목까지 붙여서 범인으로 몰고 갔는데 『주간 예지』만 '박사'가 범인이 아니라고 주장했고, 실제로도 다른 사람이 범인으로 밝혀졌잖아요.

정보 프로그램 진행자가 '박사'에게 사죄하는 장면을 보면서 "거봐라, 역시 내 말대로지." 하고 의기양양해하는 아버지에게 저는 "아빠 말대로가 아니라 『주간 예지』 말대로겠지!"라고 쏘아붙이고 말았어요. 뭐, 그때 제가 사서 읽던 잡지는

『주간 태양』이었으니 더는 큰소리칠 수 없었지만요.

저는 『주간 태양』도 꽤 좋아해요. 적당히 얼버무리며 허풍 떠는 점이 재미있어서요. 기사 제목만 봐도 웃음이 나올 때도 있어요. 별명도 곧잘 붙이는데 그게 또 아주 센스 있죠.

아, 죄송해요. 일류 주간지 기자님께 실례되는 말을 했군요.

그리고 제가 착각했나 봐요. 전 남친이 아니라 지금도 만나시는군요. 리사코도 분명히 '전 남친'이 아니라 '그 사람'이라고 했어요. 리사코가 화낼지 모르니 이 일은 비밀로 해 주세요. 다른 사람들이랑 자꾸 헷갈려서 말이죠.

제가 연애 상담을 자주 받거든요. 특히 회사 내에서요. 휴게실로 오라고 해서 가 보면 'A씨와 B씨는 어떻게 돼 가고 있어? 누구누구는 애인이 있니?' 하며 선후배를 막론하고 제게 물어 댄답니다.

제가 이 지방 사람이라서겠죠, 아마도.

제가 요 주변에 있는, 많이 알려지지는 않았지만 괜찮은 가게를 많이 알거든요. 그래서 친구들이랑 밥을 먹으러 가거나 한잔하러 가면 회사 사람 둘이서 함께 있는 장면을 목격하는 경우가 가끔 있어요. 그럴 때 상대가 잘 아는 사람이면 제 쪽에서 먼저 인사하거나 "데이트하시는 거예요?"라고 놀리기도 하지만, 대개는 저쪽 눈에 띄기 전에 재빨리 숨어 버려요.

어느 모로 보나 불륜이 뻔할 때는 눈이 마주치면 아차 싶죠. 다음 날 그 사람과 회사에서 맞닥뜨리면 억지웃음을 지어 보인 다음 도망가곤 해요. 저는 아무 잘못이 없는데도요. 참 이상하죠?

상대방도 저를 무시하면 좋을 텐데, 어색하게 인사를 하는 사람도 있고, 개중에는 과자 같은 걸 들고 오는 사람도 있어요. 입막음으로 주는 걸까요? 하지만 그런 건 오히려 역효과예요. 왜냐하면 눈치 빠른 사람들은 그 모습을 보고 "미 짱이 ○○ 과장과 친했나?" 그러면서 제가 또 뭔가를 목격했구나 하고 짐작하거든요.

선배가 꼬치꼬치 캐묻는데 대충 얼버무릴 수도 없고, 제가 그 사람들을 두둔하며 의리를 지킬 필요도 없으니 본 대로 털어놓는데, 그러면 대개는 그날 안에 소문이 쫙 퍼지고 그 출처가 저라는 게 들통나고 말아요. 그런 일이 거듭되다 보니 미 짱은 가십을 좋아하는 정보통이라고 오해를 사서 달갑지 않은 일이 생기는 거죠.

혹시 리사코도 회사 사람들 일이라면 미 짱에게 물어보라면서 저를 아카호시 씨에게 소개한 거 아닌가요?

시로노 미키 씨요?

맞아요. 시로노 씨는 제 파트너예요. 뭐야, 그래서 저였던 거예요? ……그렇다면 역시 시로노 씨가 '시구레 계곡 여사원 살해 사건'의 용의자로 확정된 거로군요.

둘러대실 필요 없어요. 『주간 예지』의 기자가 이런 데까지 취재하러 왔다는 건 그런 뜻이죠, 뭐.

아아, 역시 시로노 씨가 범인이었구나.

그래서, 제가 무슨 얘기를 하면 되는 거죠? 사건 당일에 있었던 일? 시로노 씨와 노리코 씨의 관계? 아니면 시로노 씨와 시노야마 계장의 관계?

시로노 씨가 어떤 사람이냐고요? 아아, 그런 얘기만 하면 되는 거예요? 그건…….

간단히, 라고 하시지만 시로노 씨가 어떤 사람인지 설명하기는 어려워요. 특징이 별로 없거든요.

리사코에게 들으셨는지 모르겠지만, 겉보기에는 평범해요. 마르지도 않았고 뚱뚱하지도 않고, 키가 크지도 않고 작지도 않고. 이건 제 짐작인데, 키 155센티미터에 몸무게는 50킬로그램 정도가 아닐까 싶네요. 이렇게 말하면 남자들은 가늠이 잘 안 될 수도 있겠지만요. 그렇다고 제 몸무게를 말씀드릴 수는 없고…… 키는 152센티미터요. 다들 놀라죠. 그렇게 작아 보이지 않는다면서요. 몸짓이 커서 그럴까요?

시로노 씨는 얼굴도 평범해요. 비슷하게 생긴 연예인요? 흠…… 안 떠오르는데요. 중학교 때의 국어 선생님을 많이 닮았지만 그렇게 말해 봐야 아카호시 씨에게는 도움이 안 되겠죠. 하지만 못생기진 않았어요. 아니, 마음먹고 가꾸면 예뻐지지 않을까 싶을 정도예요.

헤어스타일이나 눈썹은 좀 촌스럽지만, 가까이서 보면 하얀 피부가 매끈거리는 게 예뻐요. 뭐, 우리 회사 여사원들이 평균적인 여자들보다 피부가 좋긴 하지만요.

화장품 회사잖아요. 게다가 자연주의를 표방하고 있고요. 피부가 상한 여사원이 있으면 화장품의 효과를 의심하지 않겠어요? '백설' 비누를 사용한다고 누구나 피부가 고와지는 것도 아닌데 말이죠. 어머, 이런 말 하면 안 되는데.

리사코처럼 국립대를 나오고 머리가 좋아서 뽑혔을 것 같은 여사원도 있어요. 시로노 씨도 그런 쪽인가? 공립 T 여대 출신이니까 현 내에서 수준이 꽤 높은 편이긴 해요.

어느 쪽이든, 입사할 때부터 언제나 노리코 씨가 옆에 있었으니 의욕이 싹 사라졌을 거예요. 아무리 머리나 눈썹을 잘 가꾸고 화장을 한다 해도 겨룰 만한 상대가 아니니까요. 노리코 씨는 얼굴이 작고 눈이 큰 데다 콧날은 오뚝해서 프랑스인의 피가 섞였다는 소리를 듣기도 했어요.

우리 언니가 노리코 씨와 같은 고등학교를 다녔거든요.

제가 입사하자마자 언니에게 저랑 같은 부서에 이 동네 사람 같지 않게 엄청 예쁜 여자가 있다고 했더니 언니가 "설마, 미키 노리코?" 그러는 거예요. 얼마나 놀랐는지. 저는 다른 고등학교를 다녀서 몰랐는데 언니 말이 고등학교 때부터 예

쓰기로 아주 유명했대요.

친했냐고 물었더니 그 애랑 가까이 지내 봐야 손해일 뿐이라고 하더군요. 또래 여자애들이 좋아하는 타입은 아니었나 봐요. 하긴 이해가 안 가는 건 아니에요. 80퍼센트는 질투겠죠.

그래서 전 시로노 씨가 제 파트너여서 정말 다행이라고 생각했어요. 일도 제대로 가르쳐 주는 데다 제가 실수해도 화를 내지 않고 제 빈틈을 잘 커버해 주었거든요. 정말 지난 1년 동안 신세를 많이 졌어요.

차를 맛있게 끓이는 법도 배웠어요.

물의 온도와 우리는 시간을 조금만 신경 쓰면 값싼 찻잎으로도 굉장히 맛있는 차를 끓일 수 있더라고요. 우리 과장님은 외부에서 손님이 오시면 꼭 시로노 씨가 우린 맛있는 차를 노리코 씨가 가져오도록 했어요. 참 잔인하죠?

"이봐, 시로노 씨, 차 좀 준비해 줘. 그리고 미키 씨, 아니아니, 노리코 씨가 가져오도록."

이게 뭐난 말이죠. 너무하다는 생각 안 드세요? 그럴 거면 애초에 차를 노리코 씨에게 끓이도록 하든가요. 이거 성희롱 아닌가요?

그런데 시로노 씨는 아무 말도 하지 않았어요. 시로노 씨가 화를 내거나 불평을 했다면 저도 한편이 되어 과장님에게 항의했을 텐데, 시로노 씨는 그러는 게 당연하다는 표정으로 차를 끓인 다음 노리코 씨에게 "잘 부탁해." 하고 아무렇지도 않게 말하는 거예요. 그러니까 저도 나설 수가 없었어요.

과장님은 너무 잔인해요, 제가 그렇게 말하면 그건 또 은연 중에 시로노 씨가 못생겼다고 인정하는 꼴이 되잖아요.

뒤에서 험담 한마디 안 하니 저로서는 그게 오히려 스트레스였어요.

시로노 씨는 화를 내지 않을 뿐만 아니라 희로애락의 감정 표현 자체가 희미한 사람이에요.

크게 웃는 걸 본 적이 없고, 우는 것도 본 적 없어요. 도대체 뭘 좋아하는지도 모르겠고요. 쉬는 날 같이 영화를 보러 가자고 권해도 그 배우를 잘 모른다면서 거절하고, 한창 인기 있는 가게에 점심을 먹으러 가자고 해도 도시락을 싸 왔다면서 싫다고 해요. 그런 점에서는 참 재미없는 사람이라고 생각했어요. 취미라는 게 있기나 한지 모르겠네요.

하지만 이제 와서 생각하니 그런 사람인만큼 오히려 한번 빠지면 잘 헤어 나오지 못하는 거 아닐까 싶기도 해요.

네, 맞아요, 시노야마 계장님이에요.

어머, 그런데 그걸 안다는 건 역시 공범의 의혹이 있다는 뜻인가요? 두 사람이 사귄다는 건 시로노 씨에게 들어서 알고 있었어요. 하지만 시노야마 계장님과 사귄다고 딱 꼬집어 말한 건 아니에요.

저는 부모님과 함께 살아서 엄마가 도시락을 싸 주시기 때문에 대개는 시로노 씨와 함께 점심을 먹었어요. 몇 년 전에 어떤 사원이 중요한 서류에 소스를 묻히는 바람에 거래가 무산된 적이 있었나 봐요. 그 이후로 우리 회사에는 점심을 외부에 나가서 먹든지, 사내에서 먹으려면 식당이나 대회의실을 이용해야 한다는 지침이 생겼어요.

식당은 언제나 붐비니까 도시락을 싸 온 사람은 다들 대회의실에서 먹죠.

전날 저녁에 먹고 남은 것들로 싼 제 도시락에 비해 시로노 씨 도시락은 늘 잡지에 나오는 것처럼 공들인 도시락이었어요. 왜, '미용에 좋은 도시락 일주일 치' 같은 특집 있잖아요. 그런 데 나올 법한, 빨강, 노랑, 초록 삼색의 균형 잡힌 영양소가 보기에도 예쁘게 담긴 도시락 말이에요.

그걸 보고 제가 물었어요. 혼자 먹을 건데 이렇게 정성 들여서 도시락을 준비하세요? 하고요. 그랬더니, 혼자 먹을 게 아닐 수도 있잖아, 그러면서 의미심장하게 웃더라고요. 시로노 씨가 그렇게 득의만만한 표정을 짓는 건 본 적이 없어서 조금 놀랐죠.

상대가 과연 누굴까, 궁금하지 않겠어요?

이 중에 있나요? 라고 물었더니, 글쎄 과연? 하고 대답하기에 저는 밥을 먹다가 말고 자리에서 일어나 대회의실을 한 바퀴 둘러봤어요. 그랬더니 글쎄 시노야마 계장님이 똑같은 반찬이 든 도시락을 먹고 계시는 게 아니겠어요. 얼마나 놀랐는지.

시노야마 계장님이 우리 회사 독신 남자 중에서는 꽤 잘생긴 편이에요. 여자를 사귀려 들면 얼마든지 고를 수 있을 텐데 왜 시로노 씨지? 하고 호기심이 발동해 시로노 씨에게 질문을 퍼부었죠. 어느 쪽이 먼저 고백했어요? 사귀게 된 계기가 무엇이었나요? 등등.

그런데 시로노 씨는 그런 거 아니라며 얼버무리더군요. 그래서 저도, 성공의 비결을 전수해 주세요, 하면서 살짝 묻는 방식을 바꾸었어요. 그랬더니 이렇게 대답하는 거예요.

음식으로 사로잡아 보면 어떨까. 일단은 말이지, 사흘 동안.

지금 말투, 상당히 시로노 씨랑 비슷한 것 같네요. 아, 쓸데없는 얘기를.

시로노 씨가 시노야마 계장님에게 사흘 동안 손수 만든 음식을 먹였다, 그런 뜻 아니겠어요. 뭐, 납득은 가요. 제가 이틀 계속 어묵 조림이야, 하고 푸념했더니 시로노 씨가 자기 반찬을 덜어 준 적이 있는데 정말 맛있더군요. 저는 그때, 독신 남성이 결혼을 염두에 둔다면 시로노 씨 같은 상대가 좋지 않을까, 그런 생각을 했어요.

그래서 두 사람 사이를 축복했어요. 나름.

시노야마 계장님을 다시 봤거든요. 여자의 외모보다 내면을 보고 선택하는 남자라면 일에서도 신뢰할 만하지 않을까 하고요. 그랬는데 보고 말았지 뭐예요.

시노야마 계장님이 노리코 씨와 둘이서 밥 먹는 장면을요.

동네 어귀에 있는 소박한 두부 전문점이었는데, 그 무렵 제가 언니랑 둘이 다이어트를 하고 있어서 두부 요리를 연구하려고 갔어요. 그랬는데 안쪽 카운터 자리에 둘이 앉아 있는 거예요. 어깨를 나란히 하고 무척 즐겁게 얘기를 나누더라고요. 단순히 직장 동료로만은 보이지 않았어요.

제가 그런 걸 꿰뚫어 보는 힘이 있거든요. 특히 시노야마 계장님은 좋아서 어쩔 줄 몰라 하며 히죽거리더군요.

시노야마, 당신마저! 그런 기분이 들었어요.

미키와 같이 있는 사람, 애인이 있지 않니? 언니도 그러면서 한눈에 알아보는 바람에 시노야마 계장님이 양다리를 걸치고 있다는 걸 눈치챘죠. 같은 회사에서 매일 보는 사람은 잘 못 느끼지만 시노야마 계장님이 그런 냄새를 풍겼겠죠.

물론 시로노 씨에게는 말하지 않았어요. 어떻게 그런 말을 하겠어요.

제가 목격했다는 걸 노리코 씨도 시노야마 계장님도 눈치채지 못했으니 두 사람이 제게 특별하게 군 적도 없고요.

그러다가 세 사람 사이에 무슨 결말이 났겠죠.

언제부터인가 대회의실에서 시노야마 계장님이 보이지 않았어요.

그렇다고 시로노 씨에게 요즘 왜 시노야마 계장님이 보이지 않느냐고 물어볼 수도 없잖아요. 그런데 제가 하도 두리번거리니까 눈치를 챈 모양이에요.

한번은, 노리코 씨에게는 못 당하겠어, 그러면서 제가 묻지도 않았는데 억지스럽게 웃고서 도시락을 먹더군요. 왠지 서글퍼서 눈물이 났어요. 미 짱이 왜 울어? 하고 시로노 씨가 당황해했는데, 그때 시로노 씨도 같이 울었으면 좋지 않았을까 싶어요.

그랬다면 훌훌 털어 버릴 수 있었을지도 모르는데.

그런 다음부터 시로노 씨가 도시락에 한층 공을 들였어요.

그때는 자기 혼자 더 맛있는 걸 먹으면서 이래도 항복하지 않을래? 하고 부질없는 저항을 하는 건가 생각했는데, 지금 돌이켜 보면 당시 도시락의 그 호화스러움은 정상이 아니었어요. 설 음식도 아닌데 말이죠.

회사 내에서 일어난 도난 사건 얘기는 리사코에게 들으셨죠?

맞아요, 밤만 달랑 남겨 놓은 그 사건 말이에요. 시로노 씨의 도시락이 호화로워지기 시작한 시점과 도난 사건이 최초로 발생한 시점이 거의 같아요.

그 무렵부터 시로노 씨가 망가지기 시작한 거죠.

시로노 씨가 실연했다는 건 알고 있었지만, 처음부터 도난 사건과 시로노 씨를 연관시켜 생각했던 건 아니에요. 케이크나 냉장고에 든 간식이 없어지는 건 단순히 먹성 좋은 사람의 짓이라고 여겼어요. 시로노 씨는 건강에 신경을 쓰느라 그랬는지 아니면 다이어트 때문에 그랬는지, 회사에서 과자 먹는 모습을 본 적이 없어요.

생일 파티의 케이크나 출장 다녀온 사람이 선물로 나눠 주는 과자 외에는요.

시로노 씨가 제 손으로 과자를 들고 온 건 딱 한 번뿐이에요. 편의점 슈크림이었는데, 의외다 싶어 보고 있자니, 누가 훔쳐 가지 못하게 해야지, 그러면서 제가 보는 앞에서 봉투에 매직으로 '독 들었음'이라고 썼어요.

그런데도 결국은 없어졌다며 굉장히 실망하는 표정이더군요. 그때도 전, 시로노 씨는 참 운도 없네, 하며 딱하게 여겼을 뿐이고요.

도난 사건과 시로노 씨를 연관 짓게 된 건 그 광경을 보고 말았기 때문이에요.

도난 사건이 처음 일어났을 무렵에는 범인을 찾겠다고 나서는 사람도 있었지만 점차 다들 지쳐서 포기하는 분위기로 변해 갔죠.

냉장고에 과자를 넣어 두지 않으면 그만이지, 라든가 가져 가는데 어쩌겠어, 하는 식으로요. 책상 서랍에 든 문구류가 없어지면서부터는 더욱더 어쩔 수 없다는 분위기가 짙어졌 어요. 대부분 회사 비품이어서 다시 받으면 그만이니까요. 개인 소유의 예쁜 메모장이나 편지지가 없어지는 일도 있었 지만 귀중품도 아니고 말이죠.

가격은 거기서 거기지만 먹을거리가 없어지는 쪽이 기분이 더 나빠요.

시로노 씨는 아침마다 부서에서 1, 2위를 다툴 정도로 일찍 출근했어요. 저는 아침잠이 많은 편이지만 신입 사원인 데다 파트너마저 일찍 나오니 간부 사원마냥 늦장을 부릴 수도 없 고 해서 겨우겨우 일찍 출근하곤 했어요. 그래도 시로노 씨 보다 빨랐던 적은 거의 없어요.

그런데 어느 날 아침 출근해 보니 시로노 씨가 노리코 씨 책상 앞에 서 있는 거예요. 서랍을 재빨리 닫는 것처럼 보이 기에, 뭐 하세요? 라고 물었더니 서류 양식이 들어 있는 USB 가 필요한데 노리코 씨가 어제 마지막으로 사용한 것 같아서 책상 위에 있나 찾아보는 중이라고 하더군요.

딱히 당황하는 눈치도 아니고, 그날 오전 회의에 쓸 자료를 시로노 씨가 준비하기로 되어 있는 터라 아무런 의심을 품지 않았어요.

그런데 며칠 지나서 노리코 씨의 볼펜이 없어졌다는 얘기를 리사코에게 듣고 혹시나 싶은 생각이 들었던 거죠. 그 볼펜이 노리코 씨가 좋아하는 형제 바이올리니스트의 기념상품이고 5천 엔이나 한다는 걸 알고는 더욱 놀랐어요.

그리고 전 시로노 씨가 범인이라고 확신했죠.

한 가지가 맞아떨어지자 그 밖의 일들이 줄줄이 떠올랐어요. 10월 생일 파티 케이크는 밤을 싫어하는 사람을 찾아내기 위해 몽블랑으로 했는데 시로노 씨가 외근을 하다가 곧바로 퇴근하는 바람에 그걸 먹지 않은 건 우연이 아니지 않을까, 그리고 간식에 '독 들었음'이라고 쓴 것도 눈속임을 위한 짓이 아닐까, 등등요.

하지만 이렇게 끔찍한 사건이 발생해 처음 뵙는 분에게 그간의 일을 순서대로 얘기하다 보니 사실은 그런 게 아닐 수도 있다는 생각이 들어요.

시로노 씨는 마음에 병이 들어 도둑질을 하게 된 것이 아니라 확실한 의지를 갖고 한 것 아닐까요.

어떤 의지냐고요? 노리코 씨의 볼펜을 훔치겠다는 의지죠.

그 볼펜은 시노야마 계장님이 노리코 씨에게 선물한 것이고 시로노 씨도 그 사실을 알았던 것 아닐까요? 어쩌면 볼펜 때문에 시노야마 계장님이 양다리를 걸치고 있다는 사실이 발각되었고 그걸 계기로 시로노 씨가 차였는지도 모르죠.

예를 들어 시로노 씨가 시노야마 계장님 집에서 볼펜을 봤는데 며칠 후 그 볼펜을 노리코 씨가 사용하고 있었다든가 말이죠. 이별의 원흉이 된 증오스러운 볼펜을 빼앗겠다고 마음먹은 거예요, 틀림없이. 그런데 볼펜만 훔치면 자신이 의심을 받을 수도 있으니까…….

제가 입사하기 전에 여사원들만 참석한 술자리에서 시로노 씨가 시노야마 계장님을 좋아한다고 털어놓은 적이 있었나 봐요.

그래서 의심을 사지 않도록 없어져도 그만인 것들을 슬쩍슬쩍 훔치다가 모두의 관심이 시들해졌을 무렵에 애초의 목적이었던 볼펜을 훔친 것 아닐까요.

몇 달에 걸쳐 끈질기게 할 만한 일이 아니라고 생각하실지 모르겠지만, 시로노 씨라면 그럴 수도 있어요. 게다가.

볼펜을 훔친 것도 어쩌면 일종의 포석일 수 있어요.

노리코 씨가 살해당하던 날 밤 시로노 씨 차에 탔다는 목격 증언이 있다는 사실은 물론 알고 계시겠죠. 사람들은 두 사람이 가는 방향이 비슷하고 게다가 노리코 씨의 컨디션이 좋지 않았다면서 시로노 씨의 차라면 노리코 씨가 스스럼 없이 탔을 거라고 하더군요. 하지만 노리코 씨에게는 적어도 시로노 씨의 남자를 빼앗았다는 죄책감이 있잖아요.

그런데도 과연 그 차를 탔을까요? 설사 시노야마 계장님과 시로노 씨가 원만하게 헤어져서 시로노 씨와 노리코 씨 사이에 별 풍파가 없었다 해도 역시 단둘이 있기는 거북할 텐데 말이죠. 하지만, 실은 내가 볼펜을 훔쳤어, 미안해. 돌려주고 싶어, 시로노 씨가 그렇게 말한다면 노리코 씨도 차를 타지 않았을까요?

이건 오랫동안 준비한 계획적인 범행이 분명해요.

실연한 것 따위로 사람을 죽일 수 있냐고요? 실제로 노리코 씨가 살해당했잖아요. 달리 누구를 의심하겠어요.

더구나 시로노 씨는 무슨 일이든 두고두고 마음에 품는 성격이에요.

생각해 보니 시로노 씨가 리사코에 대해 험담하는 걸 들은 적이 있어요. 리사코가 갓 입사했을 때 실수로 시로노 씨의 머그 컵에 금이 가게 한 일이 있었거든요. 4월 생일 파티 때였나.

우리 회사에서는 각자의 머그 컵을 마련해 휴게실 식기장에 넣어 두는데, 생일 파티가 끝나고 저랑 리사코가 컵을 한데 모아 씻던 중 그만 리사코의 손에서 컵이 미끄러져 싱크대에 떨어졌어요. 떨어진 컵은 제 것이었고 다행히 깨지지 않았지만, 싱크대에 있던 컵이 제 컵에 부딪혀 금이 가고 말았어요. 그게 바로 시로노 씨 컵이었던 거죠.

하얀 바탕에 금색으로 'S' 자가 그려진 단순한 디자인이었어요. 입술 닿는 부분이 얇고 꽤 비싸 보였어요. 일단 똑같은 것을 사다 놓은 뒤 사과하기로 하고 둘이서 인터넷을 뒤졌지만 찾을 수 없어서 결국 백화점에서 비슷한 디자인의 컵을 사 왔어요.

하필 시로노의 'S'가 품절이라 미키의 'M'으로 샀죠.

가격이 후덜덜하더군요. 아마 5천 엔쯤 했을 거예요. 저도 2천 엔을 냈어요. 리사코가 저더러 제 컵이 너무 무거운 탓에 떨어뜨렸다고 했거든요. 제 컵은 백 엔 숍에서 산 싸구려였는데 말이죠. 하지만 독립해서 사는 리사코가 5천 엔을 혼자 부담하기는 버거울 것 같아 아무 말 하지 않았어요.

그 대신 리사코가 시로노 씨에게 가서 사과하기로 했죠. 제 컵 때문에 그렇게 됐다는 말은 절대 하지 않기로 하고요. 아직 시로노 씨와 파트너가 된 지 얼마 안 된 때라 시로노 씨가 어떤 사람인지 잘 모르기 때문에 문제를 일으키고 싶지 않았어요.

리사코는 그 약속을 지켰어요.

시로노 씨 자리에 가서 사과하는 리사코의 모습이 잘 보였는데, 리사코는 자신의 실수라고 공손하게 사과했고, 시로노 씨는 사용한 지 오래된 컵이라 굳이 새것을 사다 줄 필요는 없는데 그랬다고 도리어 미안해하면서 컵 값을 주겠다고까지 했어요.

물론 리사코는 그 돈을 받지 않았고, 그 후 시로노 씨와 노리코 씨, 저, 리사코, 이렇게 넷이서 점심을 먹으러 나갔을 때 시로노 씨가 밥값을 전부 내 주었어요.

그래서 굉장히 좋은 사람이라고 생각했는데.

도난 사건이 발생하고 두 달쯤 지났을 때 시로노 씨가 믿기지 않는 말을 했어요. 시구레 계곡으로 가는 차 안에서요. 시로노 씨와 저는 '시구레 계곡 걷기' 실행 위원이라 코스 가운데 공사 중인 곳이 없는지 점검하려고 시로노 씨의 차를 타고 답사를 가게 되었죠. 다른 실행 위원들과는 현지에서 합류하기로 하고요.

차를 타고 보니 컵 꽂이에 낯익은 머그 컵이 꽂혀 있더군요. 리사코가 떨어뜨리는 바람에 금이 간 바로 그 컵이었어요. 안에는 사탕이 들어 있었고요.

시로노 씨가 먹어도 된다고 하기에 한 개를 집어 입에 넣으면서, 이렇게 아끼는 거였구나 싶어 조금 미안한 마음이 들었어요. 하지만 그런 말을 입 밖으로 내지는 않았죠. 그랬는데 시로노 씨가 불쑥 이런 말을 하는 거예요.

리사코가 이 컵을 깨뜨려서 새로 사다 준 것까지는 좋은데, 내 허락도 없이 이걸 휴게실 쓰레기통에 버렸지 뭐야. 그 애는 머리는 좋지만 무신경한 구석이 있어서 마음에 안 들어.

하지만 리사코를 가르치는 건 노리코 씨 일이니 내가 뭐라고 할 수도 없고 말이지.

그때는 저 스스로 켕겨서 창밖을 내다보면서, 공사 중인가 봐요, 하고 어물쩍 넘겼어요. 그 컵을 버려도 되지 않겠느냐고 한 사람이 저였거든요.

시로노 씨도 거기에 대해 더는 이러쿵저러쿵하지 않았지만, 그런 식으로 말하는 건 좀 그렇지 않나요? 리사코가 버렸다는 말까지 굳이 할 필요 없이, 그저 마음에 드는 컵이라서 금이 갔는데도 사용하고 있다, 그 정도로 말하면 되는 거 아니겠냐 이 말이죠.

지금 와서 돌이켜 보니 그때 제가 맞장구쳤다면 시로노 씨가 리사코 험담을 계속하지 않았을까 싶어요. 아니, 사실은 노리코 씨를 헐뜯고 싶었을 거예요. 컵에 금이 간 게 노리코 씨 탓이라고 생각했을지도 모르고요.

어쩌면 시노야마 계장님과 관계가 있는 컵이었을지도 모르죠.

맞아요, 틀림없이 그럴 거예요. 시노야마 계장님의 이름이 사토시거든요.

시로노의 'S'라고 생각했는데, 남자라면 성의 이니셜을 선택할 수도 있겠지만 여자는 보통 이름의 이니셜을 택하잖아요. 'M'이 새겨진 컵이 또 하나 있을지도 몰라요.

지금까지 얘기한 것만으로도 시로노 씨가 노리코 씨를 싫어할 만한 일투성이네요.

컵 얘기를 한 후에 시로노 씨가 갑자기 속력을 냈어요. 제가 맞장구쳐 주지 않으니까 그렇게 해서라도 스트레스를 발산한 거겠죠. 그때 앞에 가던 차에는 노인이 운전한다는 표시가 붙어 있고 노란불만 켜지면 멈춰 설 정도로 조심조심 운전을 하고 있었는데, 시로노 씨가 어느 정지선 근처에서 갑자기 우회전 차선으로 들어섰어요. 시구레 계곡으로 가려면 계속 직진해야 하는데 이상하다 싶었죠. 그런데 신호가 파란불로 바뀌자마자 가속 페달을 밟아 그 노인이 운전하는 차를 앞지르더니 다시 직진 차선으로 들어서더군요.

그러고도 속도를 늦추지 않길래 제가 겁이 난 나머지, 시로노 씨, 단속에 걸리겠어요, 했더니 괜찮아, 단속 지점이 어딘지 다 아니까, 그러면서 씩 웃고는 속도를 더 올리는데, 마치 다른 사람을 보는 것 같았어요.

아, 바로 그거예요. 시로노 씨는 다른 사람이 될 때 그런 식으로 씩 웃어요.

노리코 씨를 살해할 때도 그러지 않았을까요.

와, 그 얼굴을 떠올리는 것만으로도 소름이 좍 돋네요. 여기, 소름 돋은 것 좀 보세요.

노리코 씨를 유인해서 차를 태운 뒤 시구레 계곡으로 달려가 마구 찌르고 석유를 끼얹어 불태운 다음 다시 차를 달려 역까지 돌아와서 도주…….

시노야마 계장 공범설 같은 게 가능할 리 없어요.

그런 행동을 충동적으로 할 수는 있어도 계장님이 장기적인 계획하에 살인을 저지를 만큼 대담한 분이라고는 생각하기 힘들어요.

아마도 시로노 씨의 단독 범행일 거예요.

어떤 기분이었을까. 이제 회사로는 돌아오지 않을 작정인가?

어라, 눈물이 나네…… 무섭다고 생각했는데 왜 이러지?

머릿속에 떠오른 시로노 씨의 웃는 모습이 점점 일그러지면서 우는 얼굴로 변해 가요.

시로노 씨는 멋진 여자가 되고 싶었던 것 아닐까요. 사랑을 하고, 좋아하는 사람을 위해 도시락을 싸지만 혼자 있을 때는 차를 쌩쌩 모는 여자요. 그런 식으로 이상적인 자신일 때만 웃는 얼굴이 되는지도 모르죠.

그렇다면 살인을 저지를 때는 역시 웃지 않았으려나.

죄송해요. 의견이 오락가락해서.

시로노 씨가 살인범이 확실하다고 생각하면서도 마음속 어딘가에서는 믿고 싶지 않은 거겠죠.

저는 리사코처럼 시로노 씨를 원망하지는 않아요. 리사코는 노리코 씨의 파트너이기도 했고 그녀를 선망하고 그녀에게 심취한 면도 있었으니까 노리코 씨를 죽인 시로노 씨가 그저 증오스러울 뿐이겠지만 저는 시로노 씨 편이에요.

그렇게 말하면 못생긴 여자들이 걸핏하면 편을 가른다고 삐딱하게 받아들이실지도 모르지만, 저는 자신이 그렇게 못생겼다고 생각하지 않거든요.

다만 시로노 씨와 입장을 바꾸어 생각해 보면 이해하지 못할 것도 없다는 거죠. 남자들은 아무렇지도 않게 여자를 비교하잖아요. 그래서 저도 모르는 사이에 이미 비교 대상이 되어 있곤 해요. 저는 털끝만큼도 평가의 대상이 되고 싶지 않은데 말이죠.

일단 우리 회사가 해마다 신입 여사원을 각 부서에 두 명씩 배치한다는 것부터 이상해요. 어느 쪽이 더 나은지 비교하라는 것과 다름없잖아요. 저 역시 리사코가 좋은 대학 출신이어서 스트레스를 꽤 받았어요.

그런데 심지어 노리코 씨 같은 사람과 비교된다면 아마 성격이 비뚤어지고 말 거예요.

그러니까 회사의 제도가 잘못된 거죠.

시로노 씨가 어디로 사라졌는지는 모르겠지만, 자살하겠다든지 하는 이상한 생각은 하지 않았으면 해요. 하루빨리 돌아와서 자수하면 좋겠는데. 저, 시로노 씨가 사형에 처해지지 않도록 증언할 수도 있어요.

기사를 이렇게 써 달라 저렇게 써 달라 부탁하는 건 실례일
지 모르지만, 시로노 씨에 대해 나쁘게 쓰지는 말아 주셨으
면 해요. 사건에 대해 자세히 모르는 우리 언니도 범인이 여
자라면 그 기분을 알 것 같다고 하니 세상 여자들이 공감할
만한 방향으로 써 주세요.

부탁드려요.

두부 전문점 이름요? '콩 가게'예요.

네? 시노야마 계장님을 그리로 불러내 달라고요? 리사코에
게 부탁하는 편이 나을 텐데…….

하는 수 없죠, 뭐.

계장님이 무슨 말을 했는지 나중에 가르쳐 주세요.

〈시노야마 사토시〉

『주간 예지』의 기자라면서요. 확증도 없는 얘기를 흥미 위
주로 써 댈 속셈이라면 당장 돌아가겠습니다.

'박사' 사건요? 규슈에서 있었던 아동 유괴 살인 사건 말이
군요. 그러고 보니 단 한 군데 잡지만 무죄를 주장했던 것 같
은데. 그게 댁이 일하는 잡지라고요? 그러니까 댁을 믿어라

이 말입니까?

어쩔 수 없군요. 하지만 나를 불러낸 건 내가 시로노 미키와 사귀었다는, 사내에 떠도는 소문을 사실로 받아들였기 때문 아닙니까.

말이 되는 소리를 하라고 하세요.

아무 근거 없는 헛소문에 불과해요. 아니면, 혹시 무슨 근거라도 있다는 말인가요?

도시락요? 아아, 눈치챈 사람이 있었군요. 네, 받기는 했습니다만, 정말 달갑지 않았어요.

도시락을 받게 된 경위요? 사소한 일이 있었지요.

히노데 화장품은 히노데 주조의 자회사이고, 나는 술을 좋아해서 대형 주류 회사에 취직했는데 3년째 되는 해에 화장품 쪽으로 발령이 났어요. 뭐, 쌀겨 화장품이라나. 내 참. 그렇게 못마땅해하면서도 일은 편하니까 한가롭게 지내고 있었는데 작년 초봄에 '백설'이라는 비누가 대박을 터뜨린 겁니다. 석 달가량은 눈코 뜰 새 없이 바쁜 나날이 계속되었죠.

회사에서 자는 날도 많았어요. 그래서 자양 강장제로 겨우 버티며 일했는데, 하루는 야근 중에 갑자기 눈앞이 핑 돌더군요. 그때 같이 야근을 하던 사람이 시로노 미키였어요. 구급차를 부를까요? 어쩌고 하면서 호들갑을 떨기에 그냥 영양 부족이라고 둘러댔어요.

그랬더니 다음 날 도시락을 싸 온 거예요. 굳이 이럴 것까지 없는데 미안하다고 하자 고향에서 채소를 잔뜩 보내는 바람에 처리하기 힘드니 먹어 주면 고맙겠다고 해서 받게 된 겁니다.

처음에는 쌀밥에 조림 반찬 정도의 도시락이어서 흑심이 있다는 느낌은 못 받았어요. 하트 모양 주먹밥이라도 들어 있었다면 즉시 거절했겠죠.

도시락에 편지나 메모가 들어 있는 것도 아니고, 전달 방법도 직접 건네주는 게 아니라 휴게실 냉장고 두 번째 칸에 넣어 두는 것이라 먹고 나서 빈 도시락을 같은 자리에 돌려놓으면 그만이었어요. 도시락 가게에 도시락을 배달시켜 먹는 느낌이랄까요.

물론 답례는 했습니다.

머그 컵이냐고요? 아니요, 형태가 남는 게 싫어서 편의점에서 파는 초콜릿이나 슈크림 같은 디저트를 도시락 통 옆에 놓아두었습니다.

단것을 아주 좋아한다면서 기뻐하더군요.

도시락에 점점 정성이 들어가 그야말로 도시락다운 도시락이 되었을 때도 반찬의 가짓수가 조금 늘었다고 생각했을 뿐입니다. 그 정도 되면 상대의 마음을 눈치채야 하는 거 아니냐고요? 뭐, 내가 좀 둔한 구석이 있긴 합니다만, 혹시 학생 시절에 도시락을 먹어 본 적 있습니까?

중고등학교 때요? 나랑 같군요. 그럼 어머니가 싸 주는 도시락에서 매일같이 애정이 느껴지던가요? 매일 아침 부엌 식탁에 손수건에 싸인 도시락이 놓여 있는 걸 당연하게 여기지 않았나요? 뚜껑을 열고 뭐가 들었는지 하나하나 확인하지 않잖아요. 당연하다는 듯이 먹고, 어쩌다 싫어하는 게 들어 있으면 실망하고, 그 정도 아니었습니까?

그와 마찬가지예요. 내가 재료비를 내겠다고 제안한 적도 있지만, 돈을 받으면 좀 더 제대로 만들어야 하니까 부담스럽다면서 거절하더군요.

받아 주는 것만으로도 행복하다, 따위의 말을 했다면 나는 잘해 볼 생각이 없으니 더는 도시락을 싸지 말라고 분명히 말했겠지만 저쪽에서 호의를 표시한 것도 아닌데 거절하면 웃음거리만 되지 않겠어요.

도시락은 되도록이면 여사원이 없을 때 살짝 가지러 갔는데, 간혹 두세 명이 수다를 떨고 있을 때도 있었어요. 엿들을 생각이 없어도 듣게 되죠.

— 얼마 전 회식 때 ××가 느닷없이 나한테 이런 소리를 하는 거야. 미안해요, 나 여친 있어요, 라고 말이지. 내 참. 뭐라는 거예요? 내가 언제 그쪽을 좋아한다고 했어요? 그러려다 말았어.

― 우와, 자의식이 과잉이네. 그 사람이 그런 면이 있구나. 별로 잘생기지도 않았으면서 말이야. 이쪽에서 조금만 친절을 베풀어도 자기한테 마음이 있다고 제멋대로 생각해 버리는 타입인가 봐.

― 눈만 마주쳐도 그렇게 생각하는 거 아냐? 꺄아아아…….

그런 대화를 듣고 있자면 내일은 내 신세가 저럴 수도 있겠다는 생각이 들잖아요. 그 ××가 나랑 친한 사람이라서 나중에 넌지시 물어봤더니 그때 휴게실에서 그 얘기를 한 여자가 매일 밤 잘 자라는 문자를 보내길래 큰마음 먹고 그랬다는 거예요.

댁도 우리 회사 여사원들한테 이번 사건에 대해 들었을 테지만, 그들이 하는 말을 곧이곧대로 믿지 않는 게 좋아요. 머릿속에서 이루어진 창작도 누군가에게 말하는 순간 진실로 둔갑하니까 말이죠.

그래도 자의식 과잉으로 여겨지든 말든, 귀찮다 싶었을 때 즉시 거절했으면 좋았을 걸 그랬어요.

도시락을 받기 시작한 지 한 달쯤 된 어느 토요일이었을 거예요. 그날 낮에 혼자서 영화를 보러 갔어요. 그리고 일찌감치 밖에서 저녁을 먹은 후 집에 돌아와 현관 옆에 붙은 우편함을 열었더니 고기 감자 조림이 든 플라스틱 용기가 들어 있지 뭡니까.

메모 같은 건 없었지만 한눈에 시로노 미키라는 걸 알았어요. 그제야 이거 안 되겠구나 싶었습니다. 물론 내가 사는 곳이 회사에서 마련한 독신자용 아파트라 주소를 알려고 마음 먹으면 크게 어려운 일은 아니에요. 그래도 그렇게까지 하면 대개는 움찔하며 물러서게 되잖아요.

그래서 월요일에 그녀를 사람들 눈이 없는 곳으로 불러내서, 이런 식은 좀…… 하고 말을 꺼냈습니다. 그런데 좀처럼 말이 제대로 나오지 않아서 우물우물하자니 그녀가 먼저 입을 열더군요.

— 쇼핑하러 가는 길에 들른 건데 폐가 되었나요?

누가 옆에서 들으면 서류라도 전하러 왔나 보다고 생각할 정도로 진지한 말투였습니다.

그래요. 물론 폐를 끼친 건 아니죠. 보답을 바라는 것 같지도 않았고요. 그래서 쉬는 날까지 일부러 그런 걸 갖다 주다니 고맙다고 말할 수밖에 없었어요.

그 후로는 한 달에 두 번꼴로 쉬는 날에도 우편함에 도시락, 아니죠, 반찬이 들어 있었습니다. 매주는 아니었어요. 고향에 내려가는 날도 있었나 봐요. 어떤 날은 지역 특산물인 잔생선 조림이 병에 들어 있었거든요.

그게 어디 거였더라. '한 공기 더!' 하는 소 그림이 그려진

다진 고기 볶음이 맛있었는데. 고베 특산물이라고요? 역시 『주간 예지』 기자는 모르는 게 없군요.

시로노 미키의 고향집요? 모르겠어요.

우리 집에 들어온 적요? 없어요. 도시락을 갖다 주러 왔을 때 마침 제가 집에 있었던 적이 두세 번 있었는데, 근처에 있는 라면 가게 같은 데서 함께 식사한 적은 있지만 집 안에는……. 정말입니다, 거짓말이 아니에요.

그런 타입의 여자는 한번 관계를 가지면 여간 성가시지 않거든요. 게다가 가볍게 즐기는 기분으로 만나는 여자는 이미 몇 명 있었고요.

도시락을 단호하게 거절한 건 아마 여름 들어서일 겁니다.

갓 사귀기 시작한 여자와 밖에서 만나 간신히 집까지 데려왔는데 그만 우편함에 든 반찬을 발견하고 만 겁니다. 나는 혹시나 들키면 위험하다고 생각하고 우편함을 열지 않았는데 그녀가 카레 냄새가 난다며 우편함을 열었어요. 우편함에 카레라니, 상상해 보세요.

손수건으로 쌌다거나 종이봉투에 들어 있었다면 또 모르겠는데, 카레가 든 반투명 플라스틱 용기가 그대로 들어 있었으니…….

시골에서 올라오신 부모님 때문에 비슷한 경우를 당한 적이 있다고요? 아, 그 얘기를 미리 들었으면 좋았을걸. 그랬다면 저도 부모님이 놓고 가셨다고 둘러댔을 텐데. 그럴듯한 변명도 못 하고 우물쭈물했더니, 다른 여자가 있다면 돌아가겠다며 화를 내고 가 버렸어요.

그래요, 미키 노리코였습니다.

뭘 그렇게 놀랍니까. 사귀지도 않은 시로노 미키와는 사귄 걸로 되어 있고 정작 사귀었던 미키 노리코와의 일은 마치 나의 망상이었던 것처럼 되어 있나 보죠? 그래서 여사원들 얘기는 곧이곧대로 믿지 말라는 겁니다.

처음 입사했을 때부터 노리코를 참 아름답다고 생각했습니다. 식사를 같이 하자고 청해 본 적도 있었지만 정중히 거절하더군요. 정말 죄송하다면서 고개를 숙였어요. 노리코 아버지가 지역 유지라 정초가 되면 이 일대 사업주들이 너도나도 인사를 하러 찾아간다느니 하는 소문이 사내에 떠돌기에 쉽사리 가까이할 수 있는 여자가 아니겠다 싶어 체념하고 있었습니다.

그런데 여름이 다가올 무렵이었나.

그녀가 전국 각지의 전통주를 취급하는 가게에 가 보고 싶은데 술에 대해서 잘 모르니 괜찮으면 같이 가 주겠냐고 하더군요.

그래서 같이 갔다가 서로 주파수가 딱 맞는다는 걸 알게 되었어요. 내가 권하는 술을 마신 그녀가 나와 똑같은 감상을 말하더군요.

목 넘김이 상큼하네요. 따위의 식상한 표현이 아니에요. 입에 머금으니 머릿속에 이러이러한 경치가 떠오른다, 그런 표현을 썼어요. 저도 좋은 술을 마시면 머릿속에 이미지가 떠오르거든요. 그게 마시는 족족 같은 이미지라면 운명적이라고 느끼는 게 당연하지 않을까요.

다음에는 와인을 마시러 가자, 맛있는 고기를 먹으러 가자, 하면서 주말마다 함께 돌아다니게 되었죠.

당연히 시로노 미키에게는 분명하게 말했습니다. 만나는 여자가 생겼는데 그녀가 다른 여자가 음식을 해다 주는 걸 싫어하니 그만두라고요. 지금까지 고마웠다고 인사하고, 노리코가 추천해 준 초콜릿 가게에서 제일 비싼 선물 세트를 사서 건넸습니다. 저쪽도, 이제 계장님의 건강을 염려하지 않아도 되니 안심이에요, 라고 웃으면서 말했으니 뒤끝이 있을 리 없습니다.

아니, 애당초 사귄 적이 없으니 뒤끝이라고 하기도 그렇지만요.

음식을 갖다 준 사람이 시로노 미키라는 걸 노리코가 알았느냐고요? 알았어요. 사실대로 말해 달라고 해서 지금 댁한테 말한 대로 노리코에게도 말했습니다.

시로노 미키는 내가 사귀는 여자가 노리코라는 사실을 알았느냐고요? 알았죠. 만난다는 여자가 노리코냐고 묻기에 왜 그렇게 생각하느냐고 했더니 왠지 그럴 것 같은 느낌이 든다 고 해서 부정하지 않았어요.

딱히 화가 난 것 같지도 낙심한 것 같지도 않아 보였어요.

하지만 이런 사건이 벌어지고 보니 노리코라는 걸 밝히지 말았어야 했다는 생각이 듭니다. 게다가 나와 노리코의 관계 는 진즉에 끝났는데 말이죠.

그래요, 작년 말에 노리코에게 차였습니다. 나와 사귀기 전 부터 좋아하는 사람이 있었지만 연이 닿기 힘든 상대라 포기 하고 나를 만났는데 그 사람이 고백을 했대요.

회사 사람이냐고요? 그럴 리 없죠. 그랬다면 내가 순순히 물러났겠습니까. 바이올리니스트라고 하더군요. 앨범도 몇 장 낸, 그런대로 유명한 바이올리니스트래요.

대체 난 뭐였나 싶어 화가 나는 한편, 이런 날이 오지 않을 까 하는 예감도 있었기에 아아, 역시, 하고 생각했습니다.

왜, 옛이야기에도 있잖아요. 선녀의 날개옷을 숨긴 나무꾼 이 하늘로 올라가지 못한 선녀와 결혼해서 한동안 행복하게 살았지만, 어느 날 숨겨 놓은 날개옷을 발견한 선녀가 하늘 로 돌아가 버린다는 얘기 말입니다. 그런 거 아니겠습니까.

나야 허망하게 손을 흔들 뿐이죠.

'백설'이라는 비누의 이름이 재작년까지는 '날개옷'이었습니다. 하늘에라도 오르는 기분이 들 만큼 개운하다는 뜻이라나 뭐라나. 그게 대박이 나는 과정을 두 눈으로 직접 목격했으면서도 어쩌다가 그렇게들 열광하게 되었는지는 지금도 이해가 안 됩니다.

아이러니하게도 '백설'은 사건 이후로 더 잘 팔려 나가요. 회사가 사건에 대해 함구령을 내리지 않은 것도 그걸 이용해서 지명도를 높이려는 속셈 아니겠어요.

노리코를 죽인 사람이 시로노 미키냐고요?

그러니까 나를 불러내서 시로노 미키에 대해 묻는 거 아닙니까?

그리고 나는 내가 공범이라는 무책임한 소문을 불식시키려고 이렇게 하고 싶지 않은 얘기까지 댁한테 하는 거고요. 댁이 정말 『주간 예지』 기자 맞습니까?

사실 『주간 예지』도 '박사' 사건 때야 우연히 그 주장이 들어맞았지만 평소에는 다른 주간지들처럼 무책임한 기사도 많이 싣잖아요.

그저 확인하려고 한번 물어본 거라고요? 아니, 이런…….

범인이 시로노 미키라는 건 뻔하지 않나요?

내게 도시락을 싸다 줬을 때 겉으로는 아무 속셈도 없는 듯한 얼굴을 하고서 한 발 한 발 접근하려 했던 것처럼, 이번 사건도 회사에서는 멀쩡한 얼굴로 노리코와 친한 척하면서 뒤로는 죽일 계획을 짜고 있었던 겁니다. 정말이지 뱀 같은 여자예요.

도난 사건과의 관련성요? 별걸 다 아는군요. 보나 마나 여사원들이 시시콜콜 떠들었겠죠. 나는 도난 사건의 범인도 시로노 미키가 아닐까 생각합니다. 사건이 처음 일어난 시기가 내가 도시락을 싸지 말라고 한 지 얼마 안 되었을 때입니다. 저는 도시락을 받지 않으면서부터 당연히 답례도 하지 않았습니다.

그런데 그녀에게는 냉장고에 든 디저트가 내가 보낸 선물로 보였던 것 아닐까요. 그 정도로 실연의 충격이 컸다는 뜻이겠죠. 그 충격이 서서히 증폭되면서 냉장고뿐 아니라 다른 사람의 서랍에서도 물건을 훔치게 되었고요.

우리 부서 사람들은 모두가 정상인 집단에 이상한 사람이 하나 섞여 있다는 사실을 알면서도 하나같이 방치했던 겁니다. 그러다 보니 오히려 괴물을 키우게 된 거죠.

노리코를 불태운 석유도 송별회 전날 시로노 미키가 회사에 오는 길에 주유소에서 샀다는 사실이 밝혀졌잖아요. 식칼인지 무슨 칼인지로 사람을 마구 찌른 것만도 제정신으로 볼수 없는데 불까지 지르다니, 완전 정신이 나갔다고밖에 할수 없죠.

혼자 범행을 저지르기에는 시간이 부족하다는 이유로 공범설이 제기된 모양인데, 그렇게 정상 궤도를 벗어난 행동은 대개 혼자서 하는 법입니다. 하물며 그 공범이 나라니, 얼토당토않은 말이에요.

물론 내가 그날 1차만 끝내고 돌아간 건 맞지만, 집에 들어가서 혼자 술을 마셨습니다. 약간 불쾌한 일이 있었거든요.

바보처럼 두부, 두부를 외치는 여사원이 있었어요. 화로구이 코스를 예약해 놓았는데, 튀긴 두부 주문해도 돼요? 다들 튀긴 두부 안 먹을래요? 그러면서 말이에요.

그러니까 노리코가 그 여사원에게 다음번에 맛있는 두부집에 데려가 주겠다고 하더군요. 참깨두부 튀김이 일품이라면서요.

거기, 내가 가르쳐 준 곳이에요. 맛있죠, 튀긴 두부.

노리코가 두부 안주에 맛있는 술을 마시고 싶다고 해서 만마로에서 정보를 찾아 주었어요. 내 만마로 친구들 중에 주당이 많아서 시골의 숨은 가게 같은 곳을 잘 알거든요. 그랬는데 내 쪽으로는 눈길도 안 주는 거예요. 싸우고 헤어진 게 아니니 조금은 친절하게 대해 줘도 좋을 텐데 헤어진 그 순간부터 싹 무시하더라고요.

그렇다고 노리코를 원망하지는 않습니다. 음악가랑 뭐 그리 오래갈까 싶었어요. 노리코가 돌아오길 기다린 건 아니지만 그 정도 여유는 있었다는 말입니다.

그러고 보니 노리코가 그날 상당히 멋을 부리고 왔던데, 혹시 그 바이올리니스트와 만나기로 했던 것 아닐까요? 역 근처에서 만나기로 했는데 약속 시간에 늦을 것 같아 시로노 미키의 차를 얻어 탔다…….

아니, 잠깐만요, 혹시 그 바이올리니스트를 범인으로 볼 수는 없을까요?

바이올리니스트가 노리코를 만나러 이 동네에 놀러 오기로 했다면 말이죠.

교통편이 좋다고 할 수는 없으니 관광지를 돌기에는 차가 있는 편이 낫다, 그렇게 생각한 노리코가 시로노 미키에게 차를 빌리기로 한 겁니다. 그리고 둘이 회사에서 함께 차를 타고 가다가 도중에 바이올리니스트를 태운 후 시로노 미키는 차에서 내린 거죠. 시로노 미키가 어딘가 갈 데가 있어서 역에서 내렸는지도 모르고요. 시로노 미키가 역에서 목격된 시각을 고려하면 셋이서 카페라도 들렀을 수 있어요.

그 후 노리코와 단둘이 남은 바이올리니스트가 노리코를 인적이 드문 장소, 즉 시구레 계곡으로 데려가 살해한 겁니다. 동기는 그에게 다른 여자가 생겼다, 그런 것 아닐까요. 애당초 심심풀이 상대로 만났을 뿐인데 순진한 노리코가 속은 거죠.

내가 쉽게 물러서지 않고 그 인간에 대해서 좀 더 잘 알아봤더라면 노리코를 지킬 수 있었을지도 모르는데.

네, 바이올리니스트의 이름요? 이름은 잊어버렸지만, 무슨 브러더스인가 하는 형제 듀오라고 하던데요.

세리자와 브러더스? 아, 맞아요, 그겁니다. 혹시 벌써 용의 선상에 올랐나요?

토요일에 도쿄에서 콘서트를 한다고요? 그런 마당에 이런 시골까지 올 리 없다?

그럼 역시 시로노 미키군요. 어머니가 위독하다고 거짓말을 하고 출근하지 않는 데다 연락도 안 닿는 것 같고, 역에서 목격됐을 때의 모습도 이상했다고 하니까요.

그래요. 오자와를 불러내 보죠. 역 앞 커피숍으로요.

어쨌거나 그가 시로노 미키를 마지막으로 본 사람이니까요.

〈오자와 후미아키〉

계장님, 괜찮을까요? 사건에 대해 주간지 기자에게 이야기해도 말이죠. 뭐, 제가 대단한 정보를 제공할 수 있는 것도 아니지만요.

송별회 날 저녁, 저는 만취한 상태로 지금 아카호시 씨가 앉아 있는 바로 그 자리에 엎드려서 졸았어요. 그러다 퍼뜩 눈을 떠 보니 10시가 넘었더군요. 야, 이거 큰일이다 싶어 벌떡 일어나서 바깥을 내다보는데 시로노 씨가 양손으로 커다란 가방을 안고 뛰어가는 모습이 눈에 들어왔어요.

지금 한번 보세요, 잘 보이죠?

여기 앉지 않았으면 좋았을걸. 제가 목격한 시간에 따라 시로노 씨의 범행 가능 여부가 판가름 나다니, 책임이 너무 크잖아요.

가게에 걸린 시계를 보고 10시가 넘었다는 걸 알아차린 것까지는 기억하는데 그게 정확히 몇 분이었는지는 기억하기 힘듭니다. 오히려 정확하게 기억하는 편이 범행에 가담한 것처럼 여겨지지 않나요.

빠른 시각을 답하면 시로노 씨를 편든다고 할 것이고 늦은 시각을 답하면 시로노 씨를 범인으로 몰려는 사람을 편든다고 할 것이고. 어느 쪽이든 의심을 살 테죠.

네, 시로노 씨를 범인으로 몰려는 사람, 말입니다. 그럴 가능성도 있지 않겠습니까. 시로노 씨는 착실한 사람이어서 떠맡지 않아도 되는 일까지 싫은 내색 한번 하지 않고 떠맡아 야근을 하거나 새벽같이 출근하기도 했으니까요.

하기야 저도 신혼여행 때 일을 부탁했지만요.

제가 결혼한 건 작년 8월입니다.

미키 노리코 씨와 시로노 씨는 부서에서 단체로 하는 축의금 말고도 동기로서 하는 거라며 별도로 찻잔 세트를 선물했습니다. 자기들이 좋아하는 아티스트의 기념상품이라고 설명하는데 사이가 좋아 보였어요.

흰색 바탕에 금색으로 각각 높은음자리표와 낮은음자리표가 그려진 심플한 디자인이었죠. 두께가 얇아서 입술 닿는 느낌이 좋다고 아내가 마음에 들어 하며 거의 매일 사용했는데, 이런 일이 일어나는 바람에 지금은 식기장 깊숙이 처박혀 있습니다.

어쨌든 그런 일도 있고 해서 저는 시로노 씨가 미키 노리코 씨를 살해했다는 게 믿기지 않습니다. 외모 등에 콤플렉스를 느꼈지는 모르겠지만 일은 시로노 씨가 더 잘했고, 주변에서도 그 점을 인정하거든요.

물론 저야 동기일 뿐 두 사람에 대해 그다지 잘 알지는 못합니다. 그리고 그때 시로노 씨가 절박해 보였던 것도 사실입니다.

말 그대로 헐레벌떡 뛰어가더군요. 양손으로 안은 가방이 럭비공처럼 느껴질 정도로요.

그래서 월요일에 과장님이 시로노 씨의 전화를 받으면서, 어머니가 위독하셔? 라고 반문하는 걸 듣고 아, 그래서 그랬구나 하고 납득했죠. 그런데 그게 거짓말이라면서요?

그렇다면 뭐가 그렇게 급했을까 생각해 봤어요.

혹시 특급 전철을 타려고 했을지도 모른다는 생각이 들더군요. 그래서 조사해 봤더니 10시 20분 오사카행이 있었어요. 막차였습니다. 그리고 이 말은 경찰에서도 했는데, 시로노 씨는 발권기를 지나쳐 광장에서 그대로 개찰구를 빠져나갔습니다.

표를 미리 사 둔 거죠.

그렇다면 계획적인 범행이었다는 얘기일까요? 제가 그것까지 생각할 필요는 없겠지만요.

시로노 씨가 그 전철을 탔다면 제가 목격한 시각은 10시 20분 이전이라는 얘기가 됩니다. 아마 경찰이 시각을 물었을 때 처음에 생각한 10시 10분에서 15분 사이가 아니었을까 싶어요.

그럴 경우 시로노 씨가 범행을 저지르는 일이 가능했을지 불가능했을지는 저도 잘 모르겠습니다. 공범설은…… 글쎄요, 어떨지. 아, 계장님을 의심하는 건 아닙니다.

역시 진범은 따로 있고, 시로노 씨가 특급 전철의 막차를 탈 거라는 사실을 알고 이용한 거겠죠.

시로노 씨는 살아 있는지 죽었는지.

지금까지 말씀드린 건 제 추측일 뿐이니까 절대 기사화하시면 안 됩니다.

[자료 2, 3(253~270쪽) 참조]

3장

동창생

〈마에타니 미노리〉

『주간 태양』 편집부 앞

미리 말해 둡니다만, 이건 항의 편지입니다.

평소에 주간지를 읽는 습관이 없는 제가 『주간 태양』 3월 25일자를 보게 된 것은 학창 시절의 친구에게 메일이 왔기 때문입니다. 기사를 읽고 무슨 생각이 드는지 꼭 알려 주었으면 한다는 내용이었죠.

'시구레 계곡 여사원 살해 사건'에 관한 기사였습니다.

그 사건에 대해서는 저도 텔레비전과 신문을 통해 알고 있었습니다. 저와 같은 나이의 독신 여성이 칼에 열 군데 넘게 찔리고 시커멓게 탄 채 숲속에서 시신으로 발견되었다는 뉴스는 매우 충격적이었습니다.

더구나 텔레비전에서 시구레 계곡을 찍은 영상이 흐르는 것을 보고, 3년쯤 전에 그 부근에 사는 학창 시절 친구에게 놀러 갔던 기억이 나서 그렇게 끔찍한 곳에 혼자 사는 친구를 걱정하던 참이었습니다.

당장 『주간 태양』을 사서 기사가 실린 페이지를 펼쳤습니다. 먼저 피해자 미키 노리코 씨가 '백설' 비누를 만드는 회사에 근무했다는 사실에 놀랐습니다. 기사에서는 회사 이름을 밝히지 않았지만 그 회사가 '히노데 화장품'이라는 사실은 곧바로 알 수 있었거든요. 저는 한층 불안해졌습니다.

제 친구 역시 '히노데 화장품'에 근무하고 있습니다.

지금쯤 회사가 발칵 뒤집혔을 텐데 친구는 괜찮을까.

그녀의 안위를 걱정하는 한편, 이런 정보까지 공표해도 되나 싶은 의문이 생기더군요. 그러나 인터넷을 검색해 보니 마치 당연하다는 듯이 회사 이름이 등장하는지라 제 안테나의 능력이 떨어지나 보다 하며 생각을 바꾸었습니다. 또한 사건 이후 '백설' 비누의 주문 건수가 늘었다는 기사를 보고는 큰일이라며 걱정스러웠습니다.

제가 '백설'을 애용하고 있었기 때문입니다. 일시적인 팬이 아닙니다. '백설'이 예전에는 '날개옷'이라는 이름으로 판매되었는데, 저는 그 당시부터 이 비누를 사용했습니다. 피부가 쉽게 거칠어지는 제게 친구가 자기네 회사에서 만든 천연 소재 비누가 있다며 써 보라고 보내 준 게 계기였습니다.

뾰루지투성이던 제 얼굴이 그 비누를 사용하고 일주일도

안 되어 매끌매끌해지더군요.

그 후로는 직접 우편 주문을 통해 구입하게 되었습니다. 그런데 이름이 바뀌고 영향력 있는 채널에 광고가 나간 이후 갑자기 각광받게 되면서 발송하는 데만 한 달이 걸린다는 엽서를 받자 저는 친구에게 전화해 단 한 개라도 좋으니 구해 줄 수 없겠느냐고 부탁했습니다.

다른 비누를 사용한다는 건 생각할 수도 없게 되었거든요.

친구는 곧바로 '백설'을 보내 주었습니다. 그것도 세 개나요. 그리고 정신없이 바쁠 텐데 메시지까지 첨부했더군요.

— '패랭이 하우스' 멤버가 다시 모였으면!

'패랭이 하우스'란 저와 제 친구 시로노 미키가 함께 학생 시절을 보낸 아파트입니다. 기사에서 'S 씨'라고 불리며 마치 살인범인 양 취급되는 시로노 미키가 그럴 사람이 아니라는 걸 증명해 주는 일화로 가득한 곳이죠.

'패랭이 하우스'는 T 여대 학생 전용 아파트입니다.

학교에서 걸어서 15분, 가장 가까운 역까지는 걸어서 5분 거리에 있는 지은 지 30년 된 3층짜리 철근 콘크리트 건물로, 세 평 크기의 집집마다 화장실과 싱크대가 있었습니다. 월세는 2만 엔이었어요.

아무리 지방 도시라지만 요즘 세상에 그런 월세가 어디 있나며 다들 놀라곤 합니다만, 그렇다고 해서 하자가 있는 곳은 아니었습니다. 욕실은 따로 없었지만 아파트에서 백 미터 정도만 가면 대중탕이 있어서 큰 불편은 없었습니다. 오히려 입시를 보러 왔을 때 묵었던 호텔처럼 좁디좁은 조립식 욕실을 사용하느니 매일 널따란 욕조에 몸을 담글 수 있어서 그 편이 몇 배 낫다고 생각했습니다.

다만 대부분의 여학생이 월세가 10만 엔 가까이 되는 세련된 원룸에 살고 있다는 사실을 학교에 다니면서 알게 되긴 했죠. 입학한 지 얼마 안 되었을 때 제가 사는 집에 놀러 온 친구가 이렇게 좁은 데서 어떻게 사느냐고 기막히다는 듯이 말하는 바람에 내가 사는 집이 그런 곳이구나 하고 깨달았습니다. 에어컨도 없는 구닥다리 아파트라는 거죠.

그렇다고 우리 집안이 특별히 가난한 것은 아니었습니다. 그저 학교에서 소개해 준 집이고 식구 중에 집에서 나가 살게 된 사람도 제가 처음이었기 때문에 학생 아파트는 그런 곳인 줄만 알았던 거죠. 사실 그 아파트에는 각 층에 여덟 집씩 전부 24호가 있었지만 그중 삼분의 일은 빈 집이었습니다.

하지만 그런 만큼 그곳에 사는 학생들은 서로 격의 없이 지내고 결속력도 있었다고 생각합니다. 이사한 지 일주일 만에 환영회가 열렸을 정도니까요. 그해 4월에 입주한 사람은 저와 시로노, 그리고 한 명이 더 있었습니다. 그 한 명은 취재하러 가겠다고 하시면 곤란하니까 여기서는 M이라고만 해 두겠습니다.

제게 『주간 태양』을 읽어 보라고 연락한 친구가 바로 M이었습니다.

환영회는 무척 가정적인 분위기였습니다. 각자 들고 온 음식과 과자를 먹으면서 자기소개를 한 후 선배들이 학교에 대해 가르쳐 주기도 하고 아파트에서 쾌적하게 지낼 수 있도록 조언을 해 주기도 했습니다.

남자의 출입이 금지된 그 아파트에 몰래 남자 친구를 데리고 들어오는 방법도 가르쳐 주었는데, "데리고 오는 건 좋지만, 그거 할 때 너무 큰 소리는 내지 마, 다 들리니까." 하고 조언했을 때는 셋 다 얼굴을 붉히며 고개를 숙였을 정도로 우리 모두 순진한 시골 아이들이었어요.

특히 시로노는 '그거'의 뜻을 몰라, 섹스 말이야, 라고 가르쳐 주자, 결혼 전에 그런 걸 해도 되나요? 라고 귀까지 빨개지며 진지하게 묻는 바람에 선배들이 천연기념물이라는 뜻으로 '텐 짱'이라고 부르게 됐죠. 시로노가 귀여운 별명이라며 좋아해서 저와 M도 텐 짱이라고 부르기로 했습니다.

좋아하는 책은 『빨간 머리 앤』과 『비밀의 화원』, 아이돌보다는 클래식을 좋아하고, 하늘하늘하고 화려한 옷보다는 천연 소재의 부드러운 옷을 좋아하며, 화장은 피부를 보호하려고 기초만 하고, 파마도 염색도 하지 않았어요. 컵라면을 먹어 본 건 단 한 번뿐이고 컵 볶음국수는 있다는 사실조차 모르는 시로노는 그야말로 텐 짱이라는 별명이 어울리는 친구였습니다.

이제부터는 시로노의 성품을 상상하기 쉽도록 텐 짱이라고 쓰겠습니다.

백설 공주를 살해한 것은 백설 공주?

그런데 S 씨의 본명은 '백설 공주'가 연상되는 이름이다.

이런 식으로 억지를 부려도 되는 건가요?

저와 텐 짱과 M은 환영회를 계기로 금세 친해졌습니다.

특히 저와 텐 짱은 학부가 같아서 캠퍼스에서 만나는 일도 많았고 점심도 자주 같이 먹었습니다. 생활환경학부 중 저는 생활환경학과, 텐 짱은 식품 영양학과였습니다.

텐 짱은 요리를 무척 잘했어요.

그래서 거의 외식하는 일 없이 아침과 저녁은 집에서 지어 먹고 점심은 매일 도시락을 싸 갔습니다. 시골집에서 보내 준 채소를 텐 짱에게 나누어 주면 맛있는 반찬이 되어 돌아오곤 했죠. 텐 짱네 집에서 뭘 보내온다든가 M이 뭔가를 텐 짱에게 나누어 주었을 때도 텐 짱은 저와 M에게 반찬을 만들어다 주었습니다.

많이 만든 날에는 선배들에게도 나눠 줬을 거예요.

저는 선술집 아르바이트를 하고 있어서 자정을 넘겨 집에 들어가는 날이 많았는데, 그런 날에는 반찬이 든 플라스틱 용기가 우편함에 들어 있곤 했습니다.

텐 짱이 저와 입맛도 비슷하고 할 줄 아는 음식도 많아서 저는 부모님과 살 때보다 더 건강해졌고, 몸이 안 좋을 때면 텐 짱의 음식이 얼마나 큰 위로가 되었는지 모릅니다. 텐 짱은 장아찌도 담글 줄 알았는데, 아무리 식욕이 없어도 그녀의 가지 절임 하나면 밥을 얼마든지 먹을 수 있었어요.

또 가난한 학생인 저희는 집에서 송금이 오기 직전이면 지갑에 동전 몇 푼밖에 없기 일쑤였는데, 그럴 때 집에서 보내 준 식료품이나 냉장고에 남은 것들을 긁어모아 텐 짱네 집에 가지고 가면 맛있는 요리로 변해 몸과 마음을 채워 주곤 했습니다.

한번은 이런 일도 있었습니다.

찬 바람이 몰아치는데 지갑에서는 동전이 짤랑거리는 소리밖에 나지 않을 때였는데, 역 앞을 지나가다가 마침 생선 장수가 트럭으로 이동 판매를 하고 있는 걸 봤어요. 저녁때가 다 되어서인지 소쿠리에 정어리를 수북이 담아 백 엔에 팔고 있었습니다. 저는 그걸 사서 그 길로 텐 짱 집에 갔습니다.

그런데 M도 똑같은 걸 사 들고 온 겁니다. 그리고 텐 짱 역시 그걸 사 왔더군요. 어쩜 이렇게 생각하는 게 똑같냐며 셋이 마주 보고 웃었습니다.

그 많은 정어리를 텐 짱에게만 떠맡길 수 없어서 텐 짱의 지도하에 요리를 같이 하게 되었습니다. 매실 장아찌와 정어리를 함께 꼬치에 꿰어서 튀기고, 정어리 완자탕도 만들었습니다. 냄비에도 그득, 접시에도 그득. 셋이 다 먹을 수가 없어서 다른 집에도 나누어 주기로 했어요.

"갓 만든 요리 배달요!"

그렇게 외치며 냄비와 접시를 들고 집집을 도는 것도 즐거웠고, 집을 비운 사람을 위해 음식을 플라스틱 용기에 담아 '패랭이 식당 배달 서비스'라고 색연필로 예쁘게 쓴 카드를 곁들여 우편함에 넣어 둘 때는 설레기까지 했습니다.

텐 짱이 솜씨가 좋아 음식이 맛있는 것은 물론이고, 다들 혼자 사는 처지라 생선 요리를 먹을 기회가 별로 없어서인지 하나같이 굉장히 좋아했습니다.

맛있었다는 말을 들을 때마다 쿡, 웃음이 터져 나올 정도로 행복한 기분이었습니다. 다음에 또 만들어 달라는 말을 들었을 때는 제가 할 수만 있다면 매일이라도 배달해 주고 싶은 생각이 들 정도였죠.

손수 만든 음식을 나눠 주고 싶은 마음은 요리에 자신 있는 사람이라면 당연한 일 아니겠어요?

제 고향에도 그런 사람이 몇 명 있었는데, 제가 막상 체험해 보니 그 사람들의 기분을 알겠더군요.

친구나 선배들에게 나눠 주는 것만으로도 즐거운데, 좋아하는 남자에게 맛있는 음식을 매일 만들어 주고 싶은 것은 당연한 감정이라고 생각합니다.

그게 주간지 기삿거리가 될 만한 일일까요?

"함께 야근한 것을 계기로 S 씨가 제게 도시락을 주게 되었는데, 집 우편함에까지 가져다 놓았을 때는 솔직히 매우 난감했습니다."

이런 증언을 했으리라 짐작되는 사람을 만난 적이 있습니다.

시노야마, 그 사람 맞죠?

저와 시로노와 M은 졸업할 때까지 '패랭이 하우스'에서 사이좋게 지냈습니다.

졸업 후 저는 고향에서, 텐 짱은 대학이 있는 T 현에서, M은 오사카에서 취직하는 바람에 뿔뿔이 흩어지게 되었죠. 그러나 늘 문자 메시지와 전화로 연락을 주고받았고, 취직한 지 1년이 되는 여름에는 저와 M이 텐 짱이 사는 곳으로 놀러 갔습니다.

텐 짱은 대학 시절에 딴 영양사 자격증 덕에 일찌감치 '히노데 주조'에 취직이 결정되었는데, 졸업을 얼마 앞두고 그만 '히노데 화장품' 쪽으로 발령이 나고 말았습니다.

"지방이기는 해도 화장품 회사라면 하나같이 화려한 사람들뿐일 텐데……."

그렇게 불안해하던 텐 짱이 아주 밝은 표정으로 마중을 나와 저는 안도했습니다. 운전 연수 중에는 자전거에도 추월당할 정도로 벌벌 떨었다는 텐 짱이 차를 몰고 나온 것에 M은 상당히 놀랐고요.

"좋은 사람들에게 둘러싸여 즐겁게 일하고 있어."

"차로 출퇴근하다 보니 운전도 금방 늘더라."

텐 짱은 저와 M에게 그렇게 말했습니다.

텐 짱 멋있어졌네, 라는 게 우리 둘의 공통된 감상이었죠.

우리는 우선 점심을 먹으려고 역 근처 메밀국수 집에 들어갔습니다.

거기에서 시노야마 씨와 마주친 겁니다.

시노야마 씨는 식사를 끝내고 나가던 참이어서 계산대 앞에서 잠깐 스친 정도였습니다. 텐 짱이 먼저 어! 하고 알아보았고, 시노야마 씨는 아아…… 하는 느낌으로 우리 쪽을 보면서 텐 짱에게 친구들? 하고 물었어요. 우리는 누군지도 모른 채 인사를 했습니다. 그뿐입니다. 딱히 이렇다 할 인상은 남지 않았어요. 지방에 있는 회사의 부서마다 한두 명은 있을 법한 타입이었습니다.

M은 나중에 "냉모밀이라도 먹었는지, 그 하얀 앞니에 파가 끼었더라."라고 말했는데 저는 그런 기억조차 없습니다.

그보다 그때 텐 짱의 얼굴 말인데요, 새빨개져 있었습니다. 자리로 안내받은 후 주문은 뒷전으로 하고 누구냐고 물었습니다. 텐 짱은 직장 선배야, 하고 대답했지만 그 사람에게 연애 감정을 품고 있다는 점은 숨길 수 없었죠.

식사 후 시구레 계곡으로 간 우리는 텐 짱을 꼬드겼어요.

그런데 그 전에…… 시구레 계곡에 관한 묘사도 좀 그렇더군요.

가족끼리 바비큐를 먹은 다음 아이들은 물놀이나 곤충 채집을 하고 어른들은 책을 읽거나 낮잠을 즐긴다. 그런 목가적인 분위기가 넘치는 휴일의 쉼터, T 현 T 시의 '시구레 계곡'

물론 관광 협회가 노리는 건 그런 느낌이겠지만, 우리가 그곳을 찾았을 때는 여름 휴가 시즌 중의 토요일이었음에도 가족끼리 온 건 딱 한 팀뿐이었습니다.

그것만으로도 이 표현이 얼마나 과장되었는지 알 수 있죠.

텐 쨩, 그 사람 좋아하지? 고백해 버리면 어때?

M과 제가 그렇게 말하자 텐 쨩은 처음에는 고개를 가로저었습니다.

회사에서도 굉장히 인기 있는 사람인데 나 같은 여자를 좋아할 리 있겠어?

나 같은 여자. 학창 시절부터 텐 쨩이 입에 달고 다니던 말입니다. 소심한 텐 쨩은 아르바이트하는 곳 같은 데서 마음에 드는 사람이 나타나도 그렇게 말하며 먼저 고백하기를 주저했고, 그러는 사이 상대에게 여자 친구가 생기곤 해서 대학 4년 동안 내내 솔로로 지냈습니다.

그러나 만일 제가 남자였다면 텐 쨩 같은 여자를 좋아했을 거라고 생각합니다. 순수한 텐 쨩은 늘 사소한 일에도 기뻐했습니다. 제게 빌려준 CD를, 참 좋더라, 하며 돌려주었을 때도, 여행 갔다가 기념품을 사다 주었을 때도, 생일 케이크를 사 주었을 때도 그녀는 동그란 눈을 반짝거리면서 기뻐했어요.

또 한 가지, 회사에서 발생한 도난 사건에 대해서도 기사에 쓰여 있던데, 그 내용만 봐도 텐 쨩이 범인이 아니라고 단언할 수 있습니다.

"다음 날 접시에는 밤만 덩그러니 남아 있었어요."

텐 짱은 밤을 아주 좋아합니다.

가을이 되면 M의 고향에서 밤을 보내오는데 텐 짱이 그 밤을 물엿에 조려 주곤 했어요. 조린 밤을 안주 삼아 싸구려 와인을 마시면서 우리는 밤새워 연애 얘기를 했습니다.

우리는 마치 패랭이 하우스 시절로 돌아간 듯이 과자에 와인을 마시면서 연애담으로 이야기꽃을 피웠습니다. 물론 화제의 중심은 텐 짱으로, M과 저는 텐 짱의 장기인 요리를 손수 만들어 시노야마 씨에게 맛보이면 분명히 일이 잘될 거라고 조언하기도 했습니다.

그러니까 제가 이런 편지를 쓰게 된 이유는 일이 이렇게 된 게 우리 탓인 듯도 해서 반드시 오해를 풀어야겠다는 생각이 들었기 때문입니다.

"S 씨는 요리를 잘한다는 점을 이용해 사내 남성과 사귀게 되었는데⋯⋯."
그러나 사귀었다는 것은 S 씨의 일방적인 착각이었던 듯하다.

텐 짱은 실제로 시노야마 씨와 사귀었습니다. 텐 짱의 착각이 아니었다는 것을 증명하다 보면 다소 외설적인 표현이 등

장할지도 모르는데, 그건 텐 짱의 명예를 되찾기 위한 일이
므로 부디 나쁘게 생각하지 않으셨으면 합니다.

졸업하고 1년 동안은 멀리 떨어져 살아도 서로 만나러 다
니곤 했는데 시간이 흐르면서 일이나 각자 주변 사람들과의
교류 때문에 피차 분주해져 만나기는커녕 연락을 주고받는
일조차 점점 줄어들었습니다.

오랜만에 전화를 한 것은 앞에서도 말했듯이 '백설'을 구해
달라고 부탁하기 위해서였습니다. 작년 5월, 연휴가 끝난 후
의 일입니다.

텐 짱이 사원 할인 가격으로 많이 사 둔 것이 있으니 일부
나누어 주겠다고 해서 비누에 관한 부탁은 금방 해결되었고,
이후 우리는 서로의 근황을 보고하게 되었습니다. 그때 저는
텐 짱에게 시노야마 씨와 어떻게 되었는지 물었죠.

수화기에서 후훗, 하고 행복한 웃음소리가 흘러나왔습니
다. 텐 짱에게는 마음이 흡족할 때면 보이는 '텐 짱 스마일'이
라는 게 있는데, 수화기 저편에서 그런 표정을 짓는 모습이
보이는 듯해 저까지 흐뭇해지더군요.

사귀는 거야? 라고 묻자, 응, 그때 너희들이 조언해 준 덕분
이야, 하고 시노야마 씨와 사귀게 된 경위를 설명해 주었습
니다.

작년 봄부터 히노데 화장품에서는 '백설'의 매출이 폭발적

으로 증가하는 바람에 사원들이 눈코 뜰 새 없이 바빠졌고, 그 때문에 시노야마 씨의 건강 상태가 나빠졌던 모양입니다. 그때 텐 짱이 작정하고 도시락을 싸서 건넨 것이 계기가 되었다고 하더군요.

그 내용은 기사에도 있었으니 시노야마 씨도 인정했다고 봐야겠지요. 도시락은 받았지만 사귀지는 않았다, 어떻게 그런 소리를 할 수 있는지 어이가 없을 뿐입니다.

텐 짱은 시노야마 씨가 도시락을 기쁘게 받았다고 했습니다. 좋아하는 음식은 소고기와 가지조림, 싫어하는 음식은 열빙어와 토마토라는 것까지 제게 말해 줬어요. 게다가 밥을 그냥 담지 말고 주먹밥으로 해 달라는 어린애 같은 청까지 했다는 겁니다. 도시락을 받기 곤란했다는 사람이 과연 그런 말을 할 수 있을까요?

시노야마 씨에게 한번 확인해 봤으면 좋겠어요.

저는 텐 짱에게 그거 했어? 라고 물었습니다. 그러자 텐 짱은 부끄러운 듯이 머뭇거리면서도 그런 관계가 되었다고 털어놓았어요.

텐 짱의 망상이 아닙니다.

그는 가운뎃발가락과 넷째 발가락 사이를 핥아 주면 좋아해.

그런 것까지 알려 주었습니다. 텐 짱에게는 시노야마 씨가 처음이었기 때문에 텐 짱의 말에 의문을 느끼지는 않았습니다. 그런데 상당히 이상한 성벽이라는 생각이 들지 않나요?

여자의 발을 핥기를 좋아하는 남자가 있다는 얘기는 간혹 들었어도 자기 발, 그것도 발가락 사이를 핥아 주면 좋아하다니요. 그것도 딱 꼬집어 가운뎃발가락과 넷째 발가락 사이라니.

이게 과연 지어낸 이야기일까요?

시노야마 씨는 분명 거짓말을 하고 있습니다.

사건에 대해 처음부터 냉정하게 생각해 보시기 바랍니다.

사건 당일 저녁 노리코 씨가 S 씨의 차에 타고 있는 모습을 목격했다고 하는데.

설사 텐 짱이 미키 노리코 씨를 차에 태워 시구레 계곡에 갔다고 해도 그 이후에 대체 어떻게 범행을 저질렀다는 걸까요.

시구레 계곡의 멧돼지인가!

이렇게 쓰면 세상 사람들이 텐 짱에 대해 맹수 같은 여자라는 이미지를 가질 거예요. 하지만 실제의 텐 짱은 키도 몸무게도 표준이거나 그에 못 미치는 정도고, 체력으로 말하자면 잼 병의 뚜껑도 열기 힘들 정도로 약한데 말이죠.

112

텐 짱은 고등학교 시절에 천체 관측부 활동을 했고, 대학생 때는 동아리 활동을 전혀 하지 않았으며, 아르바이트도 앉아서 입욕제를 상자에 담는, 체력이 전혀 필요 없는 일을 했습니다.

그런 텐 짱이 한 여자를 시구레 계곡 주차장에서 숲속까지 끌고 갔다면 생각할 수 있는 방법은 두 가지뿐입니다.

하나는 피해자가 숲속까지 스스로 걸어가도록 하는 것이죠.

볼펜을 미끼로 사건 당일 밤 노리코 씨를 불러낸 것 아닐까.

볼펜 하나로 사람을 한밤중의 숲속 같은 곳으로 불러낼 수 있을까요? 시구레 계곡까지야 차로 어떻게 해서든 데려갔다고 해도, 거기서 숲속으로 가려 했다면 미키 노리코 씨도 이상한 낌새를 채고 거부하지 않았을까요.

억지로 끌고 가는 방법도 생각할 수는 있겠지만, 같은 여자끼리 일대일로 그러기는 어려울 거라고 생각합니다. 미키 노리코 씨의 체형이나 체력이 어땠는지는 모르지만 피해자에게 의식이 있었다면 텐 짱이 숲속으로 데려가기는 어려운 일입니다.

그렇다면 수면제 같은 걸 먹여 피해자의 의식이 없는 상태였을까요?

그것이야말로 텐 짱이 절대 할 수 없는 일입니다. 학창 시절 술에 취해 아파트 앞 도로에 곯아떨어진 M을 저와 텐 짱이 발견한 적이 있습니다. 그대로 두면 위험할 것 같아 저는 M의 팔을 텐 짱은 다리를 잡고 들어 옮겼는데 정말이지 이만저만 힘든 게 아니었습니다.

아마 이 기사를 쓴 기자는 간병 같은 걸 해 본 적이 없을 겁니다. 자신의 의지로 움직일 수 없는 성인을 옮긴다는 것은 중노동입니다. 여간 무거운 게 아니거든요. 몸이 야윈 M을 3미터 남짓 옮기는 동안에도 텐 짱은 두 번이나 엉덩방아를 찧었습니다.

텐 짱이 미키 노리코 씨를 숲속으로 데려가기란 불가능한 일입니다.

백번 양보해서 미키 노리코 씨를 숲속까지 데려갔다고 하죠. 가령 텐 짱이 별에 대해 잘 안다는 이유로 말입니다. 거기서 텐 짱이 칼로 미키 노리코 씨를 공격할 수 있을까요.

가냘픈 텐 짱이 칼을 치켜들어 봤자 역습당하고 말 겁니다.

그렇다면 범인은 누구일까요.

노리코 씨와는 이미 헤어진 상태였는데.

시노야마 씨 아니겠어요? 텐 짱과 헤어지고 미키 노리코 씨와 사귀게 되었지만 결국 그녀와도 헤어진 겁니다. 원인은 양쪽에 다 있었겠죠. 피해자가 상당히 미인이라고 하니 시노야마 씨 쪽이 차이지 않았을까 싶군요.

그렇다면 동기는 충분하지 않을까요.

거꾸로, 텐 짱의 동기는 뭐라고 생각하시나요?

S 씨는 실제로 상사에게 차별 대우를 당했던 듯하다.

텐 짱과 전화로 일 얘기를 한 적도 있습니다만, 그런 말은 전혀 듣지 못했습니다. 오히려 차를 끓이는 일에 대해서 "과장님이 언제나 칭찬해 주셔."라고 자랑스럽게 말했을 정도입니다.

"매일 호화로운 도시락을 싸다 주었는데, 결국 여자는 외모일까요. S 씨가 낙심이 대단했어요. 몇 번이나 노리코 씨 험담을 하는 통에 듣는 저도 힘들었습니다."

이 증언도 믿을 수 없습니다. 물론 시노야마 씨를 빼앗긴 텐 짱의 입장에서 미키 노리코 씨가 원망스러웠던 적도 있었을지 모릅니다. 그러나 텐 짱은 구질구질하게 앙심을 품거나 하는 성격이 아닙니다. 험담도 마찬가지입니다. 함께한 대학 4년 동안 단 한 번도 텐 짱의 입에서 남의 험담을 들은 적이 없습니다.

아파트에 사는 학생들은 기본적으로 다들 사이가 좋았지만, 나중에 들어온 학생 중에는 공동 세탁기에 빨래를 넣은 채 마냥 방치하는 사람도 있었고 거의 매일 남자 친구를 데려와 밤새도록 시끄럽게 구는 사람도 있었습니다. 저와 M은 그런 사람들을 험담하거나 직접 주의를 주러 간 적도 있었지만 텐 짱은 불평 한 번 한 적이 없습니다.

애당초 텐 짱은 실연을 이유로 살인을 저지를 만큼 과격한 성격이 아닙니다. 오히려 그런 일이 있으면 자기 방에 틀어박히는 타입이죠. 학창 시절에도 실연을 하면, 내겐 연애가 안 맞나 봐, 라며 아티스트 등 현실적으로 만나기 어려운 사람에게 몰두하곤 했어요.

다만 텐 짱이 의심을 받을 만한 이유가 있다고는 생각합니다.

S 씨는 사건이 발생한 주말 이후 어머니가 위독하다는 핑계를 대고 회사에 나오지 않았다.

시노야마 씨가 텐 짱을 범행에 끌어들인 것 아닐까요. 시노야마 씨는 텐 짱을 속여 텐 짱에게 모든 죄를 덮어씌우려 하고 있는 겁니다. 텐 짱에게 불리한 증언을 하는 사람은 모두 한통속이라고 볼 수 있지 않을까요.

이 기사를 쓴 기자는 상황을 면으로 파악하지 못하는 사람인 듯합니다. 면 속에서 흥미로워 보이는 한 점을 떼어 낸 후 이렇게 되면 재미있겠다 하는 장난스러운 기분으로 끼워 맞춤으로써 전혀 다른 결론을 이끌어 내는 거죠. 혹시 그런 이유로 주의를 들은 적이 없나요?

한통속이라고 쓰고 나니 또 다른 가능성이 떠오르는군요.

혹시 미키 노리코 씨가 텐 짱을 공격하려고 한 건 아닐까요.

텐 짱은 순진해서 시구레 계곡에 데려다 달라고 부탁하면 그곳으로 차를 몰았을 것이고, 적당한 이유를 대면 의심 없이 숲속까지도 따라갔을 겁니다. 거기서 공격을 당했다면 순간적으로 저항했을 것이고, 엉겁결에 상대를 찌르게 되었는지도 모를 일입니다.

공격하지 않으면 공격당하게 되니까요. 텐 짱은 두려움에 쫓겨 여러 번 상대를 찔렀을지도 모릅니다. 불을 지른 것도 상대가 준비를 해 왔기 때문에 순간적으로 저질렀을지도 모르죠.

만일 그렇다면 그건 정당방위입니다.

저 자신도 황당무계한 발상이라고는 생각합니다. 다만 그럴 가능성을 부정할 수 없는 것은 사건 이후 텐 짱에게서 아무런 연락이 없기 때문입니다. 텐 짱이 이 사건에 어떤 식으로든 관련된 것만은 확실하다는 얘기죠.

만일 범죄에 가담하고서 행방을 감춘 거라면 저나 M에게 의지하려고 했을 겁니다. 하지만 제게도 M에게도 연락이 없습니다.

그건 텐 짱이 범죄에 가담한 정도가 아니라 훨씬 중대한 죄를 저질렀다는 뜻일까요. 정당방위든 사고든 텐 짱이 사람을 죽이거나 했다면 죄의식을 견디지 못하고⋯⋯,

스스로 목숨을 끊을지도!

우연히 『주간 태양』을 읽고 자신이 의심 받고 있다는 사실을 알게 되면 텐 짱은 궁지에 몰린 나머지 목숨을 끊으려 할지도 모릅니다.

당신들이 텐 짱을 궁지로 내몰고 있는 거란 말입니다.

아래쪽에 텐 짱의 고향집 주소를 적습니다. 텐 짱의 행방을 찾아 주세요. 만일 텐 짱이 최악의 상태로 발견된다면 저는 『주간 태양』을 고발할 겁니다.

범죄자라도 좋으니 텐 짱을 제게 돌려주세요.

제 소중한 친구를 말입니다.

〈오자키 마치코〉·〈시마다 아야〉

"안녕하세요, 오자키 마치코입니다. 『주간 태양』을 보내 주

서서 감사합니다. 잘 읽었어요. 그런데 졸업생 명부를 어떻게 입수하셨나요?"

"정보의 출처를 밝힐 수 없다고요? 웃기시네. 역시 매스컴답군요. 짐짓 아닌 척하고 있지만 다들 그렇듯이 인터넷에서 샀겠죠."

"판다고요? 졸업식 때 선생님이 그런 짓은 하지 말라고 하셨는데."

"서약서를 써 놓고도 돈에 눈이 어두워 태연스럽게 정보를 파는 인간들이 있다니까. 개인 정보 보호법이니 뭐니 다 허울뿐이야. 정보가 뭉텅이로 새는데 말이지."

"어쩐지 요즘 결혼상담소에서 광고 메일이 오더라니까. 남자 친구가 없다는 걸 어떻게 알았을까 의아했는데 그런 거였어. 그래서 시로노 미키와 같은 반이었던 여자애들에게 출석번호 순으로 전화하다가 내가 걸려든 거네. 아, 이제야 알겠어. 그러면 그렇다고 처음부터 말해 줬으면 좋았잖아요. 혹시 위험한 일일까 봐 친구까지 데리고 나왔는데."

"죄송합니다. 불청객이 와서. 시마다 아야입니다. 취재를 한번 받아 보고 싶었어요. 저는 신경 쓰지 말고 시작하세요."

"그럼 일단 이걸 보세요."

"마치코, 학생회지를 다 가져오다니, 준비성이 좋네."

"이걸 보이지 않을 수 없었어. 아, ……이 페이지예요."

"3학년 B반의 각종 랭킹? 헉! '범죄를 저지를 것 같은 사람' 2위가 시로노 미키야. 이런 걸 용케 찾았네."

"무섭죠? 그런데 시로노 미키에 대해 이야기를 듣고 싶다고 하셨을 때 처음에는 그게 누군지 몰랐어요. 그런 아이가 있었나 했다니까요. 내게 전화한 이유는 몰랐지만 이 고장에 남아 있는 친구가 별로 없으니 나라도 협조해야 하지 않을까 싶어서 취재에 응했는데, 막상 할 말이 없잖아요. 그래서 3학년 때의 학생회지를 펼쳐 보니 글쎄 같은 반이었지 뭐예요. 그리고 각종 랭킹을 봤더니 이게 있는 거예요."

"이 랭킹이 의외로 만만찮거든요. 여기 있는 '빨리 결혼할 것 같은 사람'은 벌써 3위까지 전부 결혼했고, '연예계로 빠질 것 같은 사람' 2위인 다케시타는 스카우트돼서 잡지 모델인가 뭔가를 하고 있대요."

"그래도 그렇지, 어찌나 놀랐는지 몰라요. 이 항목은 맞아떨어지면 안 되는 거잖아요."

"마치코 너도 시로노에게 투표했어?"

"아니야. 같은 반이었다는 사실조차 까맣게 잊고 있었는걸."

"맞아. 얌전하고 별로 존재감 없는 아이였어. 공부는 잘했지만."

"잘도 아네. 같은 반이었던 적 있어?"

"응, 2학년 때. 시로노, 시마다…… 출석 번호가 비슷하잖아. 그래서 조리 실습이나 수학여행 때 같은 조인 적이 많아서 기억이 나."

"그럼 네가 더 자세히 알겠다. 같이 오길 잘했네. 시로노에 대해서 네가 먼저 말해 봐."

"글쎄, 할 만한 얘기가 있을까. 나, 그 아이를 별로 좋아하지 않았거든. 너무 진지하다고 할까, 고지식하다고 할까. 조리 실습 때도 각자 할 일이 분담되어 있으니 자기 일만 잘하면 좋을 텐데 내가 고기 감자 조림에 간장을 눈대중으로 넣으려고 했더니 글쎄 제대로 양을 재서 넣어야 한다는 거야."

"아야에게 주의를 주다니, 용감했네!"

"그런 식으로 말하지 마. 남들이 오해하잖아. 내가 키도 크고 목소리도 커서 우리 반을 주름잡았을 것처럼 보이지만, 내가 애들한테 얼마나 신경을 썼는데 그래. 그때 시로노에게도 미안하다고 사과하고 계량스푼을 썼단 말이야."

"그 정도는 사과할 일도 아닌데."

"아니야. 그 아이, 왠지 음침하고 무서운 느낌이 있었어. F 중학교 아이들에게 이상한 소문을 들은 적도 있는걸."

"소문? 나는 들은 적 없는데."

"수학여행 때 F 중학교 아이에게 들었는데, 시로노에게 저주의 힘이 있다는 거야."

"저주의 힘? 뭐야 그게, 으스스하게."

"중2 청소 시간에 시로노를 울린 남자애가 있었대. 축구부 주장이고, 축구 명문인 다른 현의 고등학교에서 스카우트 제의를 할 정도로 뛰어난 선수였는데 좀 까부는 구석이 있었나 봐. 청소 시간에 걸레를 찼는데 그게 공교롭게 시로노의 머리에 턱 얹히는 바람에 시로노가 울음을 터뜨렸대. 그리고 그 남자애가 사과하는데도 끝까지 절대 용서하지 않겠다고 그러더래. 그런데 그로부터 일주일 후에 그 남자애가 교통사고를 당해서 오른쪽 다리가 부러졌다는 거야."

"우와, 정말 저주받은 거네! 하지만 우연이 아닐까?"

"나도 그렇게 생각했지. 그런데 그 F 중학교 아이는 생각이 달랐어. 다음 날 아침에 선생님이 사고에 대해 설명하는데 시로노가 웃더라는 거야. 너 아니, 시로노의 웃는 얼굴?"

"아니, 본 적 없는데."

"조리 실습 때도 음식이 맛있게 만들어지면 잘했다는 듯이 웃곤 했어. 만족스러운 기분은 이해할 수 있지만 그래도 기분 나쁘게 느껴지거든. 그런데 다른 사람이 사고 당한 얘기를 듣고 웃는 걸 보니 어찌나 무섭던지. 그러다 보니 시로노를 따돌리는 분위기가 형성되었는데, 이번에는 따돌림을 주동한 아이가 전학을 가게 되었대. 그뿐만이 아니야. 왜, 학생들에게 인기를 얻고 싶은 선생이 수업 중에 얌전한 아이를 본보기 삼아 놀리는 경우가 있잖아. 그런데 시로노를 그런 식으로 놀려 댄 선생이 우울증에 걸려서 학교를 쉬게 된 적도 있나 봐."

"그쯤 되면 저주네. 그 축구부 주장은 그 후에 어떻게 됐어?"

"글쎄. F 중학교 아이들은 그 애가 틀림없이 프로 선수가 될 거라고 했다는데, 이 근방에서 J리그에 진출한 사람이 있다는 얘기를 들은 적이 없으니 성공하지 못한 거 아니겠어?"

"시로노의 저주 때문에?"

"그렇지 않을까? 부상이 상당히 심각했다거든. 그러니 간장 따위로 사과하는 심정도 이해가 가지?"

"그래, 사과하는 게 정답이네. 그러지 않았다면 입안을 심하게 데거나 부엌칼에 손을 베였을지도 몰라. 고등학교 때는 저주에 걸린 애가 없었을까?"

"그런 얘기는 못 들었어. 수학여행 때는 스키를 타다 굴러서 오히려 시로노가 저주에 걸린 거 아닐까 생각했던 적도 있어."

"그래! 기억난다. 그 친구, 운동에는 완전 젬병이었어. 1학기 구기 대회 때도 어찌나 배구를 못하는지 유나가 이틀째 시합에 못 나가도록 운동화를 다 숨겼다니까."

"유나라면, 배구부 주장이었던 애?"

"그래, 맞아."

"여름 방학이 끝나고 개학하던 날 새벽에 그 아이가 가메야마 선생님 아파트에서 나오는 사진이 나돌았잖아."

"그래그래. 전 남친인 모리타가 한 짓이었어. 밴드 보컬이었던 애 말이야. 그래서 나는 범죄를 저지를 것 같은 사람 랭킹을 정할 때 모리타에게 투표했어. 결국 1위였지, 아마."

"그거 정말 모리타가 한 짓이었을까?"

"모리타는 아니라고 했지만 걔 말고 누가 그랬겠어. 유나에게 차인 날 밤에 유나네 집 앞에서 기타 치면서 실연에 관한 노래를 불러서 민원이 들어간 일도 있었다잖아. 달리 그럴 사람이 있겠어?"

"시로노."

"아……. 물론 운동화 때문에 시합에는 못 나갔지만, 덕분에 우리 반이 우승했지. 그래서 담임이 반 아이 모두에게 주스로 한턱냈고. 그 덕에 시로노도 마셨으니까 행운이잖아."

"과연 그럴까. 숨긴 게 네 운동화였다면 마치코 넌 어떨 것 같아?"

"나는 배구를 잘하는걸, 뭐. 하긴 초등학교 때 하모니카를 지독히 못 불어서 음악회 때 담임이 하모니카에 테이프를 붙인 적은 있어. 그때는 어린 마음에 상처가 컸지. 담임 죽어 버려라! 그렇게 외치고 싶은 심정이었어. ……아, 그러고 보니 유나 일도 역시 저주네."

"그렇지? 더구나 시로노가 천체 관측부였잖아. 학교에서 별자리를 관찰하고 돌아가는 길에 유나가 가메야마 선생님 아파트에서 나오는 걸 우연히 보고 복수하는 데 이용하자고 마음먹었던 거 아닐까?"

"아니, 그럼 넌 시로노가 정말 그런 짓을 했다고 생각하는 거야?"

"당연하지. 아니면 마치코 너는 정말 저주의 힘이라고 믿는 거야?"

"응. 그래서 시구레 계곡에서 백설 공주를 죽게 만든 것도 시로노의 저주 때문이 아닐까 생각했어. 시로노에게 그렇게 참혹하게 일방적으로 당했다는 게 이상하잖아. 백설 공주를 실제로 살해한 사람은 전 남친이나 스토커 같은 남자고 그렇게 만든 건 시로노의 저주의 힘이라고 생각했지."

"시로노가 직접 죽인 거라니까. 백설 공주가 칼에 찔렸잖아. 시로노가 부엌칼을 얼마나 잘 다루는데 그래. 고기를 자르는 결의 방향이라든지 생선 대가리를 떼어 내는 각도라든지, 그런 요령을 아주 잘 아는 애야. 그러니 일대일로도 가능하지 않겠어? 일격으로 급소를 찌르고 나서 수사에 혼선을 주려고 여기저기 마구 찔러서 불태운 거라고 봐, 나는."

"너, 범죄 드라마를 너무 많이 본 거 아니야? 의사나 간호사가 범인이라면 그럴 수도 있겠지만, 시로노는 비누 회사

사원이란 말이야. 그런 눈속임을 쓸 필요가 있겠어?"

"잘 생각해 봐, 마치코. 기사에도 시로노가 요리를 잘한다는 내용이 분명히 있어."

"아무리 그래도……. 유나 사진을 돌린 사람은 물론 모리타겠지만 그렇게 된 건 시로노의 저주 때문이야. 백설 공주를 살해한 것도 시로노는 아니지만 그 역시 시로노의 저주 때문이고. 그렇게 생각하는 편이 재밌지 않아? 동화 속 백설 공주에게 독이 든 사과를 먹인 것도 마법사 왕비였잖아."

"아무튼 우리가 할 얘기는 다 했고, 이제 기사를 정리하는 건 아카호시 씨가 할 일이야."

"아, 맞다! 학생회지에 한 사람이 한마디씩 하는 코너가 있었잖아. 시로노가 거기다 뭐라고 썼는지 확인해 보는 것도 좋겠다. ……아, 여기 있네."

"'대학생이 되면 뭔가 좋은 일이 일어났으면 좋겠다. 시로노 미키.' ……바람도 무색하게 좋은 일이라고는 하나도 안 일어났겠지, 보나 마나."

〈에토 신고〉

중학 시절 같은 반 친구 이름이 세간이 떠들썩한 '시구레 계곡 여사원 살해 사건'의 용의자로 거론되고 있어 솔직히 말하자면 놀랐습니다. 제가 만마로라는 SNS를 하는데, 시로노미키라고 실명이 공개되어 있더군요. 그녀가 다닌 초등학교, 중학교, 고등학교, 대학교 이름도요.

저를 취재하러 오신 건 누군가 그녀의 '저주의 힘'에 대해 말했기 때문 아닙니까?

역시 그랬군요. 그 일은 제가 잘못한 겁니다.

그 당시 저는 축구를 잘한답시고 아주 기고만장했습니다.

제가 축구를 시작한 건 초등학교 2학년 때입니다. 두 살 위인 형이 먼저 마을 소년 축구팀에 들어갔고, 초등학생이 되면 으레 축구를 하는 줄 알고 별생각 없이 저도 들어갔습니다. 형은 텔레비전 만화 주인공을 동경해서 들어갔지만 말입니다.

그런데 어느 순간 제가 더 잘하게 된 거예요.

시골 팀치고는 연습이 혹독했던 것 같습니다. 당시 대학을 갓 졸업하고 고향으로 돌아온 구리타 코치가 고등학교 시절에 전국 고교 축구 대회에서 준우승한 경험이 있는 실력자라 본업인 세탁소를 뒷전으로 하고 우리들을 지도하는 데 힘을 쏟았거든요.

5학년과 6학년 때 현 대회에서 우승했고, 6학년 때는 최우수 선수로 뽑혔습니다. 현 내의 축구 강호로 이름난 사립 중학교에서 스카우트 제의가 있었지만, 구리타 코치에게 의논했더니 자신은 이 지역 중학교를 졸업하고 고등학교를 다른 현에 있는 축구 명문 사립 고등학교로 진학했는데 그러길 잘했다고 생각한다고 해서 저도 그냥 이 지역 중학교를 다니기로 했습니다.

소년 축구팀의 멤버 전원이 F 중학교로 진학한 덕분에 중등부 대회에서도 꽤 좋은 성적을 거두었습니다. 역시 강호 사립은 이길 수 없었지만요. 하지만 저는 1학년 때부터 현의 강화 선수로 선발되어 훈련했기 때문에 그다지 불만이 없었습니다. 불만은커녕 주위에서 추어올리는 통에 우쭐했어요.

여학생들에게 선물이나 편지도 꽤 받았습니다. 고백도 셀 수없이 받았고, 손수 만든 과자 등이 책상 서랍에 들어 있는 일도 자주 있었습니다.

아, 맞다. 시로노 얘기를 하고 있었죠.

그녀와는 중학교 때 같은 학교였고, 중1 때와 중2 때는 같은 반이기도 했어요. 처음에는 아예 존재감이 없었는데, 1학년 때 옆 자리에 앉고부터 제가 숙제를 자주 베꼈어요. 글씨도 얌전하게 쓰고 답도 거의 정확해서 자리가 바뀐 뒤에도 이따금 시로노에게 의지했습니다.

그래서 제 나름대로는 시로노와 사이가 좋다고 여겼죠. 물론 연애 대상은 아니었지만요. 워낙 수수한 타입이었거든요.

땋은 머리도 그녀가 하면 전쟁 드라마에 나오는 여학생 같았으니까요.

하지만 성격은 그다지 어두운 편이 아니었습니다. 숙제를 베끼게 해 준 답례로 칠판 지우는 걸 도와줬더니 고맙다며 쿠키를 만들어다 준 적도 있었어요.

상당히 맛있었습니다.

그러니 그 일을 용서해 주지 않는다는 게 믿기지 않았죠.

이미 들으셨겠지만.

2학년 때 교실 청소를 하다가 같은 축구부 녀석과 걸레를 차서 책상에 떨어뜨리는 게임을 하고 있었어요. 저로서는 그런 건 일도 아니어서 책상은 재미없다고 했더니 그 녀석이 제 귀에 대고 다음 타깃은 시로노의 머리로 하자는 겁니다.

시로노를 괴롭히려고 그랬던 건 아닙니다. 그저 눈앞에 빗자루를 든 채 등을 돌리고 서서 거북이처럼 느릿느릿 바닥을 청소하는 시로노가 있었을 뿐이었죠.

그야 식은 죽 먹기지, 하며 걸레를 차 올렸는데 마치 모자라도 씌운 것처럼 시로노의 머리에 정확히 얹히더군요. 아자, 하고 소리를 질렀을 겁니다. 그러고는 얼른 시로노 앞으로 가서 미안하다고 했는데, 그녀가 시뻘게진 얼굴에 눈물을 글썽이면서 "용서 못 해!"라고 하지 뭡니까. 놀랐어요. 울 정도의 일이 아니잖아요. 걸레도 발로 차서 약간 더러워지긴

했지만 유리창 닦는 마른걸레였고 말이죠.

시로노 같은 아이가 용서해 주지 않는 건 상관이 없는데 그 당시 저는 교실에 저를 싫어하는 아이가 있다는 사실이 견딜 수 없이 싫었습니다. 제가 무슨 아이돌이라도 된 줄 알았던 거죠. 앞으로 숙제를 보여 주지 않으면 곤란하다 싶기도 했고요. 하루가 지나면 마음이 바뀔 거라고 생각하고 다음 날 등교하자마자 어제는 미안했다고 다시 사과했습니다.

그런데 시로노는 또 "용서 못 해."라고 말하더군요. 제 눈을 똑바로 보면서요. 그 후에도 네댓 번은 더 사과했을 겁니다. 하지만 매번 대답은 똑같았어요. 반 아이들이 이제 그만해도 되지 않겠느냐고 했지만 저는 그녀가 용서한다고 말할 때까지 계속 사과할 작정이었습니다. 일종의 오기였겠죠.

사고를 당한 건 그 일이 있고부터 정확히 일주일 후였습니다.

우리 학교는 약간 언덕바지에 있었고 당시 저는 자전거를 타고 다녔습니다. 그날도 축구 연습이 끝난 후 어두워진 길을 자전거를 타고 내려가다가 옆길에서 튀어나온 자동차와 부딪혔습니다.

오른쪽 대퇴골 골절로, 전치 3개월의 중상이었죠.

반 아이들이 저의 사고를 시로노의 저주 탓이라고 여긴다는 사실을 알게 된 것은 부상이 다 낫고 나서였습니다. 그 전까지는 시로노의 시 자도 머릿속에 떠올린 적이 없었어요. 그저 치료에만 신경을 썼죠.

학교에 돌아와 보니 반 분위기가 사뭇 이상했습니다. 반의 리더 격이었던 여학생은 다른 학교로 전학했고, 사회 선생님은 우울증으로 학교를 쉬고 있었어요. 어찌 된 영문인지는 모르겠지만 아이들은 그런 것들까지 시로노의 저주 탓으로 돌렸습니다.

시로노가 그런 사실을 알았는지 어땠는지는 잘 모르겠습니다. 모두들 시로노를 멀리해서 그녀와 얼굴을 마주하고 얘기를 나누는 아이도 없었을 겁니다. 그래도 뒤에서 쑥덕거린다는 것 정도는 눈치채지 않았을까요.

그렇다고 시로노가 반 아이들의 환심을 사려고 알랑거리거나 일부러 명랑한 척하는 일도 없었습니다.

대개는 혼자서 음악을 듣거나 했죠. 가위바위보에 진 여자 아이가 미키 짱, 뭐 듣고 있어? 하며 일부러 친한 척 다가갔더니 음악을 들려주는데 뭔지 모를 클래식이더랍니다. 아이들은 그걸 또 '저주의 의식'에 사용되는 곡이라며 조롱했고요.

하지만 그 아이들이 정말로 저주 같은 걸 믿었는지는 의문입니다.

저 역시 싫은 사람이 있습니다. 그 사람이 불행한 일을 당하면 좋겠다고 생각한 적도 있고요. 물론 죽기를 바라지는 않지만 실수를 했으면 좋겠다든가 여자에게 차였으면 좋겠다든가 감기라도 걸려서 못 나왔으면 좋겠다든가 그런 정도는 누구나 생각할 수 있지 않나요? 날씨가 맑았으면 좋겠다, 따뜻했으면 좋겠다고 바라는 것처럼 말이죠.

간절히 바라면 우연히 그 바람이 이루어지는 일도 있지만 그건 개인의 의지로 그렇게 되는 게 아니잖아요.

다들 별생각 없이 장난삼아 '저주의 힘' 운운했던 거라고 생각합니다. 댁은 시로노 미키에게 그런 힘이 있다고 생각하나요?

정성껏 도시락을 싸다 주어 겨우 마음이 통한 연인이 자신보다 몇 배 예쁜 여자에게 마음을 빼앗겼다, 더구나 그 여자 때문에 평소에도 사람들에게 부당한 대우를 받았다, 그래서 그 여자가 없어졌으면 좋겠다고 간절히 바랐더니 그 여자가 누군가에게 살해되었다.

그게 있을 수 있는 일일까요?

전학이나 우울증은 우연일지도 모르죠. 아니, 그렇다기보다 주위에서 억지로 갖다 붙인 듯한 느낌이 있어요. 적어도 제 사고는 저주 때문이 아닙니다.

그날 자전거 브레이크가 말을 듣지 않았어요.

제가 타던 자전거는 로드레이서형이라 브레이크나 와이어를 조금만 잡아당겨도 쉽게 빠지도록 되어 있었습니다.

하지만 설마 누가 그런 짓을 하리라고는 꿈에도 생각하지 못했어요. 그래서 확인도 하지 않은 채 자전거를 타고 언덕 길을 내려갔습니다. 날이 어두운지라 자동차가 전조등을 켜고 있어서 옆길에서 나오고 있다는 건 알았지만 브레이크를 몇 번이나 잡았는데도 웬일인지 말을 듣지 않아서 그대로 차에 부딪히고 만 겁니다.

브레이크를 망가뜨린 사람은 시로노였을 거라고 생각합니다. 그녀 말고는 제게 앙심을 품을 만한 사람이 전혀 없었으니까요.

물론 화가 났습니다. 밉기도 했죠. 하지만 그녀를 추궁하거나 되갚으려는 생각은 없었습니다. 그보다는 제 자신의 체력을 회복하는 것이 우선이었고, 꼭 가고 싶은 고등학교가 있어서 사소한 일로 문제를 일으키고 싶지도 않았거든요.

A 고교 아시죠? 국가 대표인 나카네 선수와 나구라 선수를 배출한 학교로 축구뿐 아니라 각종 스포츠 분야에서 유명한 선수들을 배출한 학교 말입니다.

저는 그 학교에 합격했습니다.

그런데 왜 이런 시골에 있느냐고 싶으시죠? 얼굴에 쓰여 있습니다. 기자라면 표정 관리를 좀 하셔야 할 것 같습니다만. 아니라고요? 그렇다면,

시로노 미키 때문에 프로 축구 선수가 되는 꿈을 접었다고

말해 주기를 기대했는데 명문교에 합격했다니 실망스러운가요? 저도 그렇게 말하는 편이 속이 편할지도 모르겠습니다.

그러나 제가 프로 선수가 되지 못한 건 실력이 없었기 때문입니다.

말하자면 우물 안 개구리였던 거죠. 명문교에 들어가 보니 저 정도의 선수는 백 명도 넘었습니다. 3년 동안 단 한 번도 정규 멤버에 들어가지 못했지요. 다리가 부러졌던 탓으로 돌렸으면 좋겠지만, 다리는 완벽하게 나은 상태였어요.

그 후로 저는 축구팀이 별로 세지 않은 대학에 진학해 고향으로 돌아왔습니다.

그리고 지금은 자격증을 취득해 부동산 관계 일을 하고 있습니다. 형이 도쿄에 있는 대학에 진학한 후 그곳에서 취업했기 때문에 부모님은 제가 돌아온 걸 기뻐하셨어요. 청년단단장도 맡고 있고, 결혼을 염두에 둔 여자도 있습니다. 인생에 좌절한 건 결코 아니에요.

낙향은 곧 꿈의 좌절이다. 그렇게 착각하는 사람이 많아서 난감할 뿐입니다.

축구도 계속하고 있어요. 지역 축구 클럽에 소속되어 있고 소년 축구팀 코치도 맡고 있습니다. 고향으로 돌아오니 구리타 코치님이 참으로 잘 대해 주셔서 일주일에 서너 번은 같이 한잔합니다. 구리타 코치님 덕분에 하루하루가 즐거워요.

시로노 미키에게는 그런 사람이 있었는지 모르겠군요.

중학교 때도 줄곧 혼자 지냈던 건 아닙니다. 여자애들 중 수수한 그룹과 도시락을 먹곤 했어요. 하지만 친한 친구가 누구였냐고 물으면, 저는 잘 모르겠어요.

뭐, 의논할 사람이 있었으면 그런 사건이 일어났겠습니까.

칼로 수없이 찌르고, 불태우고……. 그녀의 마음속에 끝없는 어둠이 있었던 거죠.

하지만 말입니다, 아카호시 씨. 그 어둠을 만들어 낸 사람은 저일지도 몰라요. 당시에는 그만한 일로 화를 내나 싶었는데 어른이 되어 생각해 보니 머리에 걸레가 얹힌다는 건 더없이 굴욕적인 일이더군요. 걸레가 깨끗하고 더럽고를 떠나, 원래 머리에 얹히면 안 되는 물건이잖아요. 그것도 발로 찬 걸레가 말이죠.

외국에 나가면 일본 사람들이 별생각 없이 현지 아이들의 머리를 쓰다듬는데, 그것도 원래는 하면 안 되는 일이더군요. 어떤 나라에서는 머리에 신이 들어 있다고 여겨서 아이의 머리를 만질 수 있는 건 그 부모뿐이라는데, 일본 사람들은 더러운 손으로 아무렇지도 않게 그 아이들 머리를 쓰다듬어요. 손이 더럽지 않아도 그들은 더럽혀진 느낌일 겁니다.

시로노 역시 저로 인해 더럽혀졌다고 느낀 게 틀림없습니다. 제가 그녀의 마음속에 작은 어둠을 만든 거예요. 그런 사소한 일로? 라고 생각하실지 모르지만, 사춘기였으니까요. 그때는 어른의 몇 배로 감수성이 예민해서 조그만 일을 과장되게 받아들이고 가슴속에 쌓아 둔다고 하지 않습니까.

저도 그런 고민을 한 적이 있다면 시로노가 받은 마음의 상처를 조금이나마 이해했겠지만 그 시절의 저에게는 무리였습니다. 그리고 제가 만든 어둠이 그녀 마음속에서 점점 자라나 결국 처참한 사건을 일으킨 겁니다.

그렇게 어리석은 짓을 저지른 자신에게 화가 나서 견딜 수가 없습니다.

시로노는 어머니가 위독하다며 회사를 쉬고 있다죠? 그게 거짓말이라는 건 잘 압니다. 슈퍼마켓에서 계산원으로 일하는 그녀의 어머니를 어제도 봤으니까요. "어머, 신고 군! 잘 있었어?" 하고 늘 말을 걸어 주시는데, 그건 어제도 똑같았습니다.

당신 딸이 살인 사건의 용의자라는 걸 알고 계실까요.

하긴 경찰에서 연락이 왔을 테니 모르시지는 않을 겁니다. 그렇다면 뻔뻔하다고 해야 할까요. 저희 어머니는 자식이 살인 사건의 용의자로 지목받았다면 집에서 한 발짝도 못 나왔을 겁니다.

그런 점은 역시 부모 자식 간이라 닮았는지도 모르죠.

어쩌면 집 안에 숨겨 두었을 수도 있겠네요. 그렇다면 시로노는 이 마을에 있다는 얘기가 되고요. 하지만 저는 그녀를 목격한다 해도 신고하지 않을 겁니다.

아직도 그녀에게 용서한다는 말을 듣지 못했으니까요.

그때의 잘못을 씻기 위해서라도 시로노를 위해 뭔가 해 주고 싶어 이 취재에 응했는데 별 도움이 못 된 것 같군요.

아, 그리고 제 이름을 실명으로 쓰셔도 괜찮습니다. 중학생 때의 사진도 가져왔으니 필요하면 사용하세요.

[자료 4, 5(271~286쪽) 참조]

4장

마을 주민

〈마쓰다 요시에〉

도쿄에서 오신 주간지 기자라고요? 아, 명함요. 감사합니다. 아카호시 씨군요.

그런데 저희 집에는 무슨 용건으로.

시로노 미키 씨요?

알죠. 미키 씨에게 무슨 일이 있나요? 네. '시구레 계곡 여사원 살해 사건'은 텔레비전에서 봤어요. 미키 씨가 그 사건과 관계가 있나요?

설마 범인은 아니겠죠?

저는 이곳을 떠난 후의 미키 씨에 대해서는 아무것도 몰라요. 그 어머니와도 특별히 친하지 않고요. 옛날 일도 기억이 희미하네요.

아무튼 제가 할 얘기는 전혀 없어요. 그리고 지금 콩을 볶고 있어서 불 앞을 떠날 수도 없고요.

죄송합니다만 그만 가 주세요.

아아, 맞다. 저 앞에서 밭일을 하시는 할아버지한테 한번 물어보세요.

〈다니무라 유타카〉

귤이 아니라 이건 레몬 나무야.

나랑 얘기를 좀 하고 싶다고? 무슨 일인지는 모르겠지만 마침 쉬는 참이니까 그러지, 뭐.

어디서 왔지? 도쿄? 그렇게 멀리서 무슨 볼일로 이런 시골까지……

시로노 씨네 미키 짱?

그럼, 잘 알지. 같은 나가사와 지구에 살았으니까. 지하라 강 동쪽에서 묘진산에 걸쳐 있는 일대를 나가사와 지구라고 불러. 이 길로 쭉 가다가 두 번째 모퉁이를 오른쪽으로 돌면 시로노 씨네 셋째 아들이 분가해서 사는 집이 있어.

어떤 아이였냐고? 우리 손녀 유코가 같은 나이라서 초등학교 때는 자주 놀러 왔는데, 글쎄, 어떤 아이였나. 인사도 잘하고, 얌전하고.

아, 그렇지. 우리 집 책장 앞에 곧잘 있었어. 유코에게 초등학교 입학 선물로 사 준 세계 아동 문학 전집이 있었거든. 며느리가 그걸 원해서 사 주었는데 우리 유코는 책 읽기를 싫어해서 한 권도 펼쳐 보지 않았어. 그런데 미키 짱은 이번에 는 어떤 걸 읽을까, 그러면서 아주 신나는 표정으로 책을 고 르곤 했지. 아, 그러고 보니 유코도 한 권쯤은 열심히 읽었던 것 같아.

미키 짱 덕분이었을 거야.

공부를 잘해서 들어가기 힘든 여대에 갔다고 들었어. 유코 도 미키 짱이랑 계속 사이좋게 지냈으면 학교를 제대로 갔을 지 모르지. 부끄러운 얘기지만 유코는 심지가 굳지 못해서 초등학교에 입학했을 때부터 벌써 학교에 가기 싫어했어. 미 키 짱이 데리러 오면 그제야 꾸물거리면서 준비를 시작해서 겨우겨우 학교에 가곤 했지.

그러더니 6학년이 되고부터는 일절 밖에 나가려고 하지도 않는 거야. 지금 저 나이가 됐는데도 일을 하기는커녕 집에 서 빈둥거리기만 하니 앞으로 어떻게 할 생각인지 몰라.

어쩌다 저렇게 되었을까. 미키 짱도 언젠가부터 갑자기 발 길을 끊었어. 아무래도 이상해, 다투기라도 한 건지. 아니다, 아마 그것 때문일 거야.

그래, 그게 미키 짱이랑 같이 한 짓이었지.

그 아이들이 엄청난 짓을 저질렀어. 불을 내지 않았겠어.

나도 며느리한테 들은 얘기라 자세한 내용은 잘 모르지만, 묘진산 기슭에 있는 묘진 신사 뒤에서 유코와 미키 짱이 불장난을 했다는군. 사당이 홀랑 타고 주위 나무들에까지 번져서 하마터면 대참사가 벌어질 뻔했어. 둘 다 잘못했다고 했지만 왜 그런 짓을 했느냐는 물음에는 끝까지 입을 꾹 다물었던 모양이야.

아무래도 겁쟁이인 유코가 먼저 제안하지는 않았을 거야. 게다가 현장에서 미키 짱 아버지의 단골 술집 성냥이 발견됐어. 그래서 우리 며느리는 미키 짱이 유코를 꼬드긴 거라면서 펄펄 뛰었지.

기가 센 며느리가 시로노 씨 집에 가서 한바탕하고 난 뒤부터 미키 짱이 아침에 유코를 데리러 오지도 않고 놀러 오지도 않게 됐을 거야, 아마.

화재에 대해서 좀 더 자세히? 벌써 10년도 넘은 옛날 일인걸. 묘진 신사도 새로 지었으니 이제는 불이 났었다는 사실도 다들 잊었을 걸세.

그런데 그런 건 왜 묻는 거지?

미키 짱에게 무슨 일이 있나?

시구레 계곡 여사원 살해 사건? 글쎄다, 텔레비전에서 본 것 같기도 한데, 요즘 시끄러운 사건이 한둘이 아니라서 어느 게 어느 건지 도무지 알 수가 있어야지. 그래, 어떤 사건이지?

시구레 계곡이라는 곳에 있는 숲속에서 여사원이 칼에 십여 군데를 찔리고 불태워졌다고? 아아, 그러고 보니 생각나는군. 산나물을 캐러 갔던 사람이 발견했다나 뭐라나 하면서 우리 할멈이 무서워서 벌벌 떨었어. 그 탓에 올해는 할멈이 산에 가지 않아서 산나물을 통 못 먹었지. 정말 별의별 사건이 다 생기는구면.

그런데 그 사건이 대체 어쨌다는 건가.

혹시 죽은 여사원이 미키 짱이라는 거야?

그건 아니라고? 아니, 그럼 뭐야, 엉, 죽였다고? 어이쿠.

당신, 형사야? 아아, 기자! 그래, 그래서 이 먼 곳까지 찾아왔구먼그래. 하지만 그 얌전한 아이가 사람을 죽이다니, 믿기 힘든데. 아니지, 가만…….

불을 질렀다 이거지.

기자 양반, 내게 물을 게 아니라 유코를 직접 만나서 물어보지그래. 이 길을 똑바로 가다가 첫 번째 모퉁이에서 왼쪽으로 돌면 우리 집이 있어. '다니무라'라고 문패가 붙어 있어서 금방 찾을 거야.

유코는 방에 틀어박혀서 게임만 하고 있을 테지만 며느리나 할멈에게 도쿄에서 온 기자라고 말하면 유코를 끌고라도 나올 거야. 나도 얼른 정리하고 들어갈 테니 유코가 버티고 안 나오더라도 조금만 기다리게.

거참, 큰일을 저질렀군. 미키 짱이 왜 사람을 죽였는지는 모르겠지만, 어쩌면 묘진 신사를 불태운 벌을 받는지도 모르겠어.

〈야쓰카 기누코〉

저기요! 잠깐만 나 좀 봐요.

댁이 맞지? 시로노 씨네 딸을 조사하러 도쿄에서 왔다는 기자 말이우. 나도 긴히 하고 싶은 말이 있어서 그러는데 잠깐만 들렀다 가요.

급하다니, 어딜 가는데? 아까 보니 다니무라 할아버지랑 얘기를 하는 것 같던데, 혹시 유코 쨩을 만나러 가는 길이에요? 관둬요, 그 아이를 만나는 거라면. 물론 예전에는 미키 쨩과 사이가 좋았을지 모르지만, 지금 그 아이가 다른 사람과 대화나 할 수 있나 몰라. 벌써 몇 년째 집에만 틀어박혀 지내서 커뮤니케이션 능력이 제로라니까.

가끔 스쳐 지나가는 적이 있는데, 나를 완전히 무시해. 아무리 친절하게 말을 걸어도 인사 한마디 안 해요. 아니, 그렇다고 집에서 한 발짝도 안 나오는 건 아니고, 개울 건너에 편의점이 생긴 후로는 곧잘 비닐봉지를 들고 다녀요. 내용물은 온통 주스와 과자뿐이지만.

어릴 때는 얼굴이 꽤 예뻤는데, 저렇게 되고 보니 흔적도 없어졌어.

내가 하고 싶은 얘기는 화재 사건에 관해서예요.

할아버지한테 들었다고? 그분은 나이에 비하면 정신이 멀쩡하다니까. 하긴 그렇게 큰 소동이 벌어졌으니 기억하지 못하면 오히려 이상하지만.

그때 화재를 발견한 사람이 나예요.

어때, 우리 집에 들어가서 얘기 좀 들어 볼라우?

딱 14년 전이지, 아마. 그해에 우리 바깥양반이 나가사와 지구 구장으로 뽑혔으니까. 그래 봐야 그 양반은 큰일이 있을 때만 나가고 자질구레한 일은 내가 도맡아 했지만 말이우. 그래서 그날도 봄 축제 준비를 하려고 묘진 사당을 청소하러 가는 참이었어요.

그런데 도중에 미키 짱이랑 유코 짱과 마주친 거야.

틀림없느냐고? 그렇게 말하면 섭섭하지. 우리 집에 그 아이들과 동급생인 딸이 있어요. 어, 우리 딸은 없네, 하고 생각했기 때문에 비록 스쳐 지나갔지만 그 두 아이라는 건 똑똑히 기억해요. 그렇지 않더라도 나가사와 지구 아이들의 얼굴과 이름 정도는 환히 꿰고 있지만 말이우.

우리 딸은 지금 승무원으로 근무하는데, 그런 화려한 직업을 가질 정도로 옛날부터 명랑하고 활달해서 그 아이들처럼 얌전한 척하면서 뒤로 호박씨를 까는 타입과는 잘 맞지 않았을 거예요.

스쳐 갈 때의 인상? 둘이 마주 보고 히죽거리면서 걸어갔지, 아마. 그때는 별 느낌이 없었는데, 나중에 생각해 보니까 불장난을 하고서 흥분을 감추지 못했던 것 아닐까 싶어요. 불에 탄 자리에 희한한 것이 나뒹굴었거든.

묘진 신사는 묘진산 기슭에서 돌계단을 조금만 올라가면 나오는데, 그나마 다행인 것이 멀리서도 연기가 올라가는 모습이 보이거든. 나 말고도 연기를 본 사람이 있었나 본데 다들 내가 청소하면서 낙엽이나 쓰레기를 태우는 줄 알았던 모양이에요. 신사 뒤에 조그만 소각로가 있거든.

하지만 나는 그게 아니란 걸 알잖아요. 휴대 전화 같은 게 없던 시절이라 거기서 제일 가까운 집으로 달려가서 그 집 전화로 소방서에 신고한 다음 그 근처 사람들이랑 묘진산으로 향했지. 소방차가 오려면 시간이 좀 걸리니까 가는 도중에 최대한 사람을 불러 모아 신사로 올라가는 계단에 한 줄로 죽 서서는 양동이로 물을 옮겨다가 불을 껐어요.

물론 내가 맨 앞에 섰지.

계단을 올라가 보니 이미 신사에 불이 붙은 후라 아주 죽을 힘을 다해서 물을 끼얹었다우. 바람 때문에 연기랑 불똥이 우리 쪽으로 날아들었지만 도망갈 수가 없었어요. 왜냐하면 묘진 신은 이 나가사와 지구의 수호신이거든. 불에 타 버리면 무슨 화가 미칠지 알 수 없잖아요. 그런 데다 불똥이랑 같이 사람 모양 종이가 날아오는 바람에 어찌나 무서웠는지 더 필사적으로 물을 퍼부었다우.

그런데도 그날은 공기가 건조한 데다 바람까지 불어서 낡은 신전이 순식간에 타 버렸어요. 불길이 주위의 나무에까지 번졌는데 다행히 소방차가 와서 산불은 막았지만 말이지. 불길이 잡힌 다음에 나는 경찰의 현장 검증에도 입회했어요.

불이 시작된 곳은 신사 뒤에 있는 소각로였어요. 뭔가를 태운 뒤에 뚜껑을 그대로 열어 둔 탓에 불씨가 남아 있는 재가 바람에 날려서 신전으로 옮겨 붙었대요. 소각로 안에 까맣게 그슬린 재봉용 핀이 쉰 개 정도 널브러진 걸 보고 경찰이 도대체 뭘 태웠느냐며 의아해하기에 사람 모양 종이가 날아왔다고 얘기했지요.

그리고 신사로 가던 길에 미키 짱과 유코 짱을 만났다는 얘기도 했어요. 그때는 아직 그 아이들을 의심하지는 않았지만 말이에요. 그저 집을 나서서 불이 난 걸 발견할 때까지의 경위를 말해 달라고 하니까 있었던 일을 그대로 말한 것뿐이지.

그런데 말이에요, 돌계단에 '백설'이라는 술집의 성냥이 떨어져 있었다는 거예요. 그 소리를 듣고, 역시 불을 지른 게 그 아이들이 아닐까 생각했어요. 아니, 아이들이라기보다 미키 짱이라고 하는 게 맞겠지만.

그 당시에 소문이 자자했거든. 시로노 씨네 바깥양반이 개천 건너에 있는 '백설'이라는 술집에서 일하는 젊은 여자에게 빠져서 하루가 멀다 하고 드나든다고 말이에요. 그뿐이 아니라, 사실인지는 모르겠지만 시로노 씨 부인이 그 여자네 집에 쳐들어갔다는 소문도 들은 적이 있어요. 부엌칼을 휘두르면서 죽여 버리겠다고 소리소리 질렀다나 어쨌다나.

그게 말이지, 그 부인이 정말로 그런 짓을 하고도 남을 사람이거든. '나가사와의 호랑이 부인'이라고 불릴 정도로 기가 세기로 유명했으니 말이우. 미키 짱이 얌전하다는 게 믿기지 않을 정도라니까. 하얗고 오동통한 얼굴이 아버지를 빼닮은 걸 보면 성격도 닮은 모양이라고들 했어요.

그 여자가 못생기지는 않았는데, 얼굴이 까만 데다 인상이 날카로우니까 바깥양반이 피부가 하얀 여자한테 끌리지 않았을까? 술집 여자는 눈이 많이 오는 지방 출신이라 그런지 피부가 하얀 미인이었대요.

아무튼 그러다 보니 부인이 상대 여자는 물론이고 남편한테도 걸핏하면 고함을 질렀던 모양이에요. 그러니 집안이 편안할 리 있나.

나는 그 사람 모양 종이가 미키 짱이 술집 여자를 본떠 만든 게 아닐까 싶어요. 거기에 핀을 잔뜩 꽂아서 태우다니 정말 소름이 끼치지만, 뒤집어 생각하면 애들이 할 수 있는 일이 그 정도가 아닐까 싶기도 하고 말이지.

물론 이런 추측은 아무한테도 얘기하지 않았어요.

그 아이들이 사당 뒤에서 불을 피운 건 금방 인정했나 봐요. 하지만 뭘 태웠는지, 무엇 때문에 묘진 신사까지 갔는지는 아무리 물어도 대답을 안 했답니다.

그야 대답할 수 없었겠지. 생각해 보면 불쌍하지 않아요? 가정불화 때문에 마음이 상해서 그런 건데 큰 소동이 벌어졌으니 말이에요. 진상 같은 거 밝히지 않아도 충분히 반성했을 거예요.

그런데 말이지, 그 아이에게 저주의 힘이 있다나 봐요.

뭐, 도시 사람한테 이런 얘기를 해 봤자 웃음거리나 되겠지만 말이에요. 그런데 정말이래요.

어머나, 알고 있어요? 아아, 학교에서 일어난 에피소드를 들었다고요?

그럼 차라도 마시면서 얘기를 좀 더 해야겠네.

아까도 말했지만 우리 딸과 미키 짱은 초중고를 같이 다닌 동창생이에요. 나와 우리 딸은 자매 같다는 소리를 들을 정도로 사이가 좋아서 학교에서 미키 짱의 저주와 관련된 일이 있을 때마다 내게 얘기를 해 줬어요.

보통 부모라면 저주니 뭐니 하는 소리를 믿지도 않겠거니와 그런 소리 하지도 말라고 꾸짖겠지만 나는 그걸 봤잖아요. 순진한 아이가 궁지에 몰려서 저지른 일이라고만 생각했는데, 어쩌면 그게 저주 의식이었을지도 모른다는 생각이 들어서 영 불길한 거예요.

나는 축구부 남자아이가 당했다는 사고나 선생님이 우울증에 걸린 것도 그 아이가 종이 인형을 만들어 핀으로 찌르고 불태우는 바람에 일어난 일이라고 봐요. 물론 딸한테는 그런 말을 하지 않았지만 말이우. 감수성이 예민한 딸아이가 그러잖아도 기분 나쁘다고 하는데 거기다 부채질을 할 수는 없잖아요.

미키 짱과는 성격도 잘 맞지 않는 것 같은데 억지로 사이좋게 지낼 필요가 없지 않겠느냐고 한마디 했을 정도예요.

하지만 그렇게 입을 다물고 있다가 분통이 터져서 죽을 뻔한 일도 있었어요. 미키 짱은 지방 대학이기는 해도 공립 여대에 붙었잖아요. 그 아이의 본성을 모르는 사람들이 대단하다, 대단하다 하면서 어찌나 칭찬을 해 대는지. 그 엄마는 콧대를 세우고 마을을 활보하고 다니질 않나.

우리 딸은 도쿄의 2년제 J 여대 영문과에 들어갔어요. 댁은 도쿄 사람이니까 그 학교가 들어가기 어려운 데라는 걸 알지요? 그런데 시골 사람들은 미키 짱이 4년제 국공립 대학에 다닌다는 이유로 더 대단하다고 생각하지 뭐예요.

물론 머리가 조금 좋은 건 사실이지만, 내면이 비뚤어진 아이가 우리 딸보다 칭찬을 받는다는 게 분해서 사실대로 말하고 싶은 걸 참느라고 매일 밤 이불 속에서 이를 빠드득 갈았다우.

그런데도 말하지 않았어요. 질투한다는 오해를 받고 싶지 않아서요. 질투를 왜 하겠어요. 우리 딸이 다니는 대학이 들어가기 더 어렵다는 걸 내가 잘 아는데.

그리고 대학이 전부가 아니지요. 아무리 좋은 대학에, 가령 도쿄 대학에 들어갔다 해도 어차피 과정일 뿐인걸. 중요한 건 그 후에 어떤 직업을 갖느냐 아니겠어요. 우리 딸은 초등학생 때부터 승무원이 되겠다고 결심했고 그 꿈을 이룬 거예요. 이 마을에서 승무원이 된 사람이 있다는 소리를 들어 본 적이 없으니까 우리 딸이 처음일 게 분명해요.

거기에 비하면 미키 짱은 들어 본 적도 없는 회사에 취직했잖아요.

그 엄마는 딸이 '히노데 주조'에 취직했다고 자랑했지만 나중에 들어 보니 자회사인 화장품 회사라는 거예요. 화장품이라면 백화점에 들어가는 정도는 돼야지, 아니면 승무원이랑은 비교가 안 되지요. 그런데 말이지.

작년에 히트한 비누가 하나 있었어요. 다들 좋다고 하기에 나도 시험 삼아 써 보려고 전화를 했는데 품절이라는 거야. 그럴 거면 광고를 하지 말든지. 그런데 장을 보러 나갔다가 나한테 그 비누를 권한 사람을 우연히 만났어요. 내가 뭐라고 투덜댔더니 시로노에게 부탁해 보라는 거예요.

그게 무슨 말이냐고 물었더니 글쎄 그게 미키 짱이 일하는 회사에서 만드는 비누라잖아요. 그래서 관뒀어요. 그런 회사에서 만드는 비누 따위.

그랬는데 그때부터 왠지 불길한 예감이 들더라고. 그 아이는 어떻게 지내고 있을까, 여전히 남몰래 저주의 의식을 치르고 있는 건 아닌가 하고.

텔레비전 뉴스에서 '시구레 계곡 여사원 살해 사건'을 봤을 때 피해자가 칼에 여러 군데를 찔려 불태워졌다는 걸 알고는 미키 짱의 얼굴이 머릿속에 떠올랐어요. 하지만 설마 나한테 그런 예지 능력이 있겠나 싶어서 찜찜함을 없애려고 인터넷으로 사건을 검색해 봤지요.

그랬더니 피해자가 '백설' 비누를 만드는 회사의 여사원이라잖아요. 그 순간 나는 역시 미키 짱이 범인이라고 확신했지요. 피해자와 미키 짱 사이에 무슨 일이 있었는지는 모르겠지만, 어렸을 때는 원한을 품은 상대의 인형을 만드는 데 그쳤다면 이제는 그 수준을 넘어서 당사자에게 직접 손을 댄 거지.

어쩌면 인형으로 시험해 봤지만 기대했던 것만큼 저주가 효과를 못 보았는지도 몰라요. 어떤 프로그램에서 봤는데, 진짜 주술사도 그 힘을 최고로 발휘할 수 있는 시기는 어렸을 때인 경우가 많다고 하대요.

미키 짱도 한때는 그런 힘이 있었지만 지금은 사라지고 말았겠지요.

이 얘기요? 물론 댁한테 처음 하는 거지. 익명으로 경찰에 신고할까 생각한 적도 있고 인터넷에 올려 볼까 하기도 했어요. 그런데 그럴 수가 없더라고요. 저주니 뭐니, 그런 턱없는 소리를 누가 귀담아 들어 줄까 싶어서 말이지.

그보다도 나는 미키 짱의 본성에 대해 여태까지 아무한테도 얘기하지 않았다는 사실에 죄책감을 느끼고 있어요.

묘진 신사에 불이 났을 때 내가 추측했던 걸 누군가에게 말했으면 좋았을 텐데. 딸에게 미키 짱의 저주에 대해 들었을 때도 말할 기회가 있었어요. 그랬으면 미키 짱이, 예를 들자면 그렇다는 얘기지만, 상담을 받든지 해서 사악한 기운을 없애 버릴 수 있었을지도 모르잖아요. 새로 지은 묘진 신사의 부적을 쥐여 주기만 해도 됐을지도 모르죠.

댁한테 이런 얘기를 하는 건, 내가 더는 입을 다물고 있기가 괴로워서예요. 미키 짱이 범인이 틀림없는데 텔레비전도 신문도 그 아이 이름을 밝히지 않잖아요. 그랬는데 아까 마쓰다 씨가 문자를 보내서, 도쿄에서 온 주간지 기자가 시로노 미키에 대해 조사한다는 거예요.

주간지라면 정보를 제공한 사람의 이름을 공개하지 못하잖아요. 그러니까 미키 짱이 누가 이런 정보를 제공했느냐고 물어도 말하지 않을 테고요.

그래서 댁을 기다렸던 거예요.

세간에서는 다들 그 아이가 얌전하다, 성실하다, 누구를 죽일 사람이 아니다, 하고 말하지만, 지금까지 내가 얘기한 것이야말로 그 아이의 본성이니까 제대로 써 줘요.

어쨌든 참 묘한 인연이네. 그 아이가 묘진 신사에 불을 지를 때 사용한 성냥이 '백설'이라는 술집 거였는데 자기네 회사에서 만드는 비누도 '백설'이라니.

그 아이는 매일 어떤 기분으로 일을 했을까요.

비누 이름이 달랐더라면……. 뭐, 지금 와서 그런 말을 해 봐야 아무 소용도 없지만 말이우.

〈다니무라 유코〉

시라노 미키 때문에 왔지?

얘기하는 거야 상관없지만, 게임을 하면서 해도 될까? 아,

그래. 당신도 같이 하지그래.

누가 먼저 적의 성에 들어가 보물을 차지하느냐 하는 간단한……, 아, 해 본 적이 있어? 그럼 바로 시작하지, 뭐.

아까 할아버지가 이 방에까지 들어와서 도쿄에서 온 신문 기자가 벌써 돌아갔느냐고 하기에 무슨 소리냐고 물었더니 이상하다는 듯이 고개를 갸웃거리던데, 당신, 여기 오기 전에 어디 들렀다 오는 건가?

누구를 취재했는지는 말할 수 없다고? 당신이 입을 다물어 봤자 내일이면 어차피 이 동네 아줌마들 사이에 좍 퍼질걸, 뭐. 게다가 우리 엄마가 그런 소문을 아주 좋아해서 우리랑 관련된 얘기를, 듣고 싶지 않은데도 곧잘 주워 오거든. 그 덕분에 이렇게 방에만 틀어박혀 있어도 이 동네 일에는 훤하단 말이지.

할아버지 밭에서 이리로 오는 길에 어딘가 들렀다면 야쓰카 아줌마네인가? 당신이 여기 왔다는 얘기를 듣고 길가에서 기다렸을 가능성도 있겠네. 그런 거야?

그것도 말해 줄 수 없다? 상관없어. 말 안 해도 다 아니까. 당신 얼굴에 그대로 쓰여 있거든. 혹시 나를 지켜보고 있었느냐, 그런 얼굴이군. 맞는다고? 하하, 그런 대답은 해도 되나 보군. 그럼 질문 방법을 고민해 봐야겠어.

시로노 미키에 대해서 들었다면 그 아줌마가 묘진 신사에서 있었던 화재 사건도 이야기했을 테지. 우리가 종이 인형을 태우고 저주의 의식을 했다고 말이야.

뭘 그렇게 놀라나? 여태까지 아무에게도 말하지 않았다는 얘기를 곧이곧대로 믿은 거야? 멍청하긴. 오늘 처음 만난 사람에게 뜬금없이 털어놓을 이유가 어디 있다고.

도쿄에서 온 기자라고 시골 사람들이 전부 굽실거릴 거라고 생각하면 큰 착각이야. 그건 야쓰카 아줌마가 입방아를 찧기 전에 늘 하는 말이라고.

그 아줌마, 혹시 정말로 자기가 아무한테도 얘기하지 않았다고 생각하는 건가? 그렇다면 중병이군.

뭐, 경찰에게는 말하지 않은 게 사실이겠지만.

그 아줌마가 떠드는 얘기가 전부 거짓말은 아니야. 우리 때문에 묘진 신사에 불이 나서 사당이 전부 타 버린 것도 사실이고, 종이 인형을 만들어서 태웠다는 것도 사실이야.

하지만, 앤……, 시로노 미키 말이야. 나는 그렇게 불렀어. 앤이 그렇게 불러 달라고 해서 말이지. 앤은 나를 다이애나라고 불렀고.

아니, 그렇게 노골적으로 얼굴에 드러내지 말라니까. 안 어울린다 이거지? 애들 장난 가지고 뭘 그래. 그리고 당신, 만마로 같은 거 하나?

흠, 이젠 그런 거 안 한다고?

어른들 중에도 우스꽝스러운 닉네임을 쓰는 사람이 많잖아.

이야기가 옆길로 샜군. 야쓰카 아줌마는 우리가 종이 인형을 만들어서 태운 이유가 앤의 아버지가 바람난 상대를 저주하려는 거였다고 했지? 그건 그 아줌마의 망상이야.

그 무렵에 앤의 아버지가 술집 여자랑 바람을 피운 탓에 집안이 엉망이 된 건 사실이지만, 앤은 자신의 원망이나 풀기 위해서 그런 짓을 할 사람이 아니야. 뿐만 아니라 고민은 했어도 원망은 하지 않았을 거야.

앤은 다른 사람의 험담을 한 적이 한 번도 없으니까.

물론 종이 인형을 만들어서 태우자고 제안한 사람은 앤이야. 하지만 그건 다 나를 위해서였단 말이지.

내가 초등학교에 들어간 후로 괴롭힘을 많이 당했거든. 원래 낯을 심하게 가리는 편인 데다 농담도 잘 못하고 행동도 둔하니 괴롭힘을 당할 만한 요소는 충분히 갖춘 셈이었지. 하지만 결정적인 건 이름 때문이었어. 할아버지에게 들었지, 내 이름? 아니, 아니, 한자 이름 말이야.

저녁 석(夕) 자에 아들 자(子) 자를 써서 유코.

초등학교 들어가기 전에는 다들 '유 짱'이라고 불렸는데 초등학교에 들어가고 얼마 후부터 '다코'라고 불리게 됐어. 문어 말이야. 저녁 석 자가 가타카나의 夕(다) 자와 비슷하게 생겼잖아. 아, 그렇군요, 라니? 바보 같은 시골 녀석들이 남자애 여자애 할 것 없이 몸을 배배 꼬면서 다코, 다코 하면서 놀렸단 말이야. 분해서 견딜 수가 있어야지. 그런데 이를 악물면 얼굴이 시뻘게지잖아. 그럼 또 저것 봐 다코 맞네, 하면서 더 놀리는 거야. 나는 훌쩍훌쩍 울 수밖에 없었어.

또 시시하다는 표정이군. 다들 질리지도 않는지 날이면 날마다 그렇게 놀려댔어. 어린아이로서는 지옥이었지. 하긴 아카호시 유지, 당신이 뭘 알겠어.

부모님에게 학교에 가기 싫다고 떼를 썼더니 이유를 묻더라고. 부끄러운 걸 참고 겨우 털어놓았는데 그 순간 부모님이 폭소를 터뜨리는 거야. 별것도 아닌 걸 가지고 그런다고 말이지. 내가 그런 놀림을 당하는 건 엄마 아빠 탓이라고 대들었더니 할아버지 탓이라며 정색을 했어.

엄마 아빠가 유코(夕布子)라고 이름을 짓고 나서 할아버지에게 출생 신고를 해 달라고 부탁했더니 할아버지가 동사무소에 가서는 그렇게 쓰면 유코로 읽히지 않는다면서 멋대로 가운데 한자를 빼고 유코(夕子)로 신고했다는 거야. 당신, 알아? 이름이란 건 한번 신고하면 쉽게 정정할 수 없는 거야.

할아버지에게 그 얘기를 듣고 아빠가 곧장 동사무소로 달려가서 한 글자가 누락되었다고 했더니 변경하려면 가정 법원에 가서 절차를 밟으라고 했대. 딱 한 글자만 끼워 넣으면 되는 걸 가지고 동사무소 놈들은 뭘 그렇게 거드름을 피웠는지. 그런데 엄마 아빠는 법원까지 가기가 귀찮아서 그대로 놔두기로 한 모양이야.

그게 도대체 말이 되는 소리야?

애당초 할아버지를 보내는 게 아니었어. 그리고, 布 자가 뭐야, 布 자가. 우수하다 할 때 우(優) 자라든가 유구한 역사라고 할 때의 유(悠) 자라든가 있을 유(有) 자라든가. 또 다른 한자도 많잖아. 뭐, 당신한테 투덜거려 봐야 소용없는 일이지만 말이야.

아니, 당신 또 공격당한 거야? 이제 목숨이 절반밖에 안 남았단 말이야.

화살이든 총탄이든 정면에서만 날아오는 게 아니야. 당신이 질문하지 않아도 내가 다 알아서 얘기할 테니까 게임에나 집중하지.

그래그래, 게임이 끝나면 이 얘기도 끝내는 걸로.

문어 인생을 약속 받은 내가 그나마 학교에 간 건 앤이 매일 아침 데리러 왔기 때문이야. 왜 그랬을까. 단지 같은 지구에 살았기 때문에 학교 가는 길에 들렀을 뿐인지도 모르지만, 그뿐이라면 그건 야쓰카 아카네도 마찬가지거든.

그런데 앤과 아카네는 완전히 달랐어.

애당초 문어 인생이 시작된 것도 아카네 탓이야. 초등학교

1학년 초라면 글자도 아직 안 배웠을 때잖아. 그런데 그 아이가 모두들 있는 데서 "유코의 이름이 문어라는 뜻의 다코랑 비슷하니까 잘못 읽으면 안 돼."라고 한 거야.

다들 다코라고 부르라고 부추긴 거나 마찬가지잖아. 그렇게 해서 글자도 제대로 모르는 바보들이 다코, 다코, 하고 부르기 시작했어.

다코, 다코, 다코. 담임까지 그렇게 불렀어.

그런데 앤만은 나를 유코라고 불러 줬어.

"유코 짱, 잘 잤어? 학교 가자."

현관에서 그렇게 부르는 앤의 목소리가 들리면 나는 책가방을 등에 멨어.

4학년이 되고부터 앤이 나를 다이애나라고 불렀는데, 그때도 사람들 앞에서는 여전히 유코라고 했어.

학교에는 되도록이면 매일 갔지만, 고학년이 되어도 따돌림이 줄어들기는커녕 점점 심해졌지.

남자애들은 문어 다리 발견! 그러면서 내 가슴을 주무르고, 심할 때는 다리 두 개는 어디 갔어? 그러면서 떼로 달려들어서 옷을 벗기고 온몸을 만져 대기도 했어.

그래그래, 지금 당신의 눈 말이야. 그런 눈으로 힐끔힐끔 본 거야.

여자애들은 뒤에서 수군거리고, 체육복을 숨기고, 창고에 가두거나 계단에서 슬쩍 밀기도 했어.

정말 죽고 싶었지. 그래서 묘진 신사의 소나무에 목을 매기로 마음먹고 작별의 편지를 써서 앤에게 건넸어. 6학년 올라가자마자 있었던 일이야. 그런데 앤이 나 때문에 눈물을 뚝뚝 흘리는 거야.

"다이애나가 괴롭힘을 당하지 않도록 내가 어떻게든 해 볼게."

앤은 나를 꼭 안아 주면서 그렇게 말했어.

그로부터 사흘 뒤 토요일 오후였지. 앤이 우리 집에 와서 자기가 보는 『매지컬 페어리』라는 잡지를 보여 줬어. 주술에 관한 내용으로 가득했는데, 그중에 고민 상담 코너가 있더라고.

고민거리를 '주술'로 해결한다는 거지.

저는 반 친구들에게 호박이라고 놀림을 당하고 있어요. 어떻게 하면 친구들과 사이가 좋아질 수 있을까요.

그런 질문에 빨간 펜으로 밑줄이 그어져 있었어. 대답은 이랬지.

반 친구들이 당신에게 못된 장난을 하는 건 그 아이들이 흑장미 마녀의 저주에 걸렸기 때문입니다. 그 저주를 풀려면 백장미 마술을 사용하세요.

1. 흰 종이로 15센티미터 크기의 인형을 반 아이들 숫자만큼 만들어 머리 부분에 한 명 한 명의 이름을 씁니다.
2. 종이 인형의 왼쪽 가슴에 하트를 그린 다음 검게 칠합니다. 그곳이 마녀의 저주에 걸린 곳입니다.
3. '바루바라, 바루바라, 검은 하트여 부서져라!' 그렇게 주문을 외면서 검은 하트를 은색 핀으로 찌릅니다. 마녀가 주문을 강하게 건 사람에게는 핀을 많이 꽂는 것이 효과가 좋습니다.
4. 종이 인형에 핀을 꽂은 채 성스러운 장소에서 불태웁니다. 이때 절대 다른 사람이 봐서는 안 됩니다. 또한 마법을 사용했다는 사실이 알려져서도 안 됩니다.

이렇게 하면 당신에게 못된 장난을 친 반 아이들이 백장미처럼 순진한 마음을 되찾아 당신을 친절하게 대할 것입니다. 힘내세요!

웃지 마, 당신.

나도 앤이 처음에 그걸 하자고 제안했을 때는 상당히 주저했단 말이야. 뭐랄까, 앤은 공부도 잘하니까 좀 더 현실적인 해결 방법을 제시할 거라고 생각했던 거지. 하지만 앤은 장난삼아 제안한 게 아니었어. 진심으로 나를 위해서 생각해 낸 거야.

앤이 집에서 아직 지나지도 않은 달의 달력을 뜯어 와 인형을 만드는 모습을 보고 나도 할아버지 방의 달력을 뜯었어. 담임까지 포함해 서른다섯 명분이 필요했으니까.

종이 인형에 이름을 쓰고 검은 하트를 그린 다음 할머니 반짇고리에서 슬쩍해 온 핀을 찔러 넣었어. 아카네 인형에는 다섯 개. 이 방에서 했어. 그런데 종이 인형을 태울 성스러운 장소라는 게 어떤 곳인지 알 수가 있어야지. 성스러운 곳 하면 교회가 맨 먼저 떠오르지만 이 근방에는 교회 같은 게 없잖아. 그런데 앤이 갑자기 생각난 듯이 말했어.

"우리의 신은 묘진이잖아."

하긴 어렸을 때부터 동네 축제 때면 묘진 신을 모신 가마를 메고, 묘진 신사를 참배하면 과자도 받고 그랬으니까.

그래서 나도 그 말에 동의하고 인형을 봉투에 담아 앤과 함께 묘진 신사로 갔어. 다행히 가는 길에 아무도 만나지 않았어. 사당 앞에서 태우면 멀리서 보일지도 모르니까 사람들 눈에 띄지 않으려고 뒤편으로 돌아갔더니 소각로가 있는 거야. 나는 마침 잘됐다고 생각했지만 앤은 소각로를 성스러운 장소라고 할 수 있냐며 내키지 않아 하더군.

결국 우리는 절충안으로 소각로 뚜껑을 연 채 태우기로 했어. 그러면 인형이 제대로 탔는지도 확인할 수 있으니까. 소각로에 쓰레기가 들어 있기에 낙엽과 나뭇가지를 쓰레기를 안 보이게 한 다음 교실에서 아이들이 앉은 자리 순으로 인형을 늘어놓았어. 그건 앤의 생각이었지.

앤이 집에서 가져온 성냥으로 불을 붙이자 인형이 활활 타올랐어. 빨간 불꽃을 보고 있자니 마치 나를 향한 악의가 정말로 불타 없어지는 듯한 기분이 들어서 타라, 타라, 활활 타올라라, 하고 마음속으로 빌었어. 사실은 다 타서 없어질 때까지 지켜보고 싶었는데 앤이 4시까지 주산 학원에 가야 한다고 해서 나도 함께 돌아가기로 했어.

도중에 야쓰카 아줌마와 스쳐 지난 줄은 꿈에도 몰랐지.

앤과는 우리 집 앞에서 헤어졌고, 우리가 지나온 길을 소방차가 달려간 건 그로부터 잠시 후였어.

용감한 소화 활동에 대해서는 야쓰카 아줌마한테 들었겠지.

어른들이 우리를 죽이려는 게 아닐까 싶을 정도로 화를 내더군. 우리 엄마와 앤의 엄마는 사람들 앞에서 본때를 보이겠다는 듯이 우리를 마구 때렸어. 하지만 우리는 불을 지른 건 인정했어도 그 이유에 대해서는 결코 입을 열지 않았지. 그랬는데 인형이 다 타지 않고 남았던 거야.

주술은 전부 수포로 돌아갔어. 반 아이들의 마음도 검은색 그대로이고.

하지만 말이지, 그런 건 아무래도 상관없었어. 그보다 나는 훨씬 소중한 걸 잃었거든.

우리의 불장난 때문에 나가사와 지구의 수호신 묘진을 모신 신사가 타 버렸잖아. 부모님들은 어떻게든 책임을 피하고 싶었겠지. 우리 엄마는 앤이 나를 부추겼다고 주장했고, 앤의 엄마는 내가 앤을 꼬드겼다는 주장을 굽히지 않았어. 그리고 마침내 우리 둘을 절대 같이 못 놀게 하기로 자기들끼리 결정해 버렸지.

내가 그 경위를 알게 된 건 앤이 대학생이 되어 집을 떠난 후였어.

나는 그때까지 내가 싫어진 앤한테서 버림받았다고 생각했어. 그럴 만도 한 것이, 불이 났던 날 밤에 우리 엄마가 이렇게 말했거든.

"미키 짱이 앞으로는 너랑 놀지 않겠단다. 학교 갈 때도 데리러 오지 않을 테니까 혼자 알아서 가도록 해."

나는 충격을 받은 나머지 한동안 입을 닫아 버렸어. 내 편이 아무도 없는 학교에 가기가 죽기보다 싫은데 엄마가 억지로 끌어내다시피 하니 공포가 배 속에서부터 치밀어 올라 여기저기 토하기까지 하고. 매일 그 모양이다 보니 부모님도 결국은 학교에 보내는 걸 포기해 버렸지만.

엄마는 내가 학교에 가지 않게 된 것이 앤 탓이라고 여기저기 떠들고 다닌 모양인데, 그때 내 귀에는 그 누구의 목소리도 들어오지 않았어. 대신 매일 아침 환청이 들렸지.

'유코 쨩, 잘 잤어? 학교 가자.'

현관으로 뛰어나가 봤지만 앤의 모습은 보이지 않았어. 하도 울어서 눈물이 말라 버릴 지경이었지. 그런데도 앤이 그리워서 앤이 좋아하는 책을 읽기로 했어. 『빨간 머리 앤』 말이야. 그랬더니 다 말라 버린 줄 알았던 눈물이 또다시 흐르는 거야.

다이애나는 앤의 둘도 없는 친구 이름이잖아. 그런데 난 다이애나가 아니라 길버……

아, 게임 오버야. 옛날 얘기도 끝. 뭐, 당신이 하수라는 건 진작 알았지만 말이야.

기세 좋게 한판 하자고 하더니, 형세가 불리해지니까 바로 꼬리를 내리는군. 만마로의 레드스타가 당신이지?

나는 '시구레 계곡 여사원 살해 사건'을 뉴스에서 봤을 때부터 불길한 예감이 들었어. 딱 주술 그대로잖아. 그래서 여러 사이트를 들여다봤지.

죄다 쓰레기 같은 내용뿐이더군. 그중에서도 당신이 제일 한심했어.

쓸데없는 얘기만 지껄여 대고 말이야. 『주간 태양』의 그 기사는 대체 뭐야?

앤이 못생겨서 애인을 빼앗겼고, 그 복수로 미인 동료를 살해했다고?

내가 이렇게까지 친절하고 자세하게 설명해 준 건 당신이 레드스타이기 때문이야. 할아버지가 건넨 명함을 보고 정말 여기까지 찾아왔구나 싶어 전투태세로 기다렸어. 내 얘기를 듣고 나니 앤이 당신이 쓴 것처럼 형편없는 사람이 아니라는 걸 알겠지? 멍청한 녀석들이 허풍 떠는 얘기를 곧이곧대로 믿으면 안 돼. 다들 남을 깎아내리면서 재미있어할 뿐이니까.

난 절대 앤이 사람을 죽였다고 생각하지 않아. 하지만 최악의 경우 정말 살인을 저질렀다 해도 그 동기가 앤 자신에게 있지는 않을 거야. 그러니 피해자에 대해 좀 더 조사해 봐. 백설 공주라고 불린다지만, 그런 식으로 무참하게 살해당한 걸 보면 하트가 아주 새까매졌을 거야. 친절한 앤이 협력하지 않을 수 없을 정도로 피해자에게 혹독하게 당한 사람이 반드시 있을걸.

당신, '백설' 비누 회사에 아는 사람이 있잖아. 사코였던가? 앤의 실명까지 공개했지. 그 사람에게 다시 한 번 물어봐.

그래서 정확하게 확인된 사실을 다음 호에 똑바로 쓰란 말이야.

또 한 번 이상하게 쓰면……, 아, 이렇게 말하면 협박이 되나? 아무튼 당신 하나쯤 어떻게 하는 건 일도 아니야. 그렇게 한 치 앞도 못 봐서야 되겠어?

만마로에서 내 닉네임이 뭐냐고? 한번 맞혀 보시지.

다이애나 아니냐고? 나를 그렇게 불러도 되는 사람은 앤뿐이야.

정답은 하……, 아니야. 역시 안 가르쳐 주는 게 낫겠어.

〈마쓰다 후키〉

이렇게 오시라고 해서 죄송해요. 도쿄에서 온 기자가 시로노 씨네를 조사하고 있다고 하기에 저도 드릴 말씀이 있어서 며느리에게 전화를 걸어 달라고 했어요.

아니, 난 미키라는 아이에 대해서는 몰라요. 분가한 셋째 아들의 맏딸이라는 것밖에는요. 그런데 사람을 죽였다는 말을 듣고 아아, 역시 그런 짓을 저질렀구나 생각했어요. 그런 집안의 자식이니까 말이에요.

저는 시로노 본가로 시집간 치토세와 동갑이에요. 처녀 시절에는 친하게 지냈죠. 사와코라고, 나가사와 지구에 사는 친구가 한 명 더 있어서 옛날에는 나가사와의 세 처자라고 불렸지요.

저하고 사와코는 성격이 활달해서 멋대로 날뛰는 야생마 같다고 부모님들이 속상해하셨지만 치토세는 얌전하고 요리나 바느질도 잘해서 우리가 늘 치토세는 좋은 집에 시집가서 행복하게 살 거라고 말하곤 했어요.

아니나 다를까, 치토세는 우리 셋 중 맨 먼저 시집을 갔죠.

시로노 이치로 씨는 우리보다 다섯 살 위로, 배우처럼 잘생긴 사람이었어요. 저는 거북이상인 치토세가 용케 그런 남자 눈에 들었다며 놀랐지만, 부부라는 건 한쪽이 곱게 생겼으면 한쪽이 좀 못생긴 편이 균형이 맞아서 좋다는 얘기를 사와코에게 듣고 그 말도 일리가 있다 싶어 두 사람을 축복했어요.

그런데 결혼한 지 3년도 채 못 되어 이치로 씨에게 여자가 생겼다는 소문이 돌더군요. 좁은 동네잖아요. 상대 여자가 누구라는 것도 금세 알려졌죠.

그게 글쎄 사와코였어요.

균형이 맞아서 좋다느니 어쩌느니 하던 사와코가 치토세에게 이 구실 저 구실을 붙여 가며 이치로 씨를 만나다가 그런 관계에 빠졌다는 거예요. 사와코는 나가사와에서 내로라하는 미인이었거든요.

나는 치토세가 걱정스러웠어요. 하지만 장을 보러 나갔다가 우연히 치토세와 마주쳤을 때 그녀에게 어떻게 지내느냐고 넌지시 물었더니 웃으면서 걱정 말라고 하기에 내심 마음을 놓았죠. 그 후 이치로 씨와 사와코가 만나는 걸 봤다는 사람도 점차 없어지고 소문도 잠잠해졌어요.

그런데 얼마 안 있어 사와코가 죽었지 뭐예요.

폐렴을 앓다 죽었다고 사와코 부모님은 말씀하셨지만 나는 치토세가 죽였다고 생각해요. 병석에 누운 사와코를 치토세가 자주 문병하러 갔거든요. 매번 찬합에 음식을 담아 갔고, 식욕이 없던 사와코도 치토세가 만든 음식만은 맛있다면서 젓가락을 들었다고 사와코 어머니께 들었어요.

저는 사와코가 그 음식 때문에 죽은 게 아닐까 생각합니다.

밥을 잘 먹으면 몸이 좋아져야 하는데, 사와코는 삐삐 말라서 죽었어요. 치토세가 독을 넣었다고밖에는 생각할 수 없었죠.

그 증거로, 치토세는 사와코의 장례식에서 눈물 한 방울 흘리지 않았어요. 돌아올 때는 길거리를 돌아다니는 주인 없는 개의 얼굴이 웃기다면서 깔깔 웃기까지 했고요. 나는 뭐가 재미있는지 도통 모르겠는데 말이죠. 둘러댄 거 아니겠어요.

치토세는 얼굴에는 드러나지 않았지만 마음속에 귀신이 숨어 있었던 거예요.

저는 이런 사실을 지난 몇십 년 동안 제 마음에만 담아 두고 있었어요. 이미 죽은 사람의 험담을 하자니 꺼림칙하지만, 증손이 똑같은 짓을 저지른 마당에 이 얘기를 제대로 이해할 사람에게 들려주지 않으면 안 되겠다고 생각했습니다.

우리 며느리가 내가 노망이 들어 터무니없는 소리를 한다고 했을지도 모르겠지만 나는 정신이 말짱하니 제대로 써 주세요.

〈시로노 사쓰키〉·〈시로노 고자부로〉

잠시 시간을 내 달라고?

당신이지, 온 마을에 우리 딸이 사람을 죽였다고 떠들고 다니는 사람이? 아하, 여덟 명한테밖에 얘기하지 않았다고? 내참, 어처구니가 없어서. 그따위 말 같지 않은 소리를 잘도 하네. 기하급수라는 말 몰라? 당신한테는 그저 여덟 명일지 모르지만, 그 여덟 명이 또 다른 사람들에게 떠벌릴 거 아니야. 아니, 지금 여덟 명이니 뭐니가 중요한 게 아니지.

당신, 마쓰다 할머니네 집에도 갔었다며? 그 걸어 다니는 스피커가 지금쯤 우리 미키가 사람을 죽였다고 신이 나서 퍼뜨리고 다닐 거 아니야. 당신, 어쩔 거야!

말을 퍼뜨리는 사람이 잘못이지 당신 책임이 아니라고? 아아, 그러세요. 매스컴에서 일하는 인간들은 사람을 이런 식으로 잡는구먼. 그럼 주간지에 그 엉터리 기사를 쓴 것도 당신 책임이 아니라는 거야? 누군지는 몰라도 친절하게시리

『주간 태양』을 우리 집 우편함에 넣어 두었더군. 굳이 포스트 잇까지 붙여서 말이야.

엉터리 기사는 쓰지 않는다고? 취재한 내용을 정리했을 뿐이다? 그럼 미키네 회사 사람들이 그런 몹쓸 말을 했다는 얘기네. 누군지 말해 봐요. 당장 명예 훼손으로 고소할 테니.

취재원은 밝히지 못한다고? 왜지? 정보 제공자를 보호할 의무가 있다? 그럼 새빨간 거짓말을 늘어놓아도 아무 상관이 없겠네. 그러니 다들 있지도 않은 일을 나불나불 지껄이는 거야.

당신들은 그런 기사를 거짓말인지 아닌지 확인하지도 않고 전국에 뿌려서 돈을 버니 그처럼 편한 장사가 없겠네. 당신이 그런 식으로 뻔뻔하게 나온다면 나도 곧장 '히노데 화장품'에 쳐들어가서 취재에 응한 사람이 누군지 따져 물을 거야. 『주간 태양』을 보여 주면서, 정말 토씨 하나 안 틀리고 이렇게 말했는지 말이야.

시구레 계곡의 멧돼지라고? 나잇살이나 먹은 사람들이 도대체 무슨 낯짝으로 그런 말을 하지?

경우에 따라 편집을 하거나 말을 바꾸는 경우가 있다고? 그런 걸 날조라고 하지 않나? 왜 말이 없어. 취재원은 밝힐 수 없습니다, 말을 바꾸는 경우도 있습니다, 그런 식이라면 나라도 그 잘난 기사, 얼마든지 쓰겠네, 쳇.

내일이라도 '히노데 화장품'에 가서 똑똑히 확인한 다음,

주간지 기사가 얼마나 엉터리로 만들어지는지 온 세상에 공표할 테야.

그러지 않는 게 좋다고? 왜지?

내 딸의 이름은 입 밖에도 내지 않았다고? 내가 쳐들어가면 도리어 'S 씨'가 미키라는 사실이 온 회사에 퍼지게 된단말이지. 지금 그걸 말이라고 하나?

그럼 당신은 왜 우리 집에 찾아온 거야? 'S 씨'가 미키가 아니라면 우리 집에 무슨 볼일이 있겠어.

미키가 아니라고도 하지 않았다? 그런 식으로 일일이 말꼬리를 잡으면서 책임을 회피할 텐가? 『주간 태양』이 발매된후로 인터넷에 '시로노 미키'라는 이름이 공공연하게 나돌고있어. 당신이 그렇게 유도한 거나 마찬가지잖아. 그건 어떻게 책임질 거지?

그것도 당신과 상관없는 일이다? 익명으로 올린 글이라도 범죄와 관련성이 있을 때는 경찰이 당사자를 찾아내는 법이야. 그게 절대 당신이 아니라고 단언할 수 있어?

뭐, 단언하겠다고? 하기야 그런 건 당신이 더 잘 알 테니 자신은 안전한 곳에 숨어서 호기심 왕성한 얼간이들을 부추길테지. 그럼 실제로 미키라는 이름을 거론한 사람이 『주간 태양』을 읽고 그럴 것 같은 생각이 들어서 이름을 밝혔다고 하면 어쩔 건데?

그것도 그렇게 쓴 사람의 문제라고? 그러니까 당신은 아무 잘못이 없다는 얘기네. 좋아, 그렇게 나온다면 경찰에 신고하겠어. 지금 당장 경찰서에 갑시다. 그래서 당신에게 전혀 잘못이 없다고 하면 나도 단념할 테니까.

출판사를 고발하라고? 기사를 쓴 건 당신이지만 기사의 게재를 허락한 사람은 『주간 태양』 편집장이니 그쪽에 책임이 있다? 그렇다면 편집장의 이름을 알려 줘.

개인의 책임이 아니라 회사 책임이니까 이 일에 대해서는 회사 변호사가 대응하도록 하겠다고? 그럼 당신도 더는 볼일이 없지.

미키가 지금 어디 있냐고? 이런 판국에 그런 질문이 나와? 알아도 당신한테는 절대 안 가르쳐 줄 거야.

냉큼 돌아가. 가! 가라고! 썩 꺼지란 말이야!

여보! 사쓰키, 빗자루 휘두르지 마!

기자 양반한테 그렇게 무례하게 굴면 미키에 대해 점점 더 나쁘게 쓸 거 아니야. 기자 양반이 딱히 미키를 범인으로 몰아가려는 건 아닐 거야. 지금까지 증언한 사람들이 미키에게 불리하게 말했기 때문에 기사가 그렇게 되었을 뿐이지. 사람들이 뭐라고들 쑤군거리는지는 얼추 짐작이 가지만, 그렇다고 엉뚱하게 기자 양반에게 분풀이를 해 봐야 무슨 소용이 있겠어.

우리가 사실을 제대로 이야기하면 틀림없이 세상 사람들의 오해를 풀어 줄 기사를 쓸 거야.

그렇죠?

거봐, 그렇다잖아. 제발 진정해.

죄송합니다. 아내가 큰 실례를 범했어요. 누추한 집이지만 잠깐 들어오시죠.

대접할 게 차밖에 없어서 죄송합니다만, 식기 전에 드세요.

우선 분명하게 해 두고 싶은 게 있는데요, 지금 단계에서는 미키가 살인 사건의 용의자로 확정된 것이 아니라 그럴 가능성이 있지 않나 의심받는 상황인 거죠?

기사에도 그런 말은 전혀 없었어요. 말씀하신 대로요. 하지만 인터넷이나 동네에 떠도는 소문으로는 미키가 이미 살인자 취급을 받는 것 같아요. 대체 왜 일이 이렇게 되었을까요?

아비인 제가 하는 말이라 어떨지는 모르겠지만, 미키는 마음이 착하고 얌전한 아이입니다. 사춘기에도 반항 한번 하지 않았어요. 오히려 저희로서는 좀 더 자기주장을 해도 좋지 않을까 싶어 답답하게 여겼을 정도입니다.

기사에는 미키가 동기인 미녀 사원과 비교되는 바람에 기분 나빠 했다느니, 상사에게 차별 대우를 받았다느니, 남자에게 맛있는 요리를 먹여 자기 것으로 만들었는데 미인인 동기에게 빼앗겼다느니, 그 직후부터 도난 사건이 발생하게 되었다느니 하는 얘기들이 쓰여 있더군요.

부모로서 그 모든 걸 사실이라고 인정하기는 어렵지만, 아니 땐 굴뚝에 연기가 나겠습니까. 전부 거짓말은 아니겠지요. 하지만 설사 그 모든 것이 사실이라고 인정한다 해도, 그것이 살인의 동기라고는 도저히 믿기 힘듭니다.

물론 세상에는 단돈 몇천 엔을 훔치기 위해 사람을 죽이는 불한당도 있고, 치정에 얽힌 살인 사건도 있지요. 동서고금 어디에나 있는 일이에요. 부모가 자식을 죽이고, 자식이 부모를 죽이고 말입니다. 그런 세상이니 살인의 동기 따위야 뭔들 이상하겠어요. 더워서 살인을 했다고 했던 살인범도 있었죠, 아마.

그러니 미인과 비교된다는 이유로 살인을 저지르는 사람인들 없으라는 법이 있겠어요?

하지만 그런 식으로 범죄를 저지르는 사람들은 용의자로 이름이 오르내려 모두가 알게 되면 대개는 아아, 역시, 하고 수긍하지 않나요. 취재 기자가 마이크를 들이댈 경우, 설마 그 사람이…… 하면서 놀라는 듯한 태도를 취할지는 모르겠지만, 그건 성가신 일에 휘말리고 싶지 않아서이지 정말로 놀란 건 아니지 않을까요.

그리고 그건 설령 부모라도 마찬가지일 겁니다.

설마 그 아이가, 라고 말은 하면서도 과거에 있었던 어떤 징후를 떠올리면서, 결국 이런 날이 오고 말았구나 하고 마음속으로는 체념하는 심정일 거예요.

그러나 우리 딸은 전혀 그렇지 않습니다. 그래서 납득이 가지 않는 겁니다. 딸이 어머니가 위독하다고 거짓말을 하고 행방을 감춘 것은 사실입니다. 회사에서도 확인 전화가 왔고, 경찰에게도 이 일에 관해 몇 번 질문을 받았습니다.

그렇다고 해서 딸을 살인자로 단정할 수는 없는 일 아니겠습니까. 딸을 두둔하려는 게 아닙니다. 저 자신을 합리화하려고 이런 말을 하는 건 더더군다나 아니고요. 미키의 인생에 범죄로 이어질 만한 징후란 일절 없었습니다. 그래서 이런 말씀을 드리는 거예요.

화재……말인가요, 묘진 신사에서 있었던?

당신한테 그런 일까지 미주알고주알 얘기했어? 이렇게 수상한 남자에게 뭐하러 애들이 장난친 얘기를 하느냐 말이야.

불이 난 건 사실이지만 미키가 방화를 한 건 아니야. 불장난이야 어렸을 때 누구나 한 번쯤 하는 거지. 그러다가 재수가 없어서 불이 번진 것뿐인데 요란을 떨기는.

보나 마나 야쓰카 씨가 저주 의식이네 뭐네 하고 말을 했겠지. 이 동네가 그 옛날의 외딴 산골도 아닌데 말이야. 자기가 주목받으려고 사소한 일을 오백 배쯤 부풀려 얘기한다고, 그 여자. 딸이 승무원이라고 했겠지. 신칸센에서 도시락 파는 아이를 요즘은 그렇게 부르나?

설마 마쓰다 할머니도 당신한테 뭐라고 속살거린 건 아니겠지? 뭐야, 눈을 왜 피해? 노망든 할머니가 하는 얘기를 그대로 기사화할 작정이야? 그건 날조보다 더 나쁘지.

그 화재가 살인으로 이어졌다면 세상 사람 모두가 예비 범죄자겠네.

애당초 그 일도 다니무라 씨네 아이가 부추겨서 어쩔 수 없이 한 거라고. 물론 그 아이도 만났겠지? 좀 모자란 아이라는 건 한눈에 알아봤을 텐데.

오호라, 당신이 기사를 어떤 식으로 조작하는지 알겠어. 제정신이 박힌 사람의 증언은 한 귀로 흘려듣고 이상한 사람의 증언만 모아서, 그걸 또 바보 같은 인간들이 좋아하도록 고치는 거구먼.

여보, 이런 사람한테는 무슨 얘기를 해도 소용없어요. 아무리 얘기해 봐야 받아들여질 리 없다니까.

뭐요, 마지막으로 하나 물어보고 싶다고? 그러시든가. 우리 쪽은 더 할 얘기가 없으니까.

술집 '백설'의 여자는 지금 어떻게 지내느냐고?

진정해, 여보.

아카호시 씨, 그, 그게 이번 사건과 무슨 관계가 있다고 그 럽니까. 그녀와는 이미 오래전에 헤어졌고, 이제는 마음을 고쳐먹어서 그런 짓은 절대 하지 않아요.

그 여자가 사건의 피해자와 닮았냐고요? 그러고 보니……. 아니, 전혀 닮지 않았습니다. 물론 피부는 하얬지만 별로 미 인은 아니었어요. 설마 댁이 그 여자 사진까지 입수한 건 아 니겠죠?

아니야, 그러고 보니 꼭 닮았네.

텔레비전에서 봤을 때는 왜 눈치를 못 챘을까. 어쩌면 미키 가 동료 여사원에게서 그 여자의 얼굴을 봤는지도 몰라.

하지만 미키는 회사에 들어가서 3년도 넘게 그 여사원과 일했잖아. 그 여자의 얼굴이 겹쳐 보였다면 벌써 오래전에 회사에서 그런 징후 같은 게 있지 않았겠어? 그런데 그런 증 언은 어디에서도 안 나왔단 말이지.

알았다. 비누!

미키가 입사 당시부터 보내 주었는데, 처음에는 '날개옷' 이라는 이름이었어. '백설'로 바뀐 건 1년쯤 전이야.

아이고, 틀림없네. 비누 이름이 바뀌면서 술집 '백설'의 여자가 떠올랐고, 동료 여사원이 그 여자랑 닮았다는 생각이 들면서 조금씩 원망이 쌓인 거야. 그 와중에 부당한 일을 당했다면 아무리 그 아이라도…….

맞아, 그랬을 거야. 나는 상상만 해도 참을 수 없는데.

미키가 입 밖으로 낸 적은 없지만, 어릴 때부터 내내 아버지의 외도 때문에 마음을 앓았던 거야. 뭐가 징후가 없었다는 거야. 괴로운 마음을 들키지 않으려고 기를 쓰고 감춰 왔던 거지. 자식 마음을 제일 잘 이해해야 할 부모라는 사람이 오히려 자식에게 신경만 쓰게 했으니…….

가엾은 우리 미키.

이게 전부 당신 탓이야!

내 탓? 내 탓이란 말이야? 그래, 내 탓이겠지.

죄송합니다.

딸이 살인을 저지른 것은 제 탓입니다. 비난하려거든 저를 비난하세요.

제발, 제발, 제발……. 불쌍한 우리 딸을 용서해 주세요.

[자료 6(287쪽~) 참조]

5장

당사자

〈시로노 미키〉

저녁 뉴스에서 T 현경이 '시구레 계곡 여사원 살해 사건'과 관련해 용의자의 체포 영장을 청구했다고 발표했다. 그리고 얼굴 사진도 공개되었다. 나는 그날부터 내내 이 낡은 비즈니스호텔의 객실에서 숨죽인 채 지냈다. 하지만 그런 날들도 이제 곧 끝날 것이다.

백 엔으로 한 시간 동안 볼 수 있는 텔레비전과 가끔 전원을 켜는 휴대 전화, 그리고 호텔에서 걸어서 5분 거리에 있는 편의점에서 산 『주간 태양』 2주일 치에서 사건에 대한 정보를 얻을 수 있었다. 용의자 'S 씨'는 나를 말하는 것이다. 나를 아는 사람들의 증언을 바탕으로 한, 나에 대한 기사들이 실렸다.

과연 그것이 시로노 미키라는 인간일까.

나를 알 수가 없다. 알 수 없는 채 이곳에서 나가기가 두렵다.

그래서 나 자신에 관해 써 보려고 한다.

그러면 내가 어떤 인간인지, 앞으로 어떻게 하면 좋을지 어렴풋하게나마 답이 보이지 않을까. 수첩과 볼펜은 있다.

이곳에서 나가는 것은 그런 후라도 늦지 않을 것이다.

*

레몬 향이 감도는 나가사와 지구, 그곳이 저의 고향입니다.

지방 도시에서 전철로 한 시간이 걸리는 시골 마을이지만, 좁다거나 고리타분하다거나 답답하다고 느낀 적은 없습니다. 어린 시절의 저는 그곳밖에 몰랐으므로 평범한 동네에서 평범하게 살아가고 있다고 생각했습니다.

가족은 아버지와 엄마와 저 세 사람으로, 제가 태어나기 전에 돌아가신 할아버지 할머니가 지은 오래된 집에서 살았습니다. 성격이 태평스러운 아버지와 저는 아침에 일어나서 집을 나설 때까지 한 시간도 못 되는 사이에 빨리 하라고 재촉하는 소리를 다섯 손가락으로 미처 세지 못할 만큼 엄마에게 들었습니다. 그렇게 해서 7시 반에 집을 나서면 학교에는 수업 종이 울리기 직전에 아슬아슬하게 뛰어 들어갔습니다.

나가사와 지구에 사는 친구 유코, 그러니까 다이애나를 데리러 갔기 때문입니다. 다이애나는 제가 현관 앞에서 기다리는데도 마냥 잠옷 차림으로 있거나 느릿느릿 밥을 먹는 등 학교 도착 시간을 1분이라도 늦추려는 듯이 꾸물거렸습니다.

그런 다이애나에게 그 아이 어머니도 늘 빨리 해라, 미키 짱이 기다리잖니, 하고 소리를 질러서 저는 세상 어머니들이 모두 그렇게 부지런하고 잔소리가 많은 줄 알았습니다. 그러니까 유독 우리 엄마만 그악스러웠던 것은 아닙니다.

다이애나가 학교를 싫어했던 이유는 친구들이 못된 장난을 많이 쳤기 때문입니다. 남학생 여학생 할 것 없이 다이애나를 다코라고 부르면서 몸을 비비 꼬고 놀렸습니다.

나가사와 지구에 사는 또 한 명의 친구 야쓰카 아카네가 아이답지 않게 질투심이 많아서 어떻게 하면 골려 먹을까 궁리한 끝에 일어난 일이었습니다. 아마 동네 할머니들이 슈퍼마켓 주차장에서 햇볕을 쬐며 "유코 짱이 나가사와에서 젤 예뻐."라고 얘기하는 걸 우연히 들었겠지요.

그러나 아카네도 귀엽게 생긴 아이였습니다. 새 책가방을 메고 동그란 눈으로 똘망똘망하게 웃는 아카네의 초등학교 입학 기념사진이 동네 사진관 진열장에 오래도록 걸려 있었을 정도였으니까요. 남을 깔보고 업신여기려 하지만 않았다면 아카네는 아카네 자체로서 칭찬을 많이 받았을 겁니다.

그런 점에서는 미키 노리코도 마찬가지라고 생각합니다.

아카네 외에 다른 아이들은, 남자아이들의 경우 어떻게 굴어야 좋을지 몰라서, 여자아이들은 마음 깊은 곳에 싹튼 열

등감을 들키지 않으려고 아카네를 따라 다이애나에게 못된 장난을 쳤을지도 모릅니다.

저는 제가 다이애나의 친구라는 사실을 자랑스럽게 여겼습니다. 그리고 저나 다이애나나 각자 이름 때문에 고민이 있다는 점이 서로의 우정을 한층 돈독하게 했습니다.

'미키'는 부르기에는 평범한 이름이지만 한자로 적는 순간 고민거리로 변합니다.

재난이라는 것에는 반드시 발단이 있지요. 그것이 다이애나에게는 아카네였고, 제게는 초등학교 3학년 때 두 번째 담임이었습니다. 첫 번째 담임이었던 오타니 선생님은 대학을 갓 졸업한 젊은 여선생님으로, 명랑하고 활기차고 정의감에 넘치는 분이었습니다. 다이애나를 다코라고 부르는 아이들을 호되게 꾸짖고, 그래도 고쳐지지 않는 아이들에게는 다코보다 심한 별명을 붙여서 불렀습니다.

아카네는 '두더지 대신'이라고 불렸는데, 한번은 아카네 어머니가 항의하러 학교에 쳐들어온 적이 있습니다. 무슨 얘기가 오갔는지는 모르지만 다음 날부터 아카네는 다이애나를 유코 짱이라고 불렀고 선생님도 아카네를 아카네 짱이라고 불렀으니 선생님의 방법이 옳았던 거겠지요.

다이애나도 즐거워했습니다. 아침에 데리러 가면 벌써 책가방을 메고 있을 정도로요. 그런데 1학기 종업식 때 오타니 선생님이 작별 인사를 하는 겁니다. 오타니 선생님은 체육 임시 교사로, 그 전 학기부터 출산 휴가로 자리를 비웠던 히가시야마 선생님을 대신했던 거였거든요.

히가시야마 선생님은 경력이 많으니까 이 반을 훨씬 잘 이끌어 가실 거예요.

오타니 선생님은 그렇게 말했지만, 2학기 첫날부터 최악의 상황이 펼쳐졌습니다.

히가시야마 선생님이 출석부를 펼치고 출결을 확인하기 시작했습니다. 친절한 선생님 같아 안심했던 것도 잠시, 다이이치라는 말라깽이 남학생에게 "어머머, 다이이치는 H연필로 쓴 글씨처럼 말랐네."라고 말하는 바람에 반 아이들이 폭소를 터뜨렸을 때부터 불길한 예감이 들었습니다. 결국 다이이치는 고등학교를 졸업하고 마을을 떠날 때까지 '에치'('변태'를 뜻하는 속어—옮긴이)라고 불렸습니다.

그다음은 제 차례였습니다.

"다음은 시로노 미키 짱, 성에 사는 아름다운 공주님은 누구려나……."

히가시야마 선생님이 좌석표를 확인한 후 저를 찾았습니다. 그리고 눈이 마주쳤는데,

"어머, 어머, 어머."

그러고는 풋, 짧게 웃더니 눈길을 돌려 다음 아이의 이름을

불렀습니다. 아카네를 위시한 심술궂은 여자아이들이 키들 키들 웃는 소리에 저는 그만 눈시울이 뜨거워졌죠. 하지만 울어 버리면 그 아이들을 기쁘게 할 뿐이잖아요. 그래서 이를 악물고 참았습니다.

그래도 다이애나를 부를 때는 쓸데없는 소리를 덧붙이지 않더군요. 그랬는데, 아카네가 굳이 손까지 들고서, 다코라고 불러 주세요, 한 겁니다. 오타니 선생님처럼 호되게 꾸짖지는 않더라도 최소한 나무라기는 할 거라고 기대했던 제가 어리석었는지도 모르겠습니다.

"다코 짱, 잘 부탁해."

히가시야마 선생님이 그렇게 말하자 다이애나는 얼굴이 새빨개져서 고개를 숙였습니다.

"어머, 이름만 그런 게 아니라 얼굴까지 빨간 게 정말 문어 같네."

득의만면한 얼굴로 고개를 끄덕거리는 선생님을 보면서 저는 제 이름이 불렸을 때보다 더욱 울고 싶은 기분이 들었습니다.

그런데도 어쩔 수 없잖아, 라고 마음속으로 중얼거리는 게 고작이었죠.

제가 그런 꼴을 당하는 건 이름을 미키라고 지은 엄마 탓이고, 다이애나가 저런 꼴을 당하는 건 동사무소에 출생 신고를 잘못한 다이애나 할아버지 탓이니까요.

둘 다 강하게 살아가는 수밖에 없겠다 싶었죠.

하지만 그렇게 생각하는 게 그다지 괴로운 일은 아니었습니다. 오히려 무엇보다 행복한 일이었는지도 모르겠어요. 제게는 다이애나가, 다이애나에게는 제가 가장 소중한 존재라고 믿었기 때문입니다.

그렇다고 둘이서 마냥 친밀한 시간을 보냈던 것은 아닙니다. 우리 집이나 다이애나의 집에서 그림을 그리거나 만화를 읽으면서 낮 시간을 함께 보내는 게 고작이었어요.

우리 두 사람의 추억은 레모네이드 맛이었습니다. 다이애나네 집은 레몬 농가여서 놀러 가면 할머니가 레모네이드를 자주 만들어 주셨거든요. 다이애나는 궁상맞다고 싫어했지만 저는 사이다나 콜라같이 흔해 빠진 마실 거리보다 레모네이드가 훨씬 여자다워서 좋았습니다.

그래요, 마치 『빨간 머리 앤』의 세계처럼요!

다이애나의 집에는 세계 아동 문학 전집이 있었습니다. 다이애나는 책을 그다지 좋아하지 않는데 할아버지가 입학 선물로 사 주셨다더군요. 다이애나가 놀림을 당하는 데 원인을 제공한 할아버지지만 다이애나와 저는 다이애나 할아버지를 무척 좋아했습니다.

밭일할 때 입는 점퍼 주머니에 당신이 좋아하는 사탕 캔을 늘 넣고 다니셨는데, 우리가 놀고 있자면 다가와서 사탕 먹을 래? 하며 캔을 내밀곤 하셨죠. 저는 빨간색 딸기 맛, 다이애나 는 노란색 파인애플 맛을 좋아했습니다.

다이애나와 할아버지가 케이스에 든 그 호사스러운 책을 빌려 가도 된다고 해서 저는 1권부터 순서대로 빌려다 읽었 습니다.

『키다리 아저씨』, 『소공녀』, 『톰 소여의 모험』……, 어느 책 이나 가슴 설레며 읽었지만 가장 마음에 든 책은 역시 『빨간 머리 앤』이었습니다. 이야기의 무대가 된 동네가 어딘지 모 르게 나가사와 지구와 비슷하다고 느껴져 저는 다이애나와 함께 여러 장소에 별명을 붙이며 돌아다녔습니다. 레몬 오솔 길, 신이 잠든 산, 배고픈 거리…….

그리고 마지막으로 서로를 앤과 다이애나로 부르기로 했습 니다.

제가 수많은 책 중에서 『빨간 머리 앤』을 가장 좋아하게 된 것은 앤에게서 저의 모습을 보았기 때문일 겁니다. 겉모 습이 예쁘지는 않아도 상상력이 풍부한 아이. 저도 상상하 는 것을 무척 좋아했습니다. 이 세상에는 신과 요정이 있고, 정말로 궁지에 몰렸을 때는 마법을 사용할 수 있을 거라고 믿었어요.

순수한 여자아이들은 누구나 그럴 거라고 생각했습니다.

그 증거로, 매달 사 보던 『매지컬 페어리』라는 잡지에는 전국의 여자아이들이 보낸 요정 목격담이나 마법 성공 사례가 잔뜩 실려 있었어요. 이름 없는 작은 출판사에서 인터넷으로 판매하는 잡지가 아니었습니다. 나가사와 지구 유일한 서점의 가장 눈에 띄는 책꽂이에 소년 소녀 만화들과 나란히 꽂혀 있었으니 상당히 인기 있는 잡지였을 겁니다.

다이애나가 죽고 싶다고 말했을 때는 정말이지 충격이 컸습니다.

어떻게 해서든 구하고 싶었어요. 그래서 신에게 매달리는 심정으로 그 잡지를 펼쳐 비슷한 사례와 거기에 대응하는 마법을 찾아봤습니다. 이제 와서 돌이켜 보면 더없이 바보 같은 짓이었지요. 하지만 초등학생이었던 저는 친구를 위해 필사적이었습니다.

그런데 다이애나는……. 싫다는데도 제가 억지로 거들게 했다고 증언하더군요.

주간지에는 마치 제가 학교에서 괴롭힘을 당해 반 아이들에게 원한을 품었던 것처럼 쓰여 있었습니다. 물론 히가시야마 선생님 때문에 남자아이들에게 '못난이 공주'라고 놀림을 받은 적은 있지만 그럼에도 입 꾹 다물고 참았는데 말이죠.

그 주술 건이 저 혼자 우겨서 한 일일까요. 다이애나는 그저 위로의 말을 듣고 싶었던 걸까요. 아니면 그날의 화재 사건이 여전히 마음의 병으로 남아 모든 걸 제 탓으로 돌리고 싶었을까요.

분명한 것은 화재와 함께 우리의 우정도 불타 버렸다는 사실입니다.

나가사와 지구에 저를 받아 줄 사람은 이제 아무도 없습니다.

아카네 아주머니는 저의 저주 대상이 아버지와 바람을 피운 여자라고 했나 본데 그 아주머니라면 그렇게 말하는 것도 무리가 아니죠. 상상했던 대로 말한 걸 보고 오히려 겉과 속이 다르지 않구나 싶어 귀여운 느낌마저 들었습니다.

아버지가 술집 여자와 바람을 피운 기억은 희미하게 있습니다. 외도 그 자체보다, 거의 매일 밤 엄마가 울면서 아버지에게 고함치는 소리를 이불 속에서 들었던 기억이 납니다. 그러나 엄마 입에서 아버지더러 집을 나가라든가 헤어지자는 말을 들은 적이 없어서인지 우리 집이 심각한 상황에 빠졌다는 자각은 별로 없었던 것 같습니다.

하지만 다이애나에게는 큰일이 벌어진 것처럼 말했을지도 모르겠군요.

그녀에게 제게도 심각한 고민이 있다는 걸 보여 줌으로써 집단 괴롭힘으로 힘들어하는 다이애나를 안심시키려 했을 수도 있습니다.

애초에 저는 그 술집 여자의 얼굴을 한 번도 본 적이 없습니다. 그런데도 부모님은 제가 미키 노리코를 살해한 이유를 두 사람이 닮았기 때문이라고 증언하다니, 잘못 짚는 데도 정도가 있죠. 술집 여자에게 원한을 품은 사람은 제가 아니라 엄마입니다. 아버지가 바람을 피운 건 거의 15년 전 일이고 그 여자 집에 드나든 기간도 반년 정도였을 텐데 엄마는 아직도 아버지를 용서하지 않은 겁니다.

그 원한을 딸에게 덮어씌우다니, 대체 어쩌자는 걸까요.

아버지가 무릎을 꿇는 꼴을 봐야 속이 시원할까요. 그제야 아버지가 죄를 인정했다고 만족할까요. 그런데 아버지는 딸이 사람을 죽였다며 사죄했습니다.

부모란 설사 딸이 눈앞에서 사람을 죽였다 해도 이 아이는 그러지 않았다며 끝까지 감싸 주는 존재 아닌가요.

사건 후 집으로 돌아가지 않은 건 잘한 일일지도 모르겠습니다. 다락방이나 마루 밑에 숨겨 주기는커녕 잽싸게 저를 신고했을 게 틀림없으니까요. 부모님은 도대체 왜 저를 매스컴에 팔아넘기는 어이없는 짓을 했을까요.

저는 부모님 속을 썩인 일도 없는데 말입니다. 미키라는 이름에 대해서도 불평한 적이 한 번도 없습니다. 집안일도 잘 거들었고, 본가 큰어머니에게 요리를 배워 집에서도 종종 음식을 만들어서 기쁘게 해 드렸는데.

본가의 증조할머니는 정말로 사람을 죽였을까요? 이 고장 노인이란 마쓰다 씨네 할머니를 말하겠지요. 집 앞 길가에 의자를 내놓고 앉아 자주 햇볕을 쬐시곤 했습니다. 저를 보면 치토세를 참 많이도 닮았다며 주름살 가득한 얼굴에 미소를 띠었지만 마음속으로는 살인자 집안의 자식이라고 무서워했을지도 모릅니다.

나가사와 지구란, 고향이란, 제게 과연 무엇이었을까요.

이제 두 번 다시는 돌아가고 싶지 않지만요.

첫사랑은 세 마을의 학생들이 모이는 중학교에 들어간 후 찾아왔습니다.

에토 신고는 저를 '못난이 공주'라고 놀리거나 다이애나를 혐오의 눈으로 바라보며 괴롭히는 멍청한 남자애들과는 분위기가 전혀 달랐습니다. 축구를 굉장히 잘해서 그 무렵부터 프로 선수가 될 거라는 말이 있을 정도였어요. 그 아이가 여느 남자애들과 달랐던 건 큰 꿈을 품고 있었기 때문이 아닐까 싶습니다.

그러나 저는 제 주제를 잘 알고 있어서 에토의 연인이 되겠다든가 하는 분에 넘치는 욕심은 없었습니다. 옆 자리에 앉게 되어 숙제를 빌려 달라는 부탁을 받은 것만으로도 하늘에 오를 듯한 기분이었죠. 게다가 그 아이는 자리가 바뀐 후에도 숙제를 보여 달라며 일부러 제 자리에 오기까지 했습니다.

나는 그의 숙제 담당이다. 그런 자그마한 연결 고리를 소중하게 품고 있었는데.

어느 날 청소 시간에 빗자루로 교실을 쓸고 있을 때였습니다. 느닷없이 뒤에서 뭔가가 날아와 머리에 얹히는 감촉을 느꼈습니다. 걸레라는 사실을 안 순간, 불이라도 확 붙은 것처럼 뺨이 화끈거렸습니다.

"미안해, 사과할게."

눈앞이 시뻘겋게 보일 정도로 화가 치밀어 오른 저는 푸르르 떨면서 뒤돌아서 외쳤습니다.

"용서 못 해!"

에토가 너무 놀라 멍한 표정으로 저를 바라봤습니다. 평소의 저라면 에토가 있다는 걸 알아챈 순간 부끄러워서 고개를 숙였을 텐데, 그때는 어찌 된 일인지 고개를 빳빳이 들고 키 큰 에토를 노려보면서 다시 한 번 결연하게 말했습니다.

"이런 짓을 하다니, 용서할 수 없어!"

그리고 감정을 그대로 드러내며 엉엉 울었습니다. 평소에는 울고 싶어도 집에 갈 때까지 꾹 참거나 화장실로 달려가 소리 죽여 울었는데 그때만은 제 자신의 감정에 솔직할 수 있었던 겁니다. 그러면서 어느 장면과 비슷하다고 생각했습니다.

빨간 머리 앤이다. 지금 나는 마치 홍당무라고 놀리는 길버트를 석판으로 있는 힘껏 내리친 앤 같아.

에토는 정말 미안한 듯한 표정으로 사과했지만 저는 대꾸하지 않았습니다. 앤도 길버트를 쉽게 용서하지 않았잖아요. 하지만 그 일을 계기로 서로를 의식하게 되어 수차례 반발하고 또 스쳐 지나감으로써 끝내는 깊은 애정으로 맺어질 것이다, 그런 생각이 들었던 거죠.

운동선수인 에토는 길버트마냥 성실해서 다음 날 아침에도 제 자리까지 와서 어제는 미안했다고 말했습니다. 반 아이들 모두 우리 쪽을 바라보고 있는데도요. 우리는 특별한 관계야. 앤과 길버트 같은 관계. 저는 그 사실을 모두에게 공표하듯이 에토에게 이렇게 말했어요.

"용서 못 해."

에토가 화를 내면서, 알았어, 그럼 하는 수 없지, 그러지나 않을까 살짝 걱정스러웠지만 그 아이는 힘없이 어깨를 늘어뜨리고 자기 자리로 돌아갔을 뿐입니다. 내가 용서해 주지 않는다고 저토록 낙담하다니. 제 가슴도 콕콕 쑤시는 것 같았습니다.

내일도 사과하면 그래, 이제 됐어, 라고 말하자. 그렇게 결심하고 학교에 갔는데 막상 에토가 눈앞에 다가와 미안하다고 하자 제 입에서는 또 용서 못 한다는 말이 나왔습니다. 내가 이제 됐다고 말하지 않는 한 그 아이는 매일 내게 와서 말을 건다. 어떻게 하면 내게 용서를 구할 수 있을지 끊임없이 생각하는지도 모른다. 그 아이의 안에 내가 있다. 내 안에 그 아이가 있다.

하지만 제가 용서 못 한다는 말을 할 때마다 그가 조금씩 생기를 잃어 가는 것 같아 일주일만 더 하자고 마음속으로 맹세했습니다. 축구 시합이 머지않았는데 거기에 지장을 주면 곤란하니까요.

할 수 없네, 이제 용서할게. 그 대신 축구 시합 잘해.

그런 말이 매끄럽게 나오도록 밤이면 이불 속에서 수도 없이 연습했습니다. 제가 그렇게 말하면 그 아이는 씩 웃으면서 자기만 믿으라고 말해 줄 거라 생각했습니다.

숙제도 매일 베끼게 해 줄 테니까 축구에만 집중해.

그렇게 말하고 노트를 빌려주다가 꿀에 절인 레몬을 함께 건넬 수 있다면 좋겠지. 시합을 보러 오라고 하지는 않을까. 맛있는 도시락을 쌀 수 있도록 조금씩 연습해 두는 게 좋을지 몰라.

그러나 용서한다는 말을 하려고 했던 날 아침, 아무리 기다려도 에토가 교실에 나타나지 않았습니다. 그리고 학급 회의 시간에 담임이 에토가 전날 하굣길에 교통사고를 당해 오른쪽 다리를 크게 다쳤다고 말했습니다.

에토는 지금 얼마나 상심하고 있을까. 병원 침대에서 머리를 감싸 쥐고 있을 그 아이의 모습을 떠올리니 가슴이 아팠습니다.

그래, 면회하러 가는 거다. 축구공 모양의 과자를 구워 갈까.

뭐 하러 왔어. 축구공 모양이라니, 지금 날 놀리는 거야?

처음에는 기분 나쁜 표정으로 그렇게 말할지도 몰라. 하지만 나는…… 앤은 그게 그 아이의 본심이 아니라는 것을 알잖아. 나는 그 아이에게 아양이나 떠는 여자애들과는 다르니까.

나는 여기 올 권리가 있어. 너를 용서한다는 말을 아직 안 했잖아. 하지만 이젠 됐어. 그보다 지금은 치료에 전념해.

고마워. ……와, 맛있다. 이 과자. 어쩐지 다친 다리도 빨리 나을 것 같아.

그럼 네가 빨리 축구장으로 돌아갈 수 있도록 매일 만들어다 줄게.

행복한 공상에 잠겨 있는 동안 저는 미소를 떠올렸겠지요.

에토의 부상을 행복한 공상으로 바꿔치기했다고 비난하거나 기분 나빠 해도 어쩔 수 없는 일입니다. 하지만 저는 에토가 사고라도 당했으면 좋겠다고는 마음 한구석으로라도 바란 적이 없습니다. 하물며 제가 브레이크를 고장 내다니. 그 아이의 자전거가 어떻게 생겼는지, 무슨 색인지도 모르는데 말이죠.

저주의 힘.

고등학교에 들어가자마자 아카네가 저를 힐끔거리며 다른 중학교에서 온 아이의 귀에 속닥거린 말이 그것이었을까요.

제 인생에서 만나지 말았어야 하는 사람이 있다면 이때까지는 아카네였는지도 모릅니다.

그 증거로 아카네와 멀어지자 제 인생이 사뭇 즐거워졌으니까요.

저는 '평범함'이라는 말이 저만큼 어울리는 사람이 없을 거라고 생각했습니다.

키나 몸무게도 나이에 따른 평균치를 그대로 따라갔고, 얼굴 생김도 이름과의 격차만 아니라면 그다지 나쁘지 않다고 봅니다. 공부는 평균치를 조금 넘을 정도. 운동 신경은 평균치보다 조금 못했고 성격은 아주 명랑한 건 아니지만 어둡지도 않습니다.

엄마한테는 늘 '재미없는 아이'라는 얘기를 들었어요.

그런데 저와 비슷한 아이를 찾기가 어려웠습니다.

중고등학교 시절, 그나마 분위기가 비슷한 아이들과 도시락을 먹거나 쉬는 시간을 함께 보내다 보면 어딘가 모르게 위화감이 느껴지곤 했죠.

취미는 독서. 거기까지는 같아도 『빨간 머리 앤』을 좋아한다는 아이는 없었고, 제가 음악 감상을 좋아한다고 하면 자기도 그렇다고 하지만 클래식은 별로라고들 했습니다.

제가 먼저 다가가려고 상대방이 권하는 책이나 CD를 빌려 보기도 했지만, 남자애들끼리 연애하는 이야기는 속이 메스꺼웠고, 노래라기보다 절규에 가까운 음악은 귀에서 징징 울리기만 할 뿐이라 뭐가 좋다는 건지 도무지 이해할 수 없었습니다. 솔직히 말해, 그러면서 저더러 좀 별나다고 하는 말도 납득할 수 없더군요.

그런데 드디어 만나게 된 겁니다. 저와 감성이 비슷한 사람들을요.

대학 학생과에서 소개한 낡은 아파트 '패랭이 하우스'에 한 발짝 들여놓는 순간, 불현듯 아주 낯익은 느낌에 사로잡혔습니다. 공동 현관에 놓인 레몬 향 방향제 때문만은 아니었을 겁니다.

저를 맞아 준 같은 대학에 다니는 아파트 주민들은 모두 따뜻했고, 그중에서도 저와 같은 신입생인 미노리와 마스미는 마치 헤어졌던 세쌍둥이를 다시 만난 것처럼 처음부터 저와 비슷한 종류의 사람이라고 느꼈습니다. 그렇다고 해서 그들이 『빨간 머리 앤』이나 클래식을 좋아했던 건 아닙니다. 하지만 그런 것들을 좋아하는 저를 별나다고 하지는 않았습니다.

그럴 줄 알았어, 그럴 것 같아. 그렇게 말하면서 제가 추천

하는 CD를 빌려 달라느니 하며 다가와 주었고, 듣고 나서는 잘은 모르겠지만 몇 번째 곡이 좋더라, 하면 그 몇 번째 곡이 바로 제가 가장 좋아하는 곡인 경우가 많았습니다.

텐 짱이라는 별명도 마음에 들었습니다.

셋이 따로 돌아다니다가 같은 곳에서 정어리를 사 들고 와서 수다를 떨며 요리를 만든 적도 있습니다. 고타쓰에 신문지를 펼쳐 놓고 셋이 마주 앉아 정어리를 부엌칼로 탁탁 두드려 살을 으깼죠.

"남친 생기면 요리를 만들어 주고 싶은데, 느닷없이 이런 짓을 하면 놀라서 내뺄 거야."

미노리가 진지한 표정으로 그렇게 말하는 바람에 저와 마스미는 깔깔대며 웃었습니다.

그리고 이상형에 대해 얘기하다가 혼자만 남자 친구가 생기면 미안할 것 같다는 말이 나오자 그래도 행복한 일은 서슴없이 알리고 다 같이 나누자고 약속했습니다.

그런데 미노리는 주간지 기자에게 그런 것까지 이야기하다니, 정말 무슨 생각인지 모르겠네요. 그것도 저쪽에서 물어본 게 아니라 자기 쪽에서 먼저 편지를 보내다니요.

주간지 기사 따위는 전부 날조된 거잖아, 라고 단언할 수 있다면 얼마나 좋을까요. 그러나 시노야마 계장이 가운뎃발가락과 넷째 발가락 사이를 핥아 주면 좋아한다는 얘기를 미

노리 말고 다른 사람에게는 한 적이 없습니다.

저는 시노야마 계장과 관계를 가졌다고 털어놓긴 했지만 그렇게 세세한 것까지 얘기할 생각은 없었는데, 미노리가 앞으로 참고하게 가르쳐 달라는 등 하면서 끈질기게 물어보기에 대충 대답해 줬을 뿐입니다. 그런데 특수한 플레이 운운하며 제가 말한 적도 없는 과격한 행위까지 언급했더군요.

제게 애인이 생겼다는 사실을 받아들일 수 없었던 걸까요. 미노리는 얌전해 보이는 얼굴과는 다르게 조금이라도 마음에 드는 남자가 나타나면 그 즉시 고백했다가 번번이 차이곤 했습니다. 그럴 때마다 제 방으로 와서 핫 초콜릿을 마시면서 "내 심정을 알아주는 사람은 텐 짱뿐이라니까. 마스미에게는 비밀이야."라고 말해 주는 것이 그 무렵에는 참 기뻤어요.

그러나 '텐 짱뿐'이라고 한 것이 사실은 저를 깔보았다는 뜻은 아닌지. 눈이 너무 높아서 남자 친구가 생기지 않는 마스미와는 달리 인기도 없는 제게 추월당할 리는 없겠지, 라고 얕잡아 본 겁니다.

아르바이트하는 곳에 멋지다 싶은 남자가 있어도 제가 한 발도 다가가지 않은 것은 남자는 야만인이라는 생각이 머릿속 한구석에 박혀 있었기 때문일 겁니다. 그러나 만약 용기를 내어 잘되었으면 미노리와의 우정은 벌써 오래전에 금이 갔을지도 모르겠군요.

그렇다면 마스미는 어떨까요. 주간지에는 등장하지 않지만 만마로에서 제 실명을 알리고 정보를 모으던 '그린 리버'가 미도리카와 마스미임에 틀림없습니다.

생각해 보면 『주간 태양』처럼 과격한 기사를 실어서 걸핏하면 명예 훼손으로 고소당하는 주간지를 상식 있는 사람이라면 사지 않을 것이고, 설사 재미로 읽는다 해도 백 퍼센트 사실로 받아들이지는 않을 것입니다. 설령 기사의 내용이 온전히 저를 가리킨다 해도 저를 모르는 사람이 '이건 시로노미키를 말하는군' 하고 생각하지는 않을 테고요.

물론 인터넷에서 최초로 제 이름을 들먹인 건 다른 사람이지만, 성만 밝히는 것과 이름까지 밝히는 것은 무게가 전혀다릅니다. 게다가 글을 쓴 방식도 비겁합니다. 옹호하는 척하면서 제 실명을 공개한 것도 모자라 제 개인 정보까지 줄줄이 늘어놓다니. 차라리 살인범이라고 규탄하는 쪽이 깨끗할 겁니다.

불과 한 달 전까지만 해도 만약 인생을 되돌릴 수 있다면어느 시점으로 돌아가고 싶으냐고 묻는다면 대학 시절이라고 망설이지 않고 대답했을 겁니다. 제 인생에서 가장 반짝반짝 빛나는 4년이었으니까요.

그러나 지금은 돌아가고 싶지 않습니다.

과거를 다시 살 수는 없다. 이미 엎질러진 물을 주워 담을 수는 없다. 학교 선생님께 그런 말을 여러 번 들었습니다. 하지만 정말 그럴까요.

저는 제 과거를 알 수 없게 되었습니다.

제가 괴롭힘을 당한 아이였을까요. 집념이 강하고 음흉한 여자였을까요. 제게 저주의 힘이 있었나요. 학창 시절에 아이들에게 미움을 받았나요. 친구라고 할 만한 존재가 있었나요.

자신의 기억으로 구성된 과거와 타인의 기억으로 구성된 과거. 과연 어느 쪽이 옳을까요.

본래 '이 사람과는 절대 같이하고 싶지 않다'라고 생각하면 반드시 뭔가를 같이하게 되는 법이죠. 신이 시련을 주는 것일까요.

'히노데 주조' 입사 시험의 그룹 면접 때 저는 미키 노리코와 한 조가 되었습니다. 첫인상은 참 예쁘네 하는 정도였고, 주조 회사가 얼굴로 사람을 뽑지는 않을 것이라며 그다지 염두에 두지 않았습니다. 그보다는 면접관의 질문에 어떻게 하면 대답을 잘할 수 있을까 하는 생각으로 가득했습니다.

저의 경우 머릿속으로는 대답이 금방 떠오르는데 정작 입 밖에 내려고 하면 마치 무엇이 가로막기라도 하는 것처럼 막히고 또 막히는 것이 면접시험의 최대 난관이었습니다. 다만

'히노데 주조' 면접시험 때는 면접관이 제 졸업 논문의 주제였던 곡물 알레르기에 관해 흥미를 보였고, 대답을 재촉하기보다는 오히려 이끌어 내듯이 물어본 덕분에 꽤 침착하게 대답할 수 있어 다행이었다……고 해야 할까요.

지금 와서 생각하면 그런 회사에 들어가지 않았더라면 이런 비극이 일어나지 않았을 텐데 말이죠.

그룹 면접은 세 명이 한 조로 치렀는데, 가운데에 미키 노리코가 앉았습니다. 당시 제가 그녀를 살짝 탐탁지 않게 여긴 것은 앞사람의 대답을 부정하는 듯한 답변을 했기 때문입니다.

앞사람이 술을 잘 마신다는 점을 어필해 면접관에게 먹혔다 싶으면 자신에게는 얼마나 마시는지 묻지도 않았는데 질문을 살짝 변질시켜, 양도 중요하겠지만 술을 빚은 이에 대한 경의를 담아 조금씩 제대로 음미하면서 마시는 것이 나의 신념이다, 라고 답하는 식이었습니다.

제 다음 차례로 질문을 받았을 때는 알레르기에 대해 묻지도 않았는데 또다시 질문의 요지를 슬쩍 바꿔서 자신의 여동생이 알레르기 체질이라 이론뿐 아니라 실제 체험을 통해 그 무서움과 자세한 주의 사항을 알고 있다고 대답했습니다.

하지만 경쟁자를 밀어내려고 정색하는 말투가 아니라 그 예쁜 얼굴에 우아한 미소까지 띠고 말하니 면접관 아저씨들에게 그녀의 치사함이 전해졌는지 어떤지는 알 수 없군요.

뚜껑을 열어 보니 제가 채용된 곳은 계열사인 '히노데 화장품'이었습니다. 입사식 때 같은 줄에 미키 노리코가 앉아 있었고, 스무 명의 신입 여사원을 각 부서별로 두 명씩 배치하는데 통신 판매를 담당하는 영업 제2과라는 부서명 뒤에 제 이름 다음으로 미키 노리코의 이름이 불렸습니다. 그것뿐이었어요.

"면접 때 우리 같은 조였지? 사실은 나, 그때부터 너랑은 오늘이 끝이 아니겠다는 예감이 들었어. 우리 잘 지내 보자."

미키 노리코가 웃는 얼굴로 그렇게 말하는 바람에 심술궂은 건 오히려 내 쪽이 아니었을까 하는 생각이 들었고 여태까지와는 다른 타입의 친구가 생겨서 기쁘기도 했죠. 그런데 일주일도 채 지나지 않아 역시 처음 느낌이 옳았다는 것을 깨닫게 되었습니다. 부서 환영회 자리에서 미키 노리코가 자신을 이렇게 소개한 것입니다.

"미키 노리코입니다. 이름으로는 성에 사는 아름다운 공주님인 시로노 미키 씨를 못 당하겠지만 일에서는 뒤지지 않도록 열심히 할 테니 잘 부탁드립니다."

모두가 저를 힐끔거리면서 웃었습니다. 불길한 별자리가 되돌아온 건지, 초등학교 시절에 받았던 굴욕을 똑같은 식으로 당하게 되다니 전혀 예상하지 못한 일이었습니다. 그러나 다행히도 그런 일에 대처하는 방법을 이미 터득하고 있었죠. 이런 타입에게는 정면으로 마주치지 않으면 됩니다.

게다가 저는 파트너를 잘 만났습니다.

"파트너가 시로노 씨라서 다행이야. 미키 씨의 자기소개를 들으니 옛날에 싫었던 애가 떠오르더라. 괜한 오지랖인지는 모르겠지만 그런 사람에게는 자기에게 가장 소중한 걸 가르쳐 주면 안 돼."

마야마 선배의 조언 덕분에 저뿐만 아니라 누구에게나 인생에서 성가신 인물이 존재한다는 사실을 알게 되어 적이 안도했습니다.

사람에 따라서는 가장 소중한 것을 과시하거나 공감을 얻고 싶은 욕구가 있을 수도 있겠지만, 저의 경우는 그때까지의 경험을 통해 자신이 표준적인 인간이기는 해도 취향이 독특하다는 점을 인식했기 때문에 소중한 것을 가슴속에 묻어 두는 일이 전혀 힘들지 않았습니다.

그럼에도 눈에 보이는 취향은 감출 수가 없었나 봅니다.

마야마 선배는 프랑스제를 취급하는 편집 숍에서 옷을 샀습니다. 근무 중에는 유니폼을 입었지만, 일이 끝나고 어쩌다 식사를 같이 하게 되는 날 선배를 보면 옷차림이 늘 세련되고 고급스러운 것 같아 그런 느낌을 얘기하자 그녀는 회사를 오가는 데 불과 몇십 분밖에 걸리지 않지만 그래도 옷을 대충 입지 말자는 게 자신의 신조라고 하더군요.

자신이 입은 옷을 블로그에 올리면 옷 입는 방식과 액세서리 착용법이 세련되었다는 댓글이 종종 달리곤 해서 참 기쁘다고 생기 넘치는 표정으로 말하기도 했습니다.

그런데 어느 날부터인가 미키 노리코도 그 편집 숍의 옷을 입고 오는 것이었습니다.

그리 넓지 않은 고장이니 같은 가게에서 옷을 사는 우연도 있을 수 있겠지요. 하지만 제게는 그것이 우연으로 보이지 않았습니다. 선배의 차림새에 미키 노리코가 약간의 세련미를 더하는 식으로 입고 다닌 것이 그 증거입니다.

선배 혼자 입었다면 어울려 보였을 옷이 미키 노리코가 같은 것을 입으면 선배에게는 좀 덜 어울려 보였어요.

제 이름과 마찬가지의 경우죠.

결국 선배는 그 가게의 옷을 입지 않게 되었고 블로그에도 더는 새로운 소식을 올리지 않았습니다. 대신 할인 매장에서 파는 옷을 대충 걸치고 다녔어요. 미키 씨 때문인가요? 라고 묻지는 못했지만, 설사 물어본들 선배가 그렇다고 대답했을 리 없겠죠. 블로그의 존재를 미키 노리코에게 알려 준 사람이 저라고 생각했는지 선배가 제게 개인적인 얘기를 하는 일도 없어졌습니다.

다른 여사원들도 미키 노리코를 경계하기 시작했고, 동기에다 같은 부서라는 이유로 저마저 경계하는 눈치였습니다.

하지만 그 정도 거리감이 딱 좋았어요. 회사에서는 일에 집중할 수 있고 집에 돌아가면 좋아하는 일에 몰두할 수 있었으니까요. 미키 노리코와 점심을 먹으러 나갔다가 가게에 흐르는 바이올린의 음색에 둘이 함께 빠져드는 일이 있고부터는 되도록이면 둘이서 밖에 있는 것을 피하려고 도시락을 싸 가지고 다니게 되었습니다.

처음부터 그랬더라면 좋았을 것을. 점심 값도 절약하고 건강에도 좋고요. 막상 시작하고 보니 그 세계가 참으로 넓더군요. 서점에 가 보니 도시락 전문 서적이 다양하게 나와 있었고, 캐릭터 도시락이라는 것이 있다는 사실도 처음 알게 됐습니다. 책을 쓴 사람은 평범한 주부로, 유치원에 다니는 아이에게 매일 캐릭터 도시락을 싸 주다가 그걸 블로그에 올렸는데 화제가 되어 책까지 내게 되었다고 후기에 적혀 있었습니다.

도시락에 관한 책을 출판한다……. 여사원용 도시락을 다룬 책은 이미 있었습니다. 여성지의 특집 같은 데서도 미용에 좋은 도시락, 모양이 예쁜 도시락 등 가지각색의 테마를 다루고 있고요. 제가 블로그를 개설해서 공들여 만든 도시락을 올린다 한들 화제가 되는 일은 없겠구나 싶었습니다.

그렇게 시작한 소소한 즐거움을 미키 노리코에게 빼앗긴

적은 없습니다. 애당초 입사 때부터 그녀는 저라는 존재에게 별로 관심이 없었을 테니까요.

아카네가 끊임없이 저를 찝쩍거린 것은 아마도 나가사와라는 좁은 지역에서 제가 아카네보다 공부를 잘한다는, 도토리키 재기 같은 비교에서 이겼다는 것에 대한 분풀이였을 겁니다. 하지만 직장에서는 누가 일을 잘하느냐 못하느냐 하는 뚜렷한 기준이 없으니 저와 미키 노리코가 비교될 일은 외모 정도였고, 그 점에 관해서는 겨뤄 볼 필요도 없이 이미 승부가 나 있었으니 한번 해 보자는 마음조차 없었을 테지요.

주간지에는 과장이 안 예쁜 저에게 차를 끓이게 한 뒤 예쁜 미키 노리코에게 가져오도록 했기 때문에 제가 그녀에게 원한을 품었다느니 어쩌느니 쓰여 있지만, 한을 품기는커녕 저는 오히려 고마워했습니다.

미키 노리코가 찻잎이 잔뜩 담긴 주전자에 뜨거운 물을 콸콸 부어 마구 우린 녹차를 말주변도 없는 제가 들고 간들 회사에 무슨 도움이 될까요. 상대가 까다로운 손님이라면 둘이 힘을 합해 그 손님을 언짢게 만드는 꼴이죠. 적재적소, 피차의 장점을 살린다. 그걸로 충분하다고 생각했습니다. 게다가 미키 노리코는 자신 이외에 누군가 칭찬을 받으면 그 사람을 끌어내리려고 드니 과장님이 차를 맛있게 끓이는 저를 보호해 준 셈이라고도 할 수 있겠죠.

그 덕분에 제게 가장 소중한 것이 무엇인지를 미키 노리코가 모르는 채 지냈는데…….

그녀가 제 뒤를 캐게 된 것은 말하자면 제 탓입니다. 그녀와 겨루지도 않았고 특별히 상사에게 칭찬받을 일도 하지 않았지만 쓸데없는 말을 하고 만 겁니다.

입사 동기끼리 술자리를 가졌을 때 2차로 간 노래방에서 미키 노리코는 자리에 앉은 채 벽에 기대듯이 잠들었습니다.

그때 동기인 오자와가 미키 노리코의 잠든 얼굴을 보며 말했습니다.

"정말 미인이야. 내 인생에서 만난 사람 중에 최고로 미인일거야."

남자들은 크게 공감하는 분위기였고, 저를 제외한 여자들은 모두 떨떠름한 표정이면서도 뭐, 얼굴은 그렇지, 하고 마지못해 동의했습니다.

"어, 시로노 씨는 안 그래?"

제 반응 따위는 못 본 척해도 좋으련만, 오자와 씨가 저를 의식하고 굳이 그렇게 물었습니다. 저 역시 적당히 동조했으면 좋았을 것을, 미키 노리코가 잠들었다고 안심한 나머지 속마음을 털어놓고 말았어요.

"나는 소꿉친구였던 유코라는 아이였어."

그리고 저는 유코…… 다이애나가 어떤 아이였는지 설명했습니다.

검고 반지르르한 머릿결, 속이 비칠 것 같은 하얀 피부, 장미 꽃잎처럼 붉은 입술, 마치 동화 『백설 공주』에서 튀어나온 듯한 여자아이. 사정이 있어서 집에 틀어박혀 지내게 되었지만 가끔 보이는 유코는 고무줄이 늘어난 트레이닝 바지를 입고 있어도 눈길을 끄는 존재야. 미키 노리코와는 비교도 안 될 만큼 아름다운 여자지.

그때 미키 노리코는 눈을 감고 있었지만 제 얘기를 다 들었던 것 아닐까 싶습니다. 그래서 자존심이 상한 나머지 분풀이를 하려고 저를 관찰하기 시작한 겁니다. 그럴 때 제가 연애를 시작했으니 미키 노리코는 터져 나오는 웃음을 참지 못할 만큼 기뻤겠죠.

시로노 씨는 남자 싫어해? 제게 그렇게 물었던 사람은 마야마 선배였을 겁니다.

그런 태도를 보인 기억은 없지만, 애인이 있으면 좋겠다고 말하고 다닌 적도 없고, 주위 남자들에게 괜히 교태를 부리거나 아양을 떤 적도, 인기를 의식하며 행동한 적도 없으니 그렇게 여겨졌다 해도 할 말은 없죠.

멋지다고 느낀 남자는 몇 명 있어도 진심으로 좋아했던 사람은 에토밖에 없었습니다. 그리고 같은 부서의 시노야마 과장은 옆모습이 에토와 참 비슷했습니다.

에토는 J리그 선수가 되었을까. 그게 궁금해서 관심도 없는 축구 잡지를 정기 구독했지만 에토의 이름은 찾을 수 없었습니다. 지금쯤 어떻게 지내고 있을까. 부상의 후유증으로 고생하는 건 아닐까.

그런 생각을 하면서 시노야마 과장을 바라봤는지도 모릅니다. 하지만 여사원의 수가 압도적으로 많은 히노데 화장품에서 꽤 인기가 있는 그가 나 같은 여자를 좋아할 리 없다며 애당초 기대하지 않았습니다.

게다가 그 무렵에는 에토를 그리워하거나 새로운 사랑에 마음을 기울일 여유가 없을 정도로 바빴습니다. 세안용 비누가 이름을 '날개옷'에서 '백설'로 바꾸고 새로 광고를 하자 폭발적으로 팔려 나가는 바람에 통신 판매를 담당하던 우리 부서는 밤낮이 따로 없을 정도로 분주했거든요.

자가용으로 출퇴근하기 때문에 전철이 끊기는 시간을 신경쓰지 않아도 되었던 저는 거의 매일 새벽 두세 시까지 일을 했습니다. 그리고 독신인 데다 회사 근처에 사는 시노야마 계장도 야근 팀의 단골 멤버였습니다. 하지만 설령 둘만 남아 있을 때라도 서로 자기 일에 너무 바쁜 나머지 퇴근 인사를 나눌 때까지 단 한 마디도 하지 않은 적이 많았습니다. 그래서 사랑이 움트리라고는 상상조차 못했는데.

하루는 둘이 야근을 하는데 컴퓨터 앞에 앉아 있던 시노야마 계장이 자료를 집으러 일어서다가 휘청거리며 쓰러졌습니다. 그때까지 눈앞에서 사람이 쓰러지는 걸 본 적이 없던 저는 깜짝 놀라 달려갔어요. 그랬더니 시노야마 계장이 거뭇거뭇한 눈가를 찡그리며 "영양 부족인가 봐." 하고 억지로 웃어 보였습니다. 그 순간 제가 불쑥 "내일 도시락 싸다 드릴게요."라고 말한 겁니다. 머리에 떠오른 말을 아무 저항감 없이 내뱉은 것은 에토에게 화를 낸 이후 처음이었는지도 모릅니다.

"그럼 미안하지만 부탁해."

그 말이 귀에 기분 좋게 울리는데, 저 역시 상당히 지쳤던 때라 머릿속의 소리를 밖에서 들려오는 것으로 착각했는지도 모른다며 제 귀를 의심했습니다. 하지만 이튿날 시노야마 계장에게 도시락을 건네자 그가 고맙다며 받아 드는 것을 보고 역시 현실이었다는 감동이 천천히 솟아나면서 머릿속에 사랑을 연주하는 음악이 흘렀습니다.

그날 밤 또다시 단둘이 야근을 하게 되자 저는 내일도 싸 올게요, 라고 말했고 시노야마 계장은 그럼 냉장고 두 번째 칸에 넣어 두면 고맙겠군, 하고 대답했습니다. 그렇게 해서 저는 매일 그를 위해 도시락을 싸게 되었죠.

좋아하는 사람을 위해 매일 밥을 짓고 반찬을 만든다, 그렇게 행복한 일은 또 없지요.

때로 빈 도시락과 함께 슈크림 같은 디저트가 놓여 있기도 했습니다. 그걸 집으로 가져와서 홍차와 함께 먹으면 피로 따위는 단숨에 날아가는 듯했습니다.

비누의 매출이 호조를 보여 바쁜 나날이 계속되었습니다. 해가 바뀌어 신입 사원이 들어오고 제 밑에도 파트너가 생기자 그쪽도 가르쳐야 하는데 머릿속은 온통 도시락 반찬을 뭘로 할까 하는 생각뿐이었죠.

그러다가 계장이 휴일에는 식사를 어떻게 할까 신경이 쓰여 반찬을 그의 아파트에 가져다주기로 했습니다. 주소는 이미 알아 두었고, 집이 비었을 경우 반찬통을 우편함에 넣어 둘 수 있다는 사실도 확인해 두었습니다.

같이 먹고 싶다는 욕심을 부린 적은 없습니다. 그런데 그렇게 몇 번을 그의 아파트에 들락거리던 어느 날, 마침 집에 있던 시노야마 계장이 늘 받아먹기만 하니 미안해서 오늘은 밥을 사겠다며 맛있는 라면 가게로 저를 데리고 갔습니다.

제 인생의 첫 데이트였어요. 무슨 대화를 나눴는지 선명하게 기억납니다.

시노야마 계장님은 뭘 좋아하세요? 돼지고기를 넣은 국이라고요? 도시락에 담을 수가 없잖아요. 계장님 집에서 만들어 줘도 된다고요? 제가 거길 어떻게 들어가요. 네, 오늘요?

⋯⋯발가락과 발가락 사이 말이에요? 가운뎃발가락과 넷째 발가락 사이를 한 번 더요? 굉장히 울퉁불퉁한데 무슨 운동이라도 했나요? 축구⋯⋯ 역시 그럴 줄 알았어요. 이 발로 공을 찼군요.

이 발은, 아니 이 사람은 나의 것.

그러나 이른 봄에 시작된 사랑은 반년도 채 못 되어 끝나고 말았습니다. 시노야마 계장이 더는 도시락을 싸지 말라고 하더군요. 그녀가 싫어한다면서요.

그녀라는 말만 듣고도 저는 그게 미키 노리코라는 걸 알아차렸습니다.

끝내 그녀에게 발각되고 말았구나. 아니야, 벌써 오래전에 눈치챘는데 내가 행복의 계단을 다 올라갈 때까지 말없이 지켜보며 기다렸을지도 몰라. 낮은 곳에서 등을 떼밀어 봤자 타격이 별로 크지 않을 테니까.

왜죠? 당신, 나를 선택한 거 아니었나요?

머릿속으로 시노야마 계장에게 외쳤지만, 그 소리는 입에서 한마디도 흘러나가지 못하고 저의 배 속으로 떨어져 쌓였습니다. 하나둘 떠오르는 그를 향한 원망의 말과 미키 노리코에 대한 원망의 말이 모두 배 속에 쌓여 발끝이 보이지 않을 정도로 배가 부풀어 오르고 당장이라도 터질 것 같았습니다.

그대로 두었다면 미키 노리코를 숲속으로 끌고 가 칼로 마구 찔렀을지도 모릅니다. 그리고 석유를 뿌린 다음 불을 질렀을지도 모르죠. 그러나 제게는 아직 소중한 것이 남아 있었습니다. 시노야마 계장을 사랑하기 전부터 줄곧 너무나도 좋아했던 것이.

세리자와 브러더스. 그 음악의 신들이 연주하는 기적의 바이올린은 너덜너덜해진 제 마음을 부드럽게 정화해 주었습니다.

미키 노리코에게 모든 걸 빼앗긴 건 아니다. 내게는 그들이 있다.

세리자와 브러더스를 만난 건 대학을 졸업하기 직전이었습니다. 취직이 결정된 저 자신에 대한 선물로 클래식 콘서트에 가려고 역 앞 티켓 플라자에 갔는데 전면 유리에 낯선 듀오의 포스터가 붙어 있었습니다.

다이애나……. 세리자와 브러더스 중 동생인 마사야의 크고 검은 눈동자가 다이애나를 연상시켜 저는 빨려들듯이 마사야의 얼굴을 바라보다가 세리자와 브러더스의 연주회 표를 샀습니다. 그리고 조그만 연주회장에서 딱 하루 열린 단돈 3천 엔짜리 연주회에 저의 마음을 온통 빼앗기고 말았습니다.

몸속에 남아 따끔따끔 통증을 일으키는 아픈 기억을 부드러운 손길로 어루만져 주는 듯한 치유의 음악. 따스한 햇살이 쏟아져 내리는 봄날의 뜨락처럼, 상쾌한 바람이 부는 여름의 해변처럼, 맑고 드높은 가을날의 하늘처럼, 포근한 온기가 몸을 감싸는 겨울날의 침대 속처럼 하염없이 잠겨 있고 싶은 세계.

그들이 자아내는 음에 매료되지 않을 사람이 있을까요. 그 증거로 작년쯤부터 급격히 팬이 늘어 팬 클럽 회원조차 연주회 표를 구하기 어려운 상황이 되었습니다.

그런데 미키 노리코가 세리자와 브러더스마저 제게서 빼앗으려 한 겁니다.

동기인 오자와의 결혼 축하 선물을 미키 노리코와 돈을 모아 사기로 했을 때 제가 세리자와 브러더스의 기념품 컵 세트를 고른 것이 잘못이었습니다. 미키 노리코는 제가 시노야마 계장에게 차였는데도 아무 일 없다는 듯 지내는 게 영 마음에 들지 않았나 봅니다. 그래서 제게 대단히 소중한 무언가가 또 있으리라고 짐작하고 저를 살피고 있었던 거죠.

미키 노리코는 그해가 가기 전에 시노야마 계장과 헤어졌습니다. 그리고 해가 바뀌자 팬 클럽 회원들 사이에서 마사야가 신입 회원인 '미키 노리코'라는 여자와 사귄다는 소문이 돌았습니다.

미키 노리코에게 조심스럽게 물어보니 어이없게도 사실이

라고 하더군요.

그럼에도 저는 세리자와 브러더스의 연인은 음악의 여신뿐이라며 믿지 않으려 했는데 미키 노리코가 구하기 힘든 연주회 첫날 표와 기념상품을 자랑스러운 듯 내보이는 데는 체념하지 않을 수 없었습니다.

미키 노리코는 음악의 여신이 아니다. 사람일 뿐. 그것도 더러운 인간이다. 그런 인간과 사귀는 신의 음악은 검게 얼룩진 마음을 정화할 수 없다.

그렇게 해서 제가 세리자와 브러더스에 대한 마음을 털어냈더라면 이번과 같은 비극은 일어나지 않았을 겁니다. 하지만 저는 다이애나와 똑같은 눈동자를 가진 마사야를 결코 미워할 수 없었습니다.

그리고 그날이 온 겁니다.

시작은 3월 3일, 휴게실에서였습니다.

"시로노 씨, 세리자와 브러더스 연주회 첫날에 가고 싶다고 했지? 실은 내가 모레 있을 연주회 표를 마사야 씨한테 받았는데 감기 기운이 있어서 도쿄까지 가기 힘들 것 같아. 내 대신 갈래? 맨 앞줄이야."

차를 끓이고 있는데 미키 노리코가 그러더군요.

"그래도 돼?"

뭔가 속셈이 있지 않을까 조금은 의심해도 좋았을 텐데, 입에서 나온 것은 기쁨에 찬 목소리였습니다. 이번 연주회에서 마사야가 신곡을 솔로로 연주한다는 소문이 팬 클럽 멤버들 사이에 떠돌던 터라 꼭 가고 싶었는데 표를 구할 수 없었거든요.

마사야가 연주하는 새로운 멜로디를 첫날 그것도 맨 앞줄에서 들을 수 있다니. 그 눈동자를 가까이서 바라볼 수 있다니.

"부탁할게!"

저는 두 손을 모으고 고개를 숙였습니다.

"알았어. 그럼 내일 가져올게."

미키 노리코가 득의만만하게 하는 말을 듣고 저는 그날 회사가 끝나자마자 기차역 매표소로 달려갔습니다.

내일 정시에 회사를 나서면 도쿄행 마지막 특급 열차를 탈 수 있지만, 마야마 선배 송별회가 있잖아. 파트너였던 내가 참석하지 않을 수는 없어.

세리자와 브러더스는 자연의 기운이 넘치는 시간에 연주회를 엽니다. 오전 9시인 시작 시간에 맞추려면 마지막 특급 열차를 빼면 심야 버스밖에 없는데, 도쿄행 심야 버스는 표가 매진되고 없었습니다. 그렇다면 마지막 특급 열차가 더 늦게 출발하는 오사카행을 탄 다음 오사카에서 출발하는 도쿄행 심야 버스를 타는 수밖에 없다 싶어 그런 일정으로 표를 예매했습니다.

송별회가 길어지면 집에 들를 시간이 없을까 봐 미리 짐을 싸서 차에 두기로 했습니다. 기차역 주차장은 주차비가 비싸니까 회사에 차를 세워 두고 역까지 걸어갈 작정이었습니다.

마사야를 만난다. 그가 연주하는 신곡을 듣는다.

그날 밤 흥분해서 한잠도 못 잤음에도 다음 날 아침 깡충깡충 뛰고 싶을 만큼 가벼운 기분으로 출근해 탈의실에서 옷을 갈아입는데 미키 노리코가 다가왔습니다. 전에 마야마 선배가 입었던 적이 있는 편집 숍의 옷을 입고서요. 선배의 송별회에 이런 차림으로 오다니 싫어 한숨이 나오려 했지만 이때만큼은 그녀의 기분을 해칠 수 없었습니다.

"노리코 씨, 안녕. 그 옷 참 예쁘네."

"고마워. 실은 몸 상태도 좋아지고 해서 콘서트에 갈까 해. 마사야 씨가 나를 위해서 기껏 표를 준비해 주었는데 다른 사람이 앉아 있으면 실망할 거 아냐."

보기 좋게 걸려든 느낌이었습니다. 처음부터 이럴 작정이었던 거야? 모든 걸 빼앗아 놓고도 여전히 내가 싫으니? 너를 세상에서 제일 예쁘다고 하지 않은 내가 그렇게 밉니? ……그렇게 내뱉을 수 있었다면 얼마나 좋았을까요.

"그, 그렇지만 벌써 특급 열차표를 샀는데……."

실제로는 말을 더듬으며 소심하게 반발했을 뿐입니다.

"나는 아직 안 샀으니까 그거 내가 살게. 정말 미안해. 다음 연주회 때는 시로노 씨 표도 같이 부탁할 테니까 이번에는 이해해 줘. 그리고 시로노 씨가 진정한 팬이라면 자기가 가서 마사야 씨의 낙심한 연주를 듣는 것보다는 그가 최고의 연주를 해서 연주회 첫날을 성공적으로 마무리하는 게 좋을 거 아니야. 아직 공개할 수 없는 애기지만, 세리자와 브러더스에게 영화 테마 음악을 만들어 달라는 의뢰가 들어왔나봐. 이번 연주회는 그 관계자들도 올 예정이라 실수가 용납되지 않을 거야."

아름다운 입술에서 더러운 말들이 거침없이 흘러나왔습니다.

"그렇겠네. 알았어……."

"고마워. 내가 선물 사 올게. 머그 컵이 좋으려나. 리사코가 깨트린 컵, 아직도 소중하게 사용하고 있지? 그 아이는 자기가 일을 척척 잘한다고 생각하는 모양인데, 내가 보기엔 동작이 거칠 뿐이야. 하지만 제대로 가르치지 못한 내 탓도 있으니까 새 컵을 선물하게 해 줘."

"그건 신경 쓰지 않아도 돼. 리사코가 일부러 그런 것도 아닌데, 뭐. 그리고 나는 그 아이가 머리도 좋고 일도 아주 잘한다고 생각해. 열심이고 말이야."

저는 제 파트너인 미쓰시마 에미보다 가노 리사코를 높이

평가하고 있었습니다.

"시로노 씨는 잘도 봤네. 그렇게 사내 일을 빈틈없이 관찰하니 도난 사건의 범인도 진작 눈치챘겠어."

가을 무렵부터 부서 내에서 냉장고에 넣어 둔 디저트나 서랍에 들어 있던 문구류가 없어지는 일이 자주 있었습니다. 저도 계장에 대한 마음을 털어 냈다는 것을 확인하려고 산 슈크림이 사라져 상당히 기분이 상해 있었죠.

그러나 저의 피해는 그 정도에 그쳤기 때문에 그 일을 별로 심각하게 받아들이지 않았습니다. 범인이 누구인지는 짐작조차 못했죠.

"노리코 씨는 알아?"

"당연하지. 사소한 걸 훔치는 일은 그냥 봐 넘길 수 있지만 그 볼펜을 훔친 건 용서할 수 없어. 게다가 요즘에는 '백설'에까지 손을 댄다니까. 타이밍을 봐서 고발하려고 해."

"그래?"

"내 참, 어이없어. 넌 그렇게 둔감한 주제에 세리자와의 음악을 좋아한다는 거야? 이해는 하니?"

왜 말을 꼭 그런 식으로 하는지. 분해서 눈물이 왈칵 솟아올랐습니다. 그러나 미키 노리코에게 눈물을 보일 수는 없어서 화장실로 뛰어가 잠시 울고 난 뒤 이를 악물고 눈물을 닦았습니다.

아무도 없을 거라 생각하고 나왔는데 리사코가 서 있었습니다.

"괜찮아요?"

아무것도 아니야, 그러면서 웃었으면 좋았을 것을. 그녀가 걱정스럽게 내 얼굴을 들여다보자 그만 눈물이 주르륵 흐르고 말았습니다.

"혹시 노리코 씨 때문에 그러세요?"

어떻게 알았는지 놀랐지만 아무 대답도 하지 않았습니다. 그런데 그게 오히려 대답이 되었나 봅니다. 리사코가 이렇게 말을 이었습니다.

"주제넘은 말인지 모르겠지만, 선배 기분 이해해요. 동기라느니 파트너라느니 하며 멋대로 싸잡아 말하는 것만도 기분 나쁜데 생글거리면서 얼마나 심통맞게 구는지. 다른 사람에게 말해 봐야 괜한 질투라고 치부할 게 뻔하니 숨어서 울 수밖에요. 저라도 괜찮으시면 다 얘기하고 홀홀 털어 버리세요."

생각해 보니 리사코가 미키 노리코에게 아무 일도 당하지 않았을 리 없더군요. 좀 더 일찍 알아차렸어야 했는데. 그런 생각을 하며 연주회 일을 리사코에게 털어놓았습니다.

"너무해요. 사실은 노리코 씨에게 세리자와 브러더스의 CD를 크리스마스 선물로 받고 완전 팬이 되었는데, 그것도 제가 더 푹 빠졌을 때 그 비슷한 짓을 하려는 작전이었을지도 모르겠네요. 노리코 씨가 저에 대해서는 아무 말도 안 하던 가요?"

"아니, 별말 없었는데."

방금 험담을 들었다고 할 수는 없었습니다. 리사코는 믿기지 않는 듯 잠시 뭔가를 생각하더니 갑자기 눈을 빛내며 이런 제안을 했습니다.

"시로노 선배, 연주회에 가세요."

그리고 리사코는 미키 노리코에게 연주회 표를 빼앗을 계획을 저녁까지 짜겠다고 하더니 정말 실행에 옮겼습니다. 그녀의 계획은 단순했죠.

감기 기운이 있다는 미키 노리코의 말이 거짓은 아니었던 모양입니다. 송별회 전에 리사코가 미키 노리코에게 감기약을 권한 뒤 송별회에서 맥주를 두세 잔 먹인다. 그런 다음 내가 미키 노리코를 역까지 데려다주겠다고 제안해 차에 태워서 표를 빼앗는다. 그런 작전이었습니다.

리사코는 점심시간에 감기약을 사 왔습니다.

"비교적 약에 강한 사람도 먹으면 졸리는 감기약이래요. 이약이랑 맥주를 먹으면 차에 타자마자 금방 잠들 거예요. 그틈에 핸드백에서 표를 꺼내 가세요."

"노리코 씨는 어떻게 하고?"

"차 안에 내버려 두면 되지 않을까요? 눈을 뜬 다음 표가 없어진 걸 알면 이를 갈면서 노발대발하겠지만, 자업자득이에요."

"그래도 돌아온 다음이 걱정인걸."

"세리자와 브러더스를 만나는 거잖아요. 그 정도 문제는 아무것도 아니에요. 나중 일은 지금 생각해 봐야 아무 소용도 없어요. 될 대로 되라죠, 뭐."

될 대로 되라……. 리사코는 어떻게 되는 걸 상상했을까요.

저는 앞으로 벌어질 일을 털끝만큼도 상상하지 못한 채 계획을 실행에 옮겼습니다.

송별회가 끝난 후 미키 노리코에게 특급 열차표를 차에 놓고 왔으니 같이 갔으면 좋겠다, 그러고 나서 역까지 데려다주겠다고 하자 두말없이 회사 주차장까지 따라와 차를 탔습니다. 그런데 그녀는 잠들 기미가 전혀 없었습니다. 저는 대시보드를 연 후, 열차표를 집에 두고 온 것 같은데 가지러 가도 되겠느냐고 물었습니다. 미키 노리코는 아, 뭐야, 하고 짜증을 냈지만 저는 그러는 그녀를 무시하고 차를 몰았습니다.

집에 도착해서 열차표를 가지러 갔다 오는 척한 뒤, 애당초 핸드백에 들어 있던 열차표를 미키 노리코에게 건네고 역으로 차를 몰았습니다. 미키 노리코가 열차표를 지갑에 넣을 때 그 안에 든 연주회 표가 보였습니다.

틀린 것 같네. 그렇게 포기하려는 참에 미키 노리코가 꾸벅꾸벅 졸기 시작했습니다. 그리고 1분도 채 지나지 않아 곤히 잠든 숨소리가 들렸습니다. 됐다! 하는 생각이 드는 한편 역에 도착하기 전에 깨어날지 모른다는 불안감도 밀려왔습니다.

지금 바로 빼앗자. 차를 잠시 세울 데가 없을까 생각하다가 리사코의 집이 거기서 가깝다는 사실이 떠올랐습니다. 리사코가 밥솥과 전기포트를 사러 갈 때 태워 준 일이 있어 주차장이 비교적 넓다는 것도 기억하고 있었습니다. 그곳에 차를 세우고 미키 노리코의 지갑에서 연주회 표와 열차표를 꺼낸 후 차에서 내려 역까지 정신없이 뛰었습니다.

열쇠를 차에 꽂아 둔 채로요.

특급 열차에 뛰어들듯이 올라탄 후 오사카에 도착할 때까지 가슴이 쿵쿵 방망이질을 쳤습니다. 심야 버스에 탄 후에도 눈을 붙일 수 없었죠. 도쿄역에 도착하자마자 연주회장으로 달려간 덕분에 연주회가 시작되기 두 시간 전에 도착했습니다.

연주회장 주변에는 저와 비슷한 분위기를 풍기는 사람들이 벌써 여러 명 서성거리며 세리자와 브러더스가 나타나기를 기다리고 있었습니다. 저도 그들과 섞여, 출입구로 내려가는 계단 앞에서 이제나저제나 하고 기다리는데 커다란 밴이 들어오더니 제 눈앞에서 멈춰 섰습니다. 그리고 유야와 마사야가 내렸죠.

악수를 하려고 마사야에게 두 손을 내미는 순간 제 시야에서 마사야가 사라지는 것과 동시에 옆에 있던 여자가 비명을 질렀습니다. 무슨 일인가 싶어 계단 아래를 보니 마사야가 쓰러져 있는 겁니다.

나 때문인가 생각할 겨를도 없이 주위 사람들을 헤치며 그 자리를 떴습니다. 그리고 그길로 도시 한구석에 있는 싸구려 비즈니스호텔에 몸을 숨겼습니다. 인터넷을 검색해 보니 바이올리니스트로서의 마사야의 생명이 끝났다는 글이 있더군요.

마사야가 팬 때문에 다 죽게 됐다. 팬 클럽 회원 명부가 있으니 주소가 곧 알려질 것이다. 그런 글에 겁을 먹은 저는 엄마가 위독하다고 꾸며 대고 비즈니스호텔에 숨어 있기로 했습니다.

그러다가 미키 노리코가 시구레 계곡에서 살해당했다는 걸 알게 되었습니다. 내가 차 안에 내버려 두고 간 탓일까. 나도 죄를 추궁받게 될까. 이번에는 그게 두려운 나머지 계속 숨어서 사태를 지켜보기로 했습니다.

그런데 어떻게 된 영문인지 제가 살인 사건의 용의자가 된 겁니다.

경찰에 가서 나는 죄가 없다고 주장해도 믿어 주지 않을지 모른다. 그런 생각이 들어 점점 더 숨죽이고 지내던 중 오늘 자『주간 태양』을 보고 저는 망연자실했습니다.

머릿속이 하얘진 상태로 주간지의 다른 페이지를 들추다가 마사야에 대한 또 다른 기사를 발견했습니다. 부상으로 바이올리니스트로서의 생명이 끝나기는커녕 모델과의 교제가 발전했다니. 인터넷을 검색해 보니 모델과의 교제를 감추려고 미키 노리코가 이용되었다는 댓글이 그녀를 비방하는 글과 함께 넘쳐 났습니다.

대역 공주, 망상녀, 천벌, 죽어 마땅하다, 범인에게 감사…….

대체 미키 노리코가 이 사람들에게 뭘 잘못했다는 걸까요. 그 글들이 저와 아무 상관이 없음에도 속에서 뭐가 올라올 것 같은 기분과 함께 문득 그녀에게 묻고 싶다는 생각이 들었습니다.

노리코, 만일 내가 세리자와 브러더스를 사랑하지 않았어도 너는 그들을, 마사야를 좋아했을까? 라고요

대답이 돌아올 리 없겠죠. 그러나 그 오물 같은 언어들로부터 눈길을 돌리려 했을 때 저는 발견하고 말았습니다.

"세리자와 브러더스의 음악은 나의 공기. 마사야는 나의

신. 그의 사랑을 얻기 위해서라면 나는 무슨 일이든 할 수 있다. 가령 이 얼굴을 추악하게 일그러뜨려 두 번 다시 원래대로 돌아올 수 없다 해도."

미키 노리코가 진지한 표정으로 그렇게 말했다, 라고 쓰여 있다는 건 분명 그녀와 가까운 사람이 올린 글이라는 얘기겠죠. 설사 그 뒤에 이어진 말이 그녀를 야유하는 것이라 해도 말입니다.

꼴좋다고 생각할 만도 한데, 미키 노리코가 가여워 견딜 수 없이 눈물이 차올랐습니다. 그녀가 살해당했다는 사실보다 마사야를 연인으로 여겼는데 마사야는 그런 마음이 아니었다는 사실이 딱해서 말이죠.

믿었던 사람에게 배신당하고 일면식도 없는 사람들에게 중상과 비방의 화살을 받다니. 그것도 당사자의 손길이 전혀 미치지 않는 곳에서.

나도 그녀와 다를 바 없다.

제 자신이 지금 어떤 상황에 놓였는지를 잊을 만큼 큰 소리로 엉엉 울었습니다.

울다 지쳐 그대로 잠이 들었고, 어두워진 방에서 눈을 뜨자 외로움이 밀려들어 백 엔짜리 동전을 넣고 텔레비전을 틀었습니다.

'시구레 계곡 여사원 살해 사건'의 용의자 사진이 화면에

커다랗게 비쳤습니다.

가노 리사코.

그녀가 왜 그런 짓을 했는지, 동기 따위는 아직 모릅니다. 다만 리사코 탓에 제가 이런 일을 당하고 있는데도 왠지 그녀가 조금도 원망스럽지 않았습니다.

이제야 저는 밖으로 나갈 수 있게 되었습니다. 따뜻한 곳으로 돌아갈 수 있……을까요? 대체 어디로 가야 한단 말인가요. 그런 곳은 이제 어디에도 없습니다.

마음을 살해당한 저는 정처 없이 떠도는 수밖에 없습니다.

*

장황하게 썼지만 해답은 아직 찾지 못했다. 하지만 앞이 전혀 안 보이는 것은 아니다.

살아가기 위해 다시 '히노데 화장품'에서 일하겠지.

미노리와 마스미에게서 고생했지, 라며 연락이 올지도 모른다.

에토를 닮은 사람과 스쳐 지날 때면 그를 돌아볼 것이다.

부모님께 무슨 일이 생기면 나가사와 지구로 돌아갈 테지.

다이애나를 그리워하고, 세리자와 브러더스의 음악도 계속 들을 것이다.

나는 내가 있던 곳으로 돌아가 지금까지 그랬던 것과 마찬가지의 일상을 시작한다.

　하지만.

　백설 공주는 이제 없다.

[자료 7, 8, 9, 10(299~319쪽)참조]

부록

'시구레 계곡 여사원 살해 사건'
관련 자료

커뮤니티 사이트 '만마로'의
아카호시 유지 페이지 ①

man-malo

어, 전화네. 뭐야, 이 녀석이야? 잠든 척할까. 에이, 시끄러워.
10:45 PM Mar. 8th

RED_STAR

중대 뉴스라니, 여태까지 중대했던 적이 있어? 뭐, 참고인 조사라고?
그건 흥미가 약간 당기는군.
10:48 PM Mar. 8th

RED_STAR

시구레 계곡 사건이 뭐였더라……. 앗! 그게 그 사건이야?
설마 거기 살고 있을 줄이야.
10:52 PM Mar. 8th

RED_STAR

아는 사람인가?
10:54 PM Mar. 8th

RED_STAR

피해자의 이름이……. 그건 밝히면 안 된다고?
11:00 PM Mar. 8th

RED_STAR

특징 1. 나보다 두 살 위다. 그럼 25세?
특징 2. 엄청난 미인이다. 여자가 예쁘다는 걸 믿을 수가 있나.
특징 3. 성격도 좋다. 더욱 못 믿겠군.
11:01 PM Mar. 8th

RED_STAR

선후배론 따위는 됐고, 사건 얘기를 하란 말이야!
11:15 PM Mar. 8th

RED_STAR

피해자의 근무처가……, 이것도 안 돼?
11:18 PM Mar. 8th

RED_STAR

특징 4. 부모님 집에서 산다.
특징 5. 선물하기를 좋아한다. 부잣집 딸인 모양이지. 부럽네~. 아,
살해당했다고 했지.
11:27 PM Mar. 8th

RED_STAR

네 얘기는 됐다니까. 뭘 입든 마찬가지잖아.
11:30 PM Mar. 8th

RED_STAR

세리자와 브러더스? 네 취향은 아니겠네.
11:38 PM Mar. 8th

RED_STAR

이봐 이봐, 그건 또 웬 판타지야?
11:42 PM Mar. 8th

RED_STAR

특징 6. 남자가 있는 것 같지 않다.
특징 7. 스토커 때문에 고민했던 것 같지도 않다.
특징 8. 두부를 좋아한다. ······아니면 미식가?
11:52 PM Mar. 8th

RED_STAR

현장에 한번 가 볼까? 이제 와서 SNS에 올리지 말라고? 늦었어.
11:54 PM Mar. 8th

RED_STAR

드디어 내게도 기회가 온 건가?
11:58 PM Mar. 8th

RED_STAR

어라, 오늘은 라면 정보가 아니네.
이게 더 재미있을지도 모르겠어.
0:26 AM Mar. 9th

KATSURA

TO: KATSURA 맛집 블로거는 안 하기로 했다니깨!
0:30 AM Mar. 9th

RED_STAR

MARURIN

안녕하세요. '세리자와 브러더스'와 '사건'으로 검색해서 이 사이트를 발견했는데, 이거 시골 사람의 검게 탄 사체가 산속에서 발견된 사건 말하는 거죠? 세리자와 브러더스와 이 사건이 무슨 관계라도 있는 건가요?

0:42 AM Mar. 9th

RED_STAR

TO: MARURIN 즉 검게 탄 사체의 주인공인 피해자가 생전에 직장 후배에게 크리스마스 선물로 세리자와 브러더스 CD를 주었다는 것 뿐. 사건과는 관계없음. 그런데 세리자와 브러더스 사건이 뭐지?

0:45 AM Mar. 9th

MARURIN

감사합니다. 검게 탄 사체 사건과 세리자와 브러더스가 직접적인 관련이 없다니 일단 안심이네요. 그러잖아도 마사야가 머리가 어떻게 된 팬들 때문에 손에 부상을 당해서 전국 투어가 중단되었거든요. 양쪽 다 범인이 빨리 잡혔으면 좋겠네요.

0:50 AM Mar. 9th

RED_STAR

피해자의 이름이 등장했군. 들었던 대로야. 사진으로 봐서는 엄청 미인이네.

1:40 PM Mar. 9th

KATSURA

인터넷 기사에는 회사 이름이 나와 있던데, 히노데 화장품이라면 '이 비누로 당신도 백설 피부' 어쩌고 하는 그 회사잖아. 아저씨화한 엄마들에게 인터넷으로 주문해 달라고 부탁할 정도로 히트한 상품 말이야. 이 사람이 광고에 나왔더라면 좀 더 팔리지 않았을까?

10:37 PM Mar. 9th

RED_STAR

검게 탄 사체의 정체는 백설 공주.

11:18 PM Mar. 9th

KEROPPA

멋져요! 안녕하세요? 이 사건에 관심이 있는 1인입니다. 저도 백설 공주를 연상했어요. 그런 미인이 살해당하다니, 용서할 수 없죠.
11:18 PM Mar. 9th

HARUGOBAN

사건에 대해서 꽤 자세히 쓰여 있는데, 출처가 믿을 만한가?
0:10 AM Mar. 10th

RED_STAR

TO: KEROPPA 동감! 동화라면 백설 공주가 되살아나겠지만 우리의 백설 공주는 되살아나지 않겠지. 정말 비참한 사건이군. '백설 공주 살인 사건'이야.
0:19 AM Mar. 10th

HARUGOBAN

우리의 백설 공주?
0:26 AM Mar. 10th

RED_STAR

속보 입수~!
9:30 PM Mar. 10th

RED_STAR

사망 추정 시각이 금요일 밤이라고 함. 부서 회식차 6시 반부터 회사 근처 선술집에. 2시간 후 돌아감.
9:47 PM Mar. 10th

사내에서 탐색전이 벌어지고 있음. 서로 편을 가르는 놈도 있겠지. 뉴스에 나온 정신과 의사는 계획적인 범행이라고 단언. 하지만 믿을 수 없다고 봄.
10:03 PM Mar. 10th

RED_STAR

범인이 차를 이용했다고 함. 그럼 남자? 아니지, 시골에서는 아줌마들도 차를 모니까.
10:08 PM Mar. 10th

RED_STAR

나타나기를 기다렸다가 죽이기는 어려운 상황. 불러냈을 가능성 있음. 피해자의 소지품이 어떻게 되었는지는 불확실.
10:20 PM Mar. 10th

RED_STAR

피해자는 평소에 잘 들지 않는 명품 가방을 들고 옷도 차려입었다고 함.
10:23 PM Mar. 10th

RED_STAR

어서 현장에 가 보고 싶은데, 이럴 때 하필 집필 의뢰가 들어오는지. 라면이나 먹고 다닐 때가 아니라고.
10:45 PM Mar. 10th.

RED_STAR

이런 데다 올리지 말고 경찰에 신고하지그래?
11:00 PM Mar. 10th

HARUGOBAN

쭉 읽어 보니 피해자와 가까운 사람이 제공한 내부 정보를 알려 주는 듯한데요, 정보를 제공한 분은 댁이 이런 글을 올린다는 사실을 알고 계신가요?

0:15 AM Mar. 11th

SACO

백설 공주는 성에서 있을 무도회에 가는 참이었을까.

10:30 PM Mar. 11th

KEROPPA

TO: KEROPPA 그건 신데렐라지.

10:35 PM Mar. 11th

RED_STAR

아, 그렇군.

10:37 PM Mar. 11th

KEROPPA

범인은 사내 인간으로 보임. 남자일 듯. 라면 정보도 부탁해요.

10:54 PM Mar. 11th

KATSURA

TO: KATSURA
나는 범인이 여자라는 데 한 표.

10:57 PM Mar. 11th

RED_STAR

MARURIN

안녕하세요. 이 사건에 대해서 여러 가지로 검색하다 알게 된 사실이 있는데요, 피해자 분을 여기서는 백설 공주라고 불러도 될까요? 사진도 공개되었군요. 제가 이분을 세리자와 브러더스 콘서트에서 본 적이 있는 것 같아요.

11:27 PM Mar. 11th

RED_STAR

TO: MARURIN 와우, 굉장한 정보인데요. 콘서트 장소가 어디였나요?

11:30 PM Mar. 11th

MARURIN

오사카 공연장요. 기념품 매장에서 뭘 살까 망설일 때 옆에 있던 사람과 비슷하지 않나 싶어서요. 자신은 없어요.

11:34 PM Mar. 11th

RED_STAR

TO: MARURIN 후배에게 CD를 선물할 정도였으니 백설 공주는 틀림없이 세리자와 브러더스 팬이고, 콘서트에도 간 적이 있을 거예요. 오사카라면 특급 타면 바로 가니까 아마 맞을 겁니다. 백설 공주가 사건 당일 잘 차려입었다니 어쩌면 콘서트에 갈 작정이었을지도.

11:37 PM Mar. 11th

MARURIN

맞아요. 콘서트 투어 첫날이 사건 다음 날이었는데, 그날 공연장은 도쿄였어요. 오사카 콘서트는 이번 주말에 있을 예정이어서 저도 티켓을 샀고요. 하지만 사고 때문에 취소되었죠.

11:42 PM Mar. 11th

MARURIN

정말 속상해요! 그래도 지금은 마사야의 회복과 범인 체포가 우선이죠.

11:44 PM Mar. 11th

RED_STAR

TO: MARURIN 도쿄란 말이죠? 그러고 보니 제 지인도 그런 말을 했던 것 같은데. 오사카에서도 콘서트가 있을 예정이었다면 굳이 도쿄까지 갈 이유가 없었을 텐데.

11:50 PM Mar. 11th

MARURIN

글쎄요. 도움이 되지 못해 죄송합니다.

11:53 PM Mar. 11th

RED_STAR

TO: MARURIN 아니에요, 아니에요. 고마워요.

11:56 PM Mar. 11th

RED_STAR

드디어 용의자 부상! 그래 봐야 휴게실에 떠도는 소문 수준이지만. 그런데 그 용의자도 사내 사람. 사건 이후 유급 휴가를 낸 건 확실히 수상함.

7:30 PM Mar. 12th

RED_STAR

사건 현장 근처에 살고 있고, 게다가 자가용도 소유.

7:51 PM Mar. 12th

RED_STAR

동기는 치정에 얽힌 원한. 삼각관계. 그럼 범인 확정인가? 수수하지만 요리를 잘한단 말이지…….

8:11 PM Mar. 12th

뭐라고? 회사에서 도난 사건이?
8:26 PM Mar. 12th

RED_STAR

도둑맞은 물건은 생일 파티에서 먹다 남은 케이크. 범인은 밤을 싫어한다고. 하찮은 사건이군. 억지로 이번 사건과 결부하는 거 아냐? 그저 싫어하는 선배를 범인으로 몰아가고 싶은 것일 뿐. 김새네.
8:40 PM Mar. 12th

RED_STAR

백설 공주도 도난 사건의 피해자. 볼펜이 없어졌다고 함.
8:52 PM Mar. 12th

RED_STAR

흠, 끝까지 휴게실 뒷얘기 수준이군. 경찰에 말하지 않는 건 단순한 억측과 희망뿐이라서겠지. 다음 주에 현지로 갈까 했는데, 취소할까 보다.
9:15 PM Mar. 12th

RED_STAR

글을 쭉 읽어 보니 용의자가 여자로 보이는데. 맞나요?
11:45 PM Mar. 12th

KEROPPA

TO: KEROPPA 아니, 거기까지는 좀. 상상에 맡기겠습니다.
0:05 AM Mar. 13th

RED_STAR

KATSURA

뭐야, 여자야? 못생긴 여자의 질투인가?
0:10 AM Mar. 13th

RED_STAR

TO: KATSURA 아직 단정하면 안 된다니까 그러네.
0:13 AM Mar. 13th

MARURIN

백설 공주가 도둑맞았다는 볼펜 말인데요, 세리자와 브러더스의 기념 상품인가요?
0:25 AM Mar. 13th

RED_STAR

TO: MARURIN 그런 것 같아요.
0:28 AM Mar. 13th

MARURIN

그 볼펜에는 유야와 마사야의 음악적 에너지가 담겨 있단 말이에요! 그런 귀중품을 훔치다니, 저는 절도범과 살인범이 동일 인물이라고 생각합니다.
0:32 AM Mar. 13th

RED_STAR

TO: MARURIN 화가 나는 건 지당하지만 절도범은 값싼 물건만 훔친 것 같으니 볼펜의 가치는 모르지 않았을까요?
0:35 AM Mar. 13th

그렇겠죠. 그 가치를 모른다는 건 범인이 세리자와 브러더스 팬은 아니라는 거죠. 이상한 사람이 그들을 응원하는 건 원치 않으니 일단은 안심이에요.

0:39 AM Mar. 13th

MARURIN

탐정 놀이는 그쯤 해 두시지그래?

1:00 AM Mar. 13th

HARUGOBAN

용의자 확정인가? 게다가 휴게실 용의자와 동일 인물. 사건 당일 저녁 백설 공주와 용의자가 한차에 타고 있었다는 회사 외부 사람의 목격 증언 있었음. 오오!

9:30 PM Mar. 15th

RED_STAR

사건 다음 날 아침 역 앞 도로에 주차되어 있던 용의자의 차가 견인됨. 좌석 밑에서 백설 공주의 지갑도 발견. 우와, 대박.

9:46 PM Mar. 15th

RED_STAR

사건 당일 밤 커다란 가방을 안고 역으로 뛰어가는 용의자를 봤다는 증언도 있음. 그다음 주 월요일부터 유급 휴가를 냈는데 이유가 '어머니 위독'이라고. 이거 범인이 틀림없잖아. 그런데 칼로 마구 찌르고 불태우기에는 시간이 좀 모자라지 않나?

9:58 PM Mar. 15th

RED_STAR

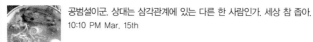

공범설이군. 상대는 삼각관계에 있는 다른 한 사람인가. 세상 참 좁아.

10:10 PM Mar. 15th

RED_STAR

RED_STAR

용의자는 스피드광. 그럭저럭 가능한가?
10:21 PM Mar. 15th

RED_STAR

백설 공주를 살해한 사람은 백설 공주.
10:36 PM Mar. 15th

RED_STAR

뭐, 다 알려졌다고? 그럼 사과도 할 겸 현지로 갈까.
10:39 PM Mar. 15th

KEROPPA

범인이 백설 공주라는 건 무슨 말인가요? 설마, 쌍둥이?
11:00 PM Mar. 15th

RED_STAR

TO: KEROPPA 힌트는 이름. 그 이상은 아직 말할 수 없음.
11:07 PM Mar. 15th

KATSURA

현지 리포트 기다리겠음. 가는 김에 시구레 계곡 맛집 정보도 부탁.
11:30 PM Mar. 15th

RED_STAR

TO: KATSURA 그런 건 사양하겠음.
11:33 PM Mar. 15th

MARURIN

드디어 용의자가 공표되나 보네요. 백설 공주를 살해한 범인이 하루빨리 잡혔으면 좋겠다는 응원의 소리가 인터넷상에서 하루하루 커지고는 있지만, 백설 공주가 미인이었다는 이유로 '미스 백설' 어쩌고 하면서 팬 클럽까지 만들어 흥미 본위로 응원하는 사람이 태반입니다. 대부분 남자들이겠죠.
11:40 PM Mar. 15th

MARURIN

거기에 반발해 백설 공주의 인격에 문제가 있었던 건 아니냐며, 만나본 적도 없으면서 중상모략 하는 글을 올리는 사람도 많습니다. 그건 아마 여자들일 테고요. 어느 쪽이나 천박하기 이를 데 없는 사람들이라고 생각합니다.
11:43 PM Mar. 15th

MARURIN

저는 여자지만, 같은 음악가를 사랑하는 동지로서 백설 공주의 죽음을 애도하고, 하루빨리 범인이 잡히기를 바랍니다. 팬들 사이에서는 마사야에게 상처를 입힌 범인에 관한 목격 정보도 속속 들어오고 있습니다. RED_STAR 님의 현지 보고를 고대합니다.
11:46 PM Mar. 15th

RED_STAR

TO: MARURIN 고마워요. 현지로 가는 길에 세리자와 브러더스를 들어 보겠습니다.
11:50 PM Mar. 15th

SACO

밝혀졌군!
00:00 AM Mar. 16th

커뮤니티 사이트 '만마로'의
아카호시 유지 페이지 ②

man-malo

시구레 계곡 in. 역에서 차로 딱 30분. 주차장이 엄청 넓음. 처음 오는 곳에 익숙지 않은 차를 몰고 온 것이니 익숙해지면 7, 8분은 단축할 수 있지 않을까. 그건 그렇고, 아무도 없음. 평일이라서? 아니면 살인 사건이 일어나서? 아마 둘 다일 듯. 목격자도 없지 않을까.

RED_STAR   9:30 AM Mar. 18th

앗, 드디어 현지에! 리포트 부탁함. 그런데 그런 곳이라면 오히려 밤에는 커플들의 집합소 아닐까? 사건이 발생한 건 금요일 밤. 요즘 러브호텔 요금도 만만치 않은데 저렴하게 해결하려는 커플이 한 쌍쯤은 있지 않았을까.

KATSURA   9:35 AM Mar. 18th

TO: KATSURA 폭주족의 집회가 있었을지도.

9:38 AM Mar. 18th

RED_STAR

목격자를 찾는다는 게시물 발견. 그런 걸 굳이 경찰에 신고하는 인간이 있을까? 사례금이 나온다면 몰라도.

9:42 AM Mar. 18th

RED_STAR

함께 있던 사람이 누구냐에 따라서. 불륜 상대와 밀회 중이었다면 입 닫고 있겠지만.

9:44 AM Mar. 18th

KATSURA

TO: KATSURA 역시 난 목격자가 없었다는 데 한 표. 주차장에 차가 있었다면 범행 장소를 변경했겠지. 이제 사체가 발견된 현장으로 가 볼 텐데, 사방이 상당히 트여 있군.

9:48 AM Mar. 18th

RED_STAR

시간이 전혀 다르잖아. 가로등은?

9:50 AM Mar. 18th

KATSURA

TO: KATSURA 주차장 입구에 하나, 오른편 공중 화장실 앞에 하나. 그게 전부임. 참고로, 계곡은 왼편에 있는 보도에서 들어감.

9:52 AM Mar. 18th

RED_STAR

그럼 보도 근처에 차를 세우고 내려서 범행을 저지른 후 혼자 돌아와 차를 탄들 아무도 눈치채지 못할 가능성이 높지 않을까?

9:55 AM Mar. 18th

KATSURA

TO: KATSURA 글쎄, 어떨지. 잘 모르겠음.

9:57 AM Mar. 18th

RED_STAR

보도를 약 10미터 걸어가니 광장이 나옴. 야외 활동을 하는 곳인가? 음수대와 불을 피우는 장소가 있음. 여기서 카레를 끓이면 딱일 듯. 우측 계단으로 물가에 내려가 바비큐를 해도 좋겠고, 산벚나무랑 철 쭉 비슷한 나무도 있는데 한 달 후면 예쁘게 필 듯.

10:10 AM Mar. 18th

RED_STAR

KATSURA

예상과 달리 왠지 즐거워하는 느낌.
10:12 AM Mar. 18th

RED_STAR

TO: KATSURA 여기 오기 전에 역 관광 안내소에서 팸플릿을 봤는데, 아마도 여기가 이 일대에서 가장 좋은 주말 휴양지인 듯. 산나물을 캐러 온 노부부가 사체를 발견했다고 하는데, 나도 지금 발치에서 쇠뜨기 발견. 책이라도 읽으면서 한숨 자고 싶은 기분.
10:15 AM Mar. 18th

KATSURA

이봐요, 보고를 계속해야지!
10:17 AM Mar. 18th

RED_STAR

피해자의 회사에서도 가을에 여기까지 걷는 행사가 있다고. 애초에 여기 모여서 놀면 될 것을, 몇 시간이나 걸어온 다음에 지친 몸으로 뭘 한다는 건지.
10:20 AM Mar. 18th

SACO

도시락 먹고 게임하고 해산 걷지 않으면 복리 후생비가 안 나온다고!
10:23 AM Mar. 18th

RED_STAR

TO: SACO 아니, 보고 있었어? 업무 중 아님?
10:24 AM Mar. 18th

잠시 휴식 중, 이라고나 할까.
10:25 AM Mar. 18th

SACO

TO: SACO 게임이라면 뭘?
10:27 AM Mar. 18th

RED_STAR

가위바위보 게임, 보물찾기, 말 전하기…….
10:29 AM Mar. 18th

SACO

TO: SACO 보물찾기라……, 옛날 생각 난다. 초등학생 때 어린이회 캠프 갔다가 보물찾기 놀이에서 3등 해서 프리스비를 받았는데. 어른은 뭘 받지?
10:32 AM Mar. 18th

RED_STAR

대개 백 엔짜리 생활용품. 내가 받은 건 특대 사이즈 플라스틱 밀폐 용기. 카레를 만들어 보관할 때는 요긴하지만, 역시 1등 상인 클립이 받고 싶었음.
10:35 AM Mar. 18th

SACO

TO: SACO 1등 상이 뭐 그래?
10:36 AM Mar. 18th

RED_STAR

노! 노! 은으로 된 바이올린 모양 클립이란 말이야! 그리고 렌터카로 시구레 계곡까지 갈 거면 미리 말을 했어야지!!! 오는 길에 석유 사 오라고 할 걸 그랬잖아!!!!
10:38 AM Mar. 18th

SACO

아까부터 궁금했는데, 혹시 사건 관계자 등장?
10:40 AM Mar. 18th

KATSURA

노! 노! 이제 퇴장하겠습니다~
10:42 AM Mar. 18th

SACO

훼방꾼이 사라졌으니 보고를 계속하겠음.
이제부터 사체 발견 현장으로 갈 것임. 숲은 계곡 반대쪽이나 광장 왼편, 어디서든 들어갈 수 있음.
10:45 AM Mar. 18th

RED_STAR

현장이 대체 어디지? 꽤 많이 걸어왔는데. 어, 테이프 발견! 근처 나무에도 불탄 흔적. 참혹하네……. 그런데 내가 어느 쪽에서 왔지?
11:00 AM Mar. 18th

RED_STAR

혹시, 길치?
11:02 AM Mar. 18th

KATSURA

어, 주차장 보임. 뭐야, 멀리 돌아왔는데 범행 현장은 주차장 옆에서 바로 들어갈 수 있는 곳이잖아.

11:05 AM Mar. 18th

RED_STAR

대체 무슨 소리지? 자세히 부탁함.

11:07 AM Mar. 18th

KATSURA

TO: KATSURA 경찰에게 탐문 수사를 받은 사람들은 길을 잘 아는 사람들이어서, '시구레 계곡의 숲'이라는 소리를 듣고 주차장에서 광장을 경유하는 시간을 상정해 용의자에게 시간이 부족했을 거라고 판단한 거겠지. 주차장에서 직선거리로 계산하면 가능하지 않을까 하는 게 내 생각.

11:12 AM Mar. 18th

RED_STAR

이거 점점 미스터리 분위기가 나는걸. 이봐, 명탐정! 그 기세를 몰아 범인도 찾아보지그래. 그리고 나도 주차장에 목격자가 없었다에 한 표. 백설 공주는 검게 탄 사체로 발견되었으니 누가 있었다면 불길을 보고 신고했겠지.

11:16 AM Mar. 18th

KATSURA

TO: KATSURA 하긴 불륜 커플이라도 화재는 그냥 내버려 두지 않을 테니까. 그런데 용의자는 왜 불까지 질렀을까. 시간도 걸리고 목격될 위험성도 커지는데 말이지.

11:18 AM Mar. 18th

RED_STAR

오랜만! 현지에 가셨군요. 불을 지른 건 용의자가 여자라서 아닐지. 예로부터 질투에 눈이 먼 여자는 무슨 일이라도 저지른다고 하니까요.

11:20 AM Mar. 18th

KEROPPA

나도 격하게 동감. 슬슬 범인을 공개하시지요.
11:22 AM Mar. 18th

KATSURA

우선은 취재. 오후에는 용의자를 잘 아는 사람들에게 얘기를 들어 볼
예정. 12시까지 맞춰서 갈 수 있을지. 일단 시구레 계곡 리포트는 종
료.
11:25 AM Mar. 18th

RED_STAR

늦지 않아서 다행. '물레방앗간'이라는 선술집에서 점심을 먹으며 귀
엽게 생겼다는 여자에게 얘기를 들을 예정. 여자가 '귀엽다'고 하는 건
믿을 게 못 된다는데, 과연?
11:58 AM Mar. 18th

RED_STAR

식당 취재도 기대!
0:02 PM Mar. 18th

KATSURA

첫 번째 인터뷰 종료. 사내 정보통이고 용의자와도 상당히 친하다는
데, 신뢰하기 힘듦. 아니, 내가 누구랑 사귄다고?
1:10 PM Mar. 18th

RED_STAR

댁 얘기는 됐고, 사건 정보나 알려 주시죠.
1:15 PM Mar. 18th

KATSURA

용의자는 그렇게 못생기지 않았다. 피부가 매끈매끈. 백설 비누 효과인가? 용의자가 끓인 차를 백설 공주에게 가져오라고 시킨 회사 상사. 용의자는 불평도 상사 험담도 하지 않았다고.
1:18 PM Mar. 18th

RED_STAR

한이 점점 쌓인 거겠죠. 그나저나 이제 용의자를 여자로 확정해도 되겠죠.
1:22 PM Mar. 18th

KEROPPA

TO: KEROPPA 같은 회사에 다니는 여자, 라고 하면 딱히 인물을 특정한 건 아니니까 OK로 해 두지.
1:24 PM Mar. 18th

RED_STAR

용의자가 호화로운 도시락을 열심히 싸다 먹인 연인을 백설 공주가 가로챔. 그 직후부터 도난 사건이 빈발했다고. 용의자는 봉지에 일부러 '독 들었음'이라고 쓴 슈크림을 도난당했다고 함. 사과가 아님(ㅋㅋ).
1:27 PM Mar. 18th

RED_STAR

어우, 추워! 그런데 '독 들었음'은 어쩐지 위장한 냄새가 풀풀~~.
1:30 PM Mar. 18th

KATSURA

백설 공주가 볼펜을 도둑맞았다고 하는데, 연인에게 선물 받은 것일까? 용의자는 처음부터 이 볼펜을 훔치려고 도난 사건을 일으킨 것으로 의심됨. 살해 사건 당일 밤 용의자는 볼펜을 미끼로 백설 공주를 자신의 차로 유인했을 가능성도.
1:34 PM Mar. 18th

RED_STAR

RED_STAR

용의자는 회사에서 하얀 바탕에 금색으로 S 자가 그려진 머그 컵을 사용했는데, 백설 공주가 교육을 맡고 있는 후배가 그 컵을 떨어뜨려 금이 가게 했다고 함. 용의자는 그 컵을 버리지 않고 사탕을 담아 두는 용도로 사용했고, 그에 대해 반년이 지나도록 원망 섞인 말을 할 정도로 애지중지하는 컵이었다고.

1:37 PM Mar. 18th

KATSURA

S라면, 용의자의 이니셜?

1:40 PM Mar. 18th

RED_STAR

TO: KATSURA 성이 S이긴 한데, 삼각관계에 있는 남자의 이름도 S. 그쪽이 아닐까?

1:42 PM Mar. 18th

RED_STAR

용의자에게는 다른 사람처럼 변하는 순간이 있다. 그럴 때 씩 웃는다.

1:45 PM Mar. 18th

RED_STAR

각 부서에 동기인 여사원을 두 명씩 배치해서 비교하는 회사의 제도는 문제. ……이런 곳이군. '물레방앗간'의 오늘의 런치로 나온 돈가스 정식은 그저 그랬음. 반찬으로 준 차가운 두부와 지게미 된장국은 맛있었음. 딱히 볼 건 없고 물이 좋은 곳인 듯.

1:50 PM Mar. 18th

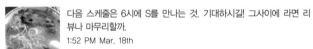

RED_STAR

다음 스케줄은 6시에 S를 만나는 것. 기대하시길! 그사이에 라면 리뷰나 마무리할까.

1:52 PM Mar. 18th

KEROPPA

백설 공주를 죽일 때도 씩 웃었겠군. 그야말로 마녀 같은 여자. 경찰에 잡히기 전에 이쪽에서 먼저 잡아 화형에 처했으면 좋겠네. 속보를 기대합니다.

1:55 PM Mar. 18th

KATSURA

'남자의 고집, 이 한잔'도 기대하고 있음.

1:57 PM Mar. 18th

HARUGOBAN

당신, 『주간 예지』 기자였어?

2:00 PM Mar. 18th

RED_STAR

속보, 간단하게. S는 용의자에게 도시락을 받았지만 사귀지는 않았다. 용의자의 일방적인 착각. 우편함에 카레가 담긴 밀폐 용기가 들어 있었던 적도.

8:00 PM Mar. 18th

KATSURA

헉~, 스토커 아니야.

8:03 PM Mar. 18th

RED_STAR

S도 도난 사건의 범인을 용의자라고 생각하고 있음. 용의자에게는 회사 냉장고에 든 것이 모두 S가 보낸 선물로 보였을까?

8:06 PM Mar. 18th

완전 망가졌군.
8:10 PM Mar. 18th

KEROPPA

S는 백설 공주와 사귀고 있었다. 그러다가 백설 공주가 바이올리니스트와 사귀게 되는 바람에 헤어졌다. 미련은 있지만 원망하지는 않는 듯. 바이올리니스트가 백설 공주를 살해한 것은 아닐까? 그러나 바이올리니스트에게는 알리바이가 있다.
8:13 PM Mar. 18th

RED_STAR

용의자를 마지막으로 목격한 인물도 합류. 백설 공주와 용의자가 같이 준 결혼 선물이 있음. 하얀 바탕에 금색으로 높은음자리표와 낮은음자리표가 그려진 커플 잔.
8:16 PM Mar. 18th

RED_STAR

용의자가 사전에 오사카행 특급 열차표를 구매한 모양. 살아 있을까, 라는 어두운 말로 마무리. 참깨두부 튀김이 맛있었음. 금일 최고의 수확일지도(ㅋㅋ).
8:20 PM Mar. 18th

RED_STAR

수고 많았음.
8:23 PM Mar. 18th

KATSURA

수고하셨습니다!
8:25 PM Mar. 18th

KEROPPA

MARURIN

안녕하세요. 시구레 계곡에 가셨군요. 제가 몇 가지 알게 된 사실이 있어서요.
8:30 PM Mar. 18th

MARURIN

바이올린 모양 클립, S의 머그 컵, 높은음자리표와 낮은음자리표가 그려진 커플 잔은 전부 세리자와 브러더스 기념상품입니다. 볼펜도 마찬가지고요. 어쩌면 용의자도 세리자와 브러더스의 팬이었는지 모르겠다며 끔찍해하고 있습니다.
8:32 PM Mar. 18th

MARURIN

그리고 백설 공주가 사귀었다는 바이올리니스트가 세리자와 브러더스의 어느 한쪽이라는 말인가요? 유야나 마사야의 연인이 될 수 있는 건 음악의 여신뿐이니 설령 백설 공주라도 사귀었다는 건 있을 수 없는 일입니다. 하물며 살인범으로 의심받다니.
8:35 PM Mar. 18th

MARURIN

마사야는 지금 손에 부상을 입어 바이올리니스트로서의 생명이 끝날지도 모르는 곤경에 처해 있습니다. 유야는 마사야를 위해 매일 기도곡을 연주하고 있어요. 그런 두 사람을 궁지로 모는 유언비어는 저를 비롯한 팬들이 용서하지 않는다는 걸 기억해 두세요.
8:38 PM Mar. 18th

RED_STAR

TO: MARURIN 염려 마세요. 용의자는 확정되었으니 세리자와 브러더스가 의심을 사는 일은 없을 겁니다. 백설 공주 살인 사건의 해결과 세리자와 브러더스의 부활, 양쪽 모두 하루빨리 실현되었으면 좋겠군요.
8:42 PM Mar. 18th

SACO

왜 혼자서 참깨두부 튀김을 먼저 먹은 거야! 곧 갈 테니 준비해 놓고 기다려!
9:00 PM Mar. 18th

『주간 태양』

4월 1일자(3월 25일 발매)에서 발췌

검게 탄 사체의 정체는 백설 공주!?

원한에 따른 계획적 범행이었나, 아니면 우발적인 행동이었나. 가족끼리 바비큐를 먹은 다음 아이들은 물놀이나 곤충 채집을 하고 어른들은 책을 읽거나 낮잠을 즐긴다. 그런 목가적인 분위기가 넘치는 휴일의 쉼터, T 현 T 시의 '시구레 계곡'에서 발생한 살인 사건은 지역 주민들을 충격으로 몰아넣었다.

이달 7일 새벽, 산나물을 캐러 갔던 노부부가 시구레 계곡의 광장에서 10분 정도 들어간 곳에 있는 숲속에서 사체를 발견하고 경찰에 신고했다.

발견된 사체는 칼에 십여 차례 찔리고, 석유를 뿌려 불태워져 있었다.

피해자는 미키 노리코 씨(25). '이제 당신도 백설 피부'라는 광고로 잘 알려진 화장품 회사에 근무하던 노리코 씨는 말 그대로 백설처럼 고운 피부의 아름다운 여성이었다.

그런 노리코 씨가 어째서 검게 탄 사체로 발견된 것일까.

백설 공주를 살해한 사람은 백설 공주?

회사에서 노리코 씨와 친하게 지냈던 남자 동료는 이렇게 말한다.

"친절하고 후배를 잘 돌보는 선배였습니다. 노리코 씨에게 원한을 품은 사람이 있었다는 건 상상도 할 수 없어요. 노리코 씨는 용모만 아름다운 것이 아니라 마음도 고운 사람이었거든요."

노리코 씨는 같은 여성들과도 친근하게 지내긴 했지만 반드시 모두가 그렇게 여겼다고 할 수는 없었던 듯하다.

"제가 노리코 씨를 거리낌 없이 칭찬할 수 있는 건 같은 연령이 아니기 때문일 거예요. 우리 회사는 매년 여성 신입 사원을 각 부서에 두 명씩 배치하는데, 만일 짝이 노리코 씨였다면 하나에서 열까지 비교를 당해 싫지 않았을까 싶습니다."

노리코 씨와 입사 동기로 같은 부서에 배치된 여성 S씨는 실제로 상사에게 차별 대우를 당했던 듯하다.

"S씨는 수수하고 얌전한 사람이지만 차를 끓이는 솜씨는 매우 좋았습니다. 그런데 과장님은 외부에서 손님이 오면 S씨에게 차를 끓이라고 하고는 노리코 씨에게 가져오도록 지시했습니다."

S씨의 심정이 과연 어땠을까. 한편 S씨에 관한 이런 증언도 있다.

"S씨는 요리를 잘한다는 점을 이용해 사내 남성과 사귀게 되었는데, 그 남성이 노리코 씨에게 마음을 빼앗기는 바람에 차이고 말았어요. 매일 호화로운 도시락을 싸 주었는데, 결국 여자는 외모인가 봅니다. S씨가 낙심이 컸어요. 제게도 몇 번이나 노리코 씨 험담을 하는 통에 무척 난감했습니다."(동료 여성)

그러나 사귀었다는 것은 S씨의 일방적인 착각이었던 듯하다.

"함께 야근한 것을 계기로 S씨가 제게 도시락을 싸다 주게 되었는데, 집 우편함에까지 가져다 놓았을 때는 솔직히 매우 난감했습니다. 그런데 거절해도 통하지 않았어요. 노리코 씨와 사귀게 되었다고 설명하고 겨우 납득을 시켰죠. 하지만 그런 말은 하지 않는 편이 좋았을지도 모릅니다. 노리코 씨와는 이미 헤어진 상태였는데, S씨가 그 사실을 알았는지 어땠

는지는 모르겠지만 몹시 후회스럽습니다."(동료 남성)

또한 S 씨가 실연한 직후부터 사내에서 도난 사건이 빈발했다고 한다.

"시작은 휴게실 냉장고에 든 생크림 케이크였어요. 딸기와 멜론과 밤이 얹힌 것이었죠. 생일 파티에 참석하지 못한 사람을 위해 남겨 둔 것이었는데, 다음 날 접시에는 밤만 덩그러니 남아 있었어요."(동료 여성)

매우 꺼림칙한 일화가 아닐 수 없다.

"그 후로도 냉장고에 든 디저트나 화장실 사물함에 넣어 둔 생리용품, 각자의 책상 서랍에 들어 있던 사무용품 같은 것들도 없어졌어요. 하지만 하나같이 비싼 것이 아니라 경찰에 신고하지는 않았죠. 사내에 마음의 병을 앓고 있는 사람이 있나 보다, 다들 그렇게 생각했습니다."

백 엔 정도의 물건들이 없어진 와중에 노리코 씨만 고가의 물건을 도난당했다고 한다.

"노리코 씨가 무척 좋아하는 바이올리니스트의 기념상품으로, 5천 엔이나 하는 볼펜을 도난당했죠. 생각건대, 그 전에 발생한 도난 사건은 그 볼펜을 훔치기 위한 사전 포석이었는지도 모르겠어요. 그리고 그 볼펜을 미끼로 사건 당일 밤 노리코 씨를 불러낸 것 아닐까요."

회사에 출입하는 업자가 사건 당일 저녁 노리코 씨가 S 씨의 차에 타고 있는 모습을 목격했다고 하는데 이 일과 관련이 있는 것은 아닐까.

같은 날 밤 역 앞에서 S 씨를 목격했다는 남성도 있다.

"커다란 가방을 양손으로 안은 채 머리카락을 휘날리며 맹렬히 뛰어가고 있었습니다. 시구레 계곡의 멧돼지인가 싶을 정도로요."

과연 S 씨는 어디로 간 것일까. S 씨는 사건이 발생한 주말 이후 어머니가 위독하다는 거짓말을 하고 회사에 나오지 않았다.

그런데 S 씨의 본명은 '백설 공주'가 연상되는 이름이다.

커뮤니티 사이트 '만마로'의
아카호시 유지 페이지 ③

man-malo 💬

『주간 태양』에 내가 쓴 기사가 대호평.
11:30 PM Mar. 25th

RED_STAR

오랜만! 들어오기를 기다렸어. 『주간 태양』 읽었지. '백설 공주 살인 사건' 기사 말이잖아. 맛집 리포트 이외의 것도 상당히 잘하는군.
11:34 PM Mar. 25th

KATSURA

TO: KATSURA '남자의 고집, 이 한잔'의 편집자도 보도 기사를 써 보지 않겠냐고 제안하더군. 대형 출판사도 이제야 내 실력을 눈치챈 거야.
11:38 PM Mar. 25th

RED_STAR

이봐, 뭘 그렇게 우쭐해하고 그래. 하긴 용의자의 범위를 여기까지 좁힌 기사를 다른 매체에서는 아직 못 봤으니까. 혹시 특종인가?
11:42 PM Mar. 25th

KATSURA

TO: KATSURA 눈치가 빠르군. 보도 기사는 시간과의 승부거든! 이런 데 글 올릴 여유도 없이 말이야!
11:45 PM Mar. 25th

RED_STAR

KEROPPA

안녕하세요, 저도 읽었어요. 『주간 태양』의 기사를 역시 RED_STAR 님이 쓰셨군요. 전철 광고판에도 제목이 대문짝만하게 실렸더군요. 이 정도로 사건 정보를 선취했다면 혹시 백설 공주를 살해한 범인의 행방도 알고 있나요?
11:50 PM Mar. 25th

RED_STAR

TO: KEROPPA 범인의 행방은 아직 모르지만, 내 기사를 읽은 사람들이 편집부에 정보를 속속 보내오고 있다고 해요. 만마로 친구들에게도 그 내용을 알려 주고 싶지만, 『주간 태양』 편집부가 만마로에는 밝히지 말라고 못을 박아서 말이죠. 자세한 내용은 다음 호에서 확인하시길.
11:54 PM Mar. 25th

KEROPPA

윽, 아쉽네요. 다음 호, 꼭 사 보겠습니다!
11:56 PM Mar. 25th

RED_STAR

정보를 공짜로 흘릴 수 없는 게 프로의 고충이군.
11:58 PM Mar. 25th

HARUGOBAN

『주간 태양』 기사의 90퍼센트는 엉터리. 그런 곳에 기사를 싣고서 프로입네 하다니…… ㅎㅎ. 『주간 예지』 기자인 줄 알고 수많은 문제 발언도 눈감아 줬는데, 이제 더는 봐줄 수가 없군. 계속해서 썩은 냄새를 풍기면 박살 내겠어.
0:20 AM Mar. 26th

RED_STAR

TO: HARUGOBAN 누구신지?
0:23 AM Mar. 26th

SACO

당신 『주간 예지』 기자 아니었어요? 『주간 태양』을 부정하려는 건 아니지만, 어쩐지 배신당한 기분. 기사도 최악. 시로노 씨를 완전 용의자 취급하고, 오늘도 회사에서 난리가 났단 말이에요! 취재에 응한 사람들도 나더러 책임지라고 하고. 어쩔 건가요!

0:28 AM Mar. 26th

RED_STAR

TO: SACO 이름을 공개해도 되는 건가요?

0:30 AM Mar. 26th

SACO

다들 알고 있는데요, 뭐. 말 돌리지 말아요. 실명을 거론하며 비난하는 메일과 팩스가 쏟아지고 있단 말이에요. 전화 주문 창구에는 '독든 비누 하나 주세요.' 어쩌고 하는 장난 전화가 빗발치지 않나. 이게 전부 당신 탓이에요. 책임져요!

0:34 AM Mar. 26th

거참, 말 많네…….

0:36 AM Mar. 26th

RED_STAR

GREEN_RIVER

『주간 태양』과 '백설 공주 살인 사건'을 검색하다가 이곳에 들어왔어요. 아무래도 주간지에 기사를 쓴 분 같은데, 맞나요?

0:40 AM Mar. 26th

TO: GREEN_RIVER 맞습니다.

0:42 AM Mar. 26th

RED_STAR

GREEN_RIVER

저 위에 '시로노 씨'라고 이름이 나와 있는데, 주간지에 'S 씨'라고 쓰여 있는 사람의 실명인가요?

0:45 AM Mar. 26th

RED_STAR

TO: GREEN_RIVER 상상에 맡기겠습니다.

0:47 AM Mar. 26th

GREEN_RIVER

난 'S 씨'를 잘 아는 사람이에요. 기사를 읽어 보니, 확실한 증거도 없이 억측만으로 그녀를 용의자 취급한다는 느낌이 들었어요. 그래도 되는 건가요? 당신을 명예 훼손죄로 고소할까도 생각하고 있습니다.

1:00 AM Mar. 26th

RED_STAR

오늘 밤엔 대체 왜들 이렇게 난리지? 나는 '백설 공주 살인 사건'의 피해자가 근무하는 회사 사람들에게 이야기를 듣고 그걸 기사로 정리했을 뿐인데. 내가 일부러 피해자의 동기 여성을 용의자로 모는 기사를 썼다는 투인데, 그런 짓을 해서 내게 무슨 이득이 있지?

1:15 AM Mar. 26th

RED_STAR

증언한 사람들이 그 동기 여성을 범인으로 단정하는 발언을 했기 때문에 내 기사도 그렇게 된 거야. 그걸 왜 모르지? 기사의 내용이 마음에 들지 않아 비난하는 거라면 내가 아니라 증언자들을 비난해야지. 언더스탠드?

1:19 AM Mar. 26th

SACO

잠깐, 잠깐! 왜 남 탓을 하는 거죠? 난 당신에게 협력해 줬는데 말이에요. 나는 시로노 씨가 범인이라고 단정한 적 없단 말이에요. 당신에게 켕기는 구석이 없다면 누가 뭐라고 증언했는지 여기다 똑바로 적어 봐요.

1:23 AM Mar. 26th

TO: SACO 취재원이나 증언 내용은 누설하지 못하도록 되어 있으니 언짢게 생각지 마시길. 당신도 자신이 증언한 내용을 주장하지 말아요. 용의자 옹호파에게 혼쭐날라.
1:26 AM Mar. 26th

RED_STAR

그게 무슨 소리예요? 나도 시로노 씨 옹호파란 말이에요!
1:28 AM Mar. 26th

SACO

애당초 난 잡지사에 고용된 글쟁이일 뿐. 내게 시비를 걸어 봐야 달라지는 건 없단 말이지. 불만이 있으면 용의자 옹호 사이트라도 만들어서 그곳에다 해명하고 거기서 단서도 수집하고 격려의 말도 올리고 하는 게 낫지 않을까? 용의자도 그편을 더 좋아하지 않겠어? 위선자 여러분!
1:32 AM Mar. 26th

RED_STAR

나를 옹호하는 사람은 없나? 만마로 친구라는 게 그렇지, 뭐. 더는 아무것도 가르쳐 주지 않겠어.
1:40 AM Mar. 26th

RED_STAR

이봐, 잠깐. 뭐가 그리 급해. 나는 당신 편이야!
1:45 AM Mar. 26th

KATURA

저도입니다~.
1:49 AM Mar. 26th

KEROPPA

어, 어, 이거 어쩐지 분위기가 험악하네요. 어떻게 된 거죠? 모처럼 좋은 뉴스를 전하러 왔는데.
1:55 AM Mar. 26th

MARURIN

TO: MARURIN 좋은 뉴스라니?
1:58 AM Mar. 26th

RED_STAR

마사야의 부상이 처음에는 절망적이라고 했는데, 웬걸! 기적적으로 회복될 거 같답니다! 그것도 금년 내로 활동을 재개할 수 있을 것 같다고……. 유야와 우리의 간절한 기도가 하늘에 닿은 거겠죠.
2:03 AM Mar. 26th

MARURIN

허접하군…….
2:05 AM Mar. 26th

RED_STAR

애써 보고했는데, 무례한 분이군요. 사람들이 화를 내는 것도 이해가 가네요. 흥!
2:08 AM Mar. 26th

MARURIN

나, 만마로 그만두겠어. 그럼!
2:10 AM Mar. 26th

RED_STAR

커뮤니티 사이트 '만마로'의 미도리카와 마스미 페이지 ①

man-malo ☁

GREEN_RIVER

내 친구 시로노 미키가 『주간 태양』에서 '시구레 계곡 여사원 살해 사건'의 용의자로 취급받고 있습니다. 그러나 시로노는 살인 같은 걸 저지를 사람이 아니에요. 시로노의 혐의를 벗기기 위해 사건에 관한 정보를 모으고 있습니다. 사소한 일이라도 괜찮아요. 아무쪼록 협조를 부탁드립니다.

8:00 PM Mar. 27th

NORI-MI

이런 글을 올려 줘서 고마워. 나도 오늘 『주간 태양』에 항의 편지를 보냈어. 함께 싸우자!

8:05 PM Mar. 27th

GREEN_RIVER

TO: NORI-MI 직접 편지를 보내다니 대단해~. 정말 용감하다! 나도 분발해야지!

8:07 PM Mar. 27th

GREEN_RIVER

주간지를 읽지 못한 분들을 위해서(그런 저급한 주간지를 돈 주고 살 필요는 없습니다) 왜 시로노가 의심받는지 간단히 설명해 보겠습니다.

8:10 PM Mar. 27th

GREEN_RIVER

'시구레 계곡 여사원 살해 사건'의 피해자 미키 노리코 씨는 T 현에 있는 '히노데 화장품'에 근무했습니다. 그 회사는 매년 각 부서에 신입 여사원을 두 명씩 배치합니다. 그래서 미키 노리코 씨와 같은 부서에 배치된 동기 여성이 시로노 미키였습니다.

8:13 PM Mar. 27th

시로노는 사내 남성과 사귀게 되었습니다. 기사에서는 그 남성이 시로노와의 교제를 부인했지만 사귀었던 것은 사실입니다. 그러나 그 남성은 시로노와 헤어지고 미키 씨와 사귀게 되었습니다. 그것 때문에 시로노가 미키 씨를 원망하지 않았을까 하는 오해를 받게 된 거죠.

GREEN_RIVER   8:17 PM Mar. 27th

그 외에도 용모로 인한 상사의 차별 대우 등이 동기로 거론되지만, 시로노는 그렇게 시시한 일로 살인을 저지를 사람이 아닙니다. 더구나 교제하던 남성은 사건 당시 이미 미키 씨와도 헤어진 상태였고, 그다지 멋진 사람도 아닙니다.

GREEN_RIVER   8:22 PM Mar. 27th

그 왕자를 본 적 있어요? 아, 죄송. 그 사람이 다른 사이트에서는 '왕자'로 불려서…….

8:25 PM Mar. 27th

MEDACA

TO: MEDACA '왕자'라니……. 앞니에 파가 낀 채 다니는 아저씨였어요!

8:27 PM Mar. 27th

GREEN_RIVER

시로노와 '왕자'가 헤어진 후 사내에서 도난 사건(케이크 조각은 사라지고 밤만 남아 있었다는 쓸잘머리 없는 내용입니다)이 발생했는데, 그 사건 역시 살인 사건과 관련이 있다고 했습니다. 이상이 주간지 기사를 정리한 내용입니다. 이런 일들만 가지고 시로노를 살인 사건의 용의자로 취급하다니, 황당하다고 생각하지 않으시나요?

GREEN_RIVER   8:32 PM Mar. 27th

황당하지! 황당하고말고!

8:35 PM Mar. 27th

NORI-MI

KATSURA

용의자가 사건 후 어머니가 위독하다고 거짓말을 하고 회사에 나오지 않는다는 얘기가 빠졌는데~. 일부러?

8:38 PM Mar. 27th

GREEN_RIVER

TO: KATSURA
친절에 감사! 깜박했어요.

8:40 PM Mar. 27th

GREEN_RIVER

정신 차리고, 함께 싸워 봅시다!

8:42 PM Mar. 27th

USAGISAN

T 여대 생활환경학부를 졸업한 시로노 미키 씨인가요?

8:45 PM Mar. 27th

GREEN_RIVER

TO: USAGISAN 맞아요. 혹시 USAGISAN님도 T 여대 졸업생인가요?

8:48 PM Mar. 27th

USAGISAN

O현립 F 고등학교를 졸업한 시로노 미키 씨?

8:52 PM Mar. 27th

GREEN_RIVER

TO: USAGISAN 아마, 그럴 거예요. 고향의 지인인가요?
8:55 PM Mar. 27th

USAGISAN

F시립 F 중학교를 졸업한 시로노 미키 씨?
8:57 PM Mar. 27th

USAGISAN

F시립 F 초등학교를 졸업한?
9:00 PM Mar. 27th

GREEN_RIVER

아, 이건 좀 아닌 것 같은데…….
9:02 PM Mar. 27th

GREEN_RIVER

제가 알고 싶은 건 시로노의 무죄를 증명할 수 있는 정보이지 개인 정보가 아닙니다. 시로노 개인에 대해서가 아니라 사건 전반에 대해서, 그리고 피해자 미키 노리코 씨에 대해서도 가능하다면 알려 주세요.
9:05 PM Mar. 27th

PIANO_HIME

형제 듀오 바이올리니스트 '세리자와 브러더스'의 팬 클럽 명부에 '시로노 미키'라는 이름이 있는데, 여기서 거론되는 시로노 미키 씨와 동일 인물인가요?
9:10 PM Mar. 27th

TO: PIANO_HIME 팬 클럽에 가입했는지는 분명치 않지만, 클래식을 좋아했으니 시로노일 가능성이 높아 보이네요.
9:14 PM Mar. 27th

GREEN_RIVER

유튜브에서 '세리자와 브러더스'를 봤어요. 두 사람 다 멋지지만, 오른쪽에 있는 갈색 머리를 한 분이 시로노 씨 취향일 것 같네요!
9:20 PM Mar. 27th

NORI-MI

동생 마사야 쪽이군요.
9:23 PM Mar. 27th

PIANO_HIME

미키 노리코는 남의 남자를 탐내는 '욕심쟁이 공주'. '왕자'도 동료의 애인이었기 때문에 손을 댔을 뿐. 손에 넣자마자 휙 내던짐. 공주를 살해한 사람이 왕자 아닐지.
9:27 PM Mar. 27th

MEDACA

TO: MEDACA 저도 그런 느낌이 좀 들더군요.
9:30 PM Mar. 27th

GREEN_RIVER

나도, 나도!
9:32 PM Mar. 27th

NORI-MI

내 추측을 말해 볼게요. MEDACA님의 만마로를 읽고, 어렴풋하던 그림이 확실하게 모양을 갖췄어요.
9:38 PM Mar. 27th

PIANO_HIME

저는 '세리자와 브러더스' 팬 클럽의 간부입니다. 팬 클럽 멤버는 모두가 마음 깊이 유야와 마사야를 사랑하지만, 두 사람의 연인은 음악의 여신뿐이라 연애 관계를 종용하는 것은 금지되어 있습니다. 그런데 작년 말부터 마사야에게 연인이 생겼다는 소문이 돌기 시작했습니다.
9:42 PM Mar. 27th

PIANO_HIME

간부들끼리 극비리에 조사한 결과, 상대는 얼마 전 신규 회원이 된 미키 노리코라는 사실이 밝혀졌습니다. 우리는 미키 노리코가 사는 곳까지 찾아가서 그녀를 불러내어 마사야를 사랑한다면 물러나 달라고 부탁했습니다.
9:45 PM Mar. 27th

PIANO_HIME

미키 노리코가 순순히 '규칙을 몰라서 폐를 끼쳤다'고 말해서 우리는 안심했고 팬 클럽 내에서도 소문이 사라졌는데 웬걸, 관계가 계속되었던 거예요. 게다가 지난달 말에는 마사야 입에서 '약혼'이라는 말까지 나오고…… 아아.
9:48 PM Mar. 27th

PIANO_HIME

저는 둘 중에서도 유야의 팬이기 때문에 비교적 침착하게 그 상황을 받아들였지만 마사야의 팬 중에는 '그 여자를 찾아내서 죽여 버리겠다'고 말하는 사람도 많았습니다. 어쩌면 시로노 씨도 같은 생각을 했던 것 아닐까요.
9:52 PM Mar. 27th

PIANO_HIME

그리고 미키 노리코가 마사야에게 접근한 이유도 시로노 씨가 마사야를 사랑한다는 사실을 알았기 때문 아니겠어요. 미키 노리코는 같은 부서에 배치된 동기 사원에게서 사랑하는 사람을 빼앗고 싶었다. 그러나 왕자를 빼앗았는데도 시로노 씨는 그다지 낙심한 모습이 아니었다.
9:56 PM Mar. 27th

PIANO_HIME

그래서 어쩌면 더 사랑하는 사람이 있는 것 아닐까 하고 조사한 결과 그 사람이 바로 '세리자와 브러더스'의 마사야라는 사실을 알고 자신도 팬 클럽에 들어 마사야를 빼앗은 거죠. 시로노 씨가 미키 노리코를 살해한 동기는 '왕자를 빼앗겼기 때문'일지도 몰라요. 그런데 진짜 왕자는 마사야였던 거죠.

PIANO_HIME
10:00 PM Mar. 27th

나는 그런 일에 마사야를 이용한 미키 노리코를, 비록 이미 죽었지만 용서할 수 없습니다. 분하게도 마사야는 미키 노리코를 진심으로 사랑했습니다. 현재 마사야는 부상을 이유로 활동을 중단했지만 부상은 대단한 게 아니고 미키 노리코를 잃은 충격 때문에 바이올린을 켜지 못하는 것입니다.

PIANO_HIME
10:03 PM Mar. 27th

팬들이 이 사실을 알게 되면 시로노 씨를 신처럼 떠받들 사람도 분명 생겨날 겁니다. 나조차 시로노 씨가 도피 생활을 하고 있다면 숨겨 주고 싶은 심정입니다. 시로노 씨는 법을 어기기는 했지만 그것은 정당한 행위였습니다!

PIANO_HIME
10:06 PM Mar. 27th

장황하게 써서 죄송합니다. 저도 전력을 다해 시로노 씨를 응원하겠습니다.
10:08 PM Mar. 27th

PIANO_HIME

TO: PIANO_HIME
귀중한 정보, 감사합니다. 덕분에 저도 사건의 진상을 제대로 알게 된 것 같군요.
10:11 PM Mar. 27th

GREEN_RIVER

아니, 잠깐……. 뭔가 이상하잖아?
10:15 PM Mar. 27th

GREEN_RIVER

『주간 태양』

4월 8일자(4월 1일 발매)에서 발췌

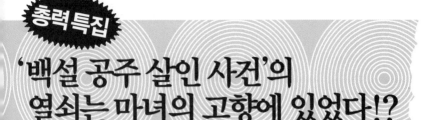

'백설 공주 살인 사건'의 열쇠는 마녀의 고향에 있었다!?

물맛이 좋은 고즈넉한 마을에서 미녀 사원 미키 노리코 씨(25)가 살해된 '시구레 계곡 여사원 살해 사건'. 사체가 발견된 것은 지난달 7일 새벽. 빼어나게 아름다운 백설 공주를 살해한 사람은 누구인가? 대단한 화제를 모았지만 범인은 아직도 체포되지 않았다. 그러나 본지의 단독 취재로 한 시골 마을에 봉인된 끔찍하고도 슬픈 스토리가 그 모습을 드러냈다.

피해자가 근무했던 회사는 '이제 당신도 백설 피부'라는 광고로 익숙한 곳이다. 그 회사 동료들의 증언에 따라 용의자로 부상한 피해자의 입사 동기 'S 씨'. 그녀는 사건 후 어머니가 위독하다고 거짓말을 하고 자취를 감췄다. 과연 S 씨는 지금 어디서 뭘 하고 있을까. S 씨의 과거 교우 관계를 살펴보기 위해 O 현 F 시를 찾아가 보았다.

'텐 짱 스마일은 저주의 신호?'

S 씨를 아는 사람들은 처음에는 하나같이 '얌전하고 친절하고 착실한 사람'이라고, 세 박자가 모두 갖추어진 선인상이라고 했지만 대화가 깊이를 더해 가면서 그녀의 모습은 점점 다르게 묘사되었다.

대학 시절 S 씨와 같은 아파트에서 살았다는 고토 노리미 씨(가명)는 본지 앞으로 보낸 편지에서 S 씨를 이렇게 말했다.

"아파트 사람들이 모두 S 씨를 텐 짱이라고 불렀습니다. 몸이 안 좋을 때면 솜씨를 부려 요리를 만들어다 주는 천사 같은 존재였지만, 텐 짱이

라는 별명은 그녀가 혼전 섹스는 안 된다고 생각하는, 요즘 세상에서 보기 드문 천연기념물 같은 존재라는 뜻에서 유래된 것입니다. 하지만 정작 본인은 같은 회사에 근무하는 남성 X씨와 그런 관계에 있었다고 합니다."

X씨는 지난 호에서 S씨와의 교제를 부인했던, 같은 회사에 근무하는 남성으로, 가운뎃발가락과 넷째 발가락 사이를 핥아 주는 등 특수한 성행위를 함께 즐기는 사이였다고 한다. 천연기념물이라고 불리는 텐 짱인 만큼 결혼을 염두에 두었기 때문에 몸을 허락한 것일지도 모른다.

"텐 짱에게는 마음이 흡족할 때 나오는 '텐 짱 스마일'이라는 게 있는데, X씨에 대해 이야기할 때면 입가에 그런 미소가 흘렀습니다."

최고의 '텐 짱 스마일'이 눈물로 바뀌는 데 원인을 제공한 미키 노리코 씨를 S씨는 어떻게 생각했을까.

"텐 짱은 실연을 이유로 사람을 죽일 만큼 과격한 성격이 아닙니다. 오히려 그런 일이 있으면 자기 방에 틀어박히는 타입이죠."

고토 씨는 친구로서 이렇게 호의적으로 해석했지만 이것은 S씨의 거짓된 모습이 아니었을까. 아무리 교묘하게 착한 사람을 연기하더라도 살아온 족적을 지우기는 어렵다. 더 나아가 S씨의 고향 사람 중에는 사건을 예견했던 이도 있었다.

"S는 고3 때 학급의 각종 랭킹 중에

서 '범죄를 저지를 것 같은 사람' 2위로 뽑혔어요."

이렇게 말하며 당시의 학생회지를 보여 준 사람은 S 씨의 고교 동창생 에자키 요시코 씨(가명)다. 마흔 명 중 열세 명이 S 씨에게 표를 던졌다고 한다. 학급에서 삼분의 일이 S 씨를 꼽은 데에는 그럴 만한 근거가 있었다.

"S에게는 '저주의 힘'이 있습니다."

역시 S 씨의 고등학교 시절 동창생인 다지마 아사야 씨(가명)의 말이다. '저주의 힘'이라는 것이 요즘 시대에 전혀 어울리지 않는 말이긴 하지만 다지마 씨는 진지한 표정으로 이렇게 말을 이었다.

"중학교 2학년 때 S의 머리에 걸레를 차 올려 그녀를 울린 축구부 남자아이가 있었는데, 그 일이 있고 일주일 후에 그 아이가 교통사고를 당해 오른쪽 다리가 부러졌어요. 또 S를 따돌리는 데 앞장섰던 여자아이가 갑자기 전학을 가거나 수업 중에 S를 놀려 댄 선생님이 우울증에 걸려서 학교를 쉬게 된 일도 있었습니다. 고등학교 시절에는 구기 대회 때 운동신경이 나쁜 S를 시합에 나가지 못하게 하려고 운동화를 숨긴 여자아이가 있었는데 그 후 여기서는 차마 밝히기 힘들 만큼 비참한 일을 당했고요."

S 씨를 괴롭힌 인물은 반드시 보복을 당한다는 뜻일까. 그러나 우연이 겹쳤을 가능성은?

"모르는 사람은 그렇게 느낄 수도 있겠지만, 같은 중학교였던 아이들은 실제로 봤어요. 저주의 힘이 통했을 때 S가 어떻게 웃는지를요. 저도 본 적이 있는데, 그럴 줄 알았다는 듯이 만족감이 흘러넘치는 섬뜩한 표정이었죠. 그걸 보고는 두 번 다시 S의 기분을 거스를 마음이 생기지 않아 칼을 사용하는 조리 실습 때는 S가 하라는 대로 고분고분 따랐어요."

그렇게 웃는 얼굴이야말로 '텐 짱 스마일'이 아닐까. 웃음 뒤에는 괴롭힘 때문에 힘들었던 과거가 낳은 '저주의 힘'이 숨어 있었다는 얘기인데, '저주의 힘'을 부정하는 목소리도 없지 않다.

앞서 사고로 오른쪽 다리가 부러졌던 동급생 에토 신고 씨는 장래에 프로 선수로서의 활약이 기대되던 축구 유망주였다고 하는데 그는 이렇게 말한다.

"저주의 힘 같은 게 있을 리 없습니다. S가 제 자전거 브레이크를 망가뜨린 겁니다."

상식적으로 생각하면 이 말이 옳을 것이다. 그러나 꿈을 잃은 후에도 축구를 계속한 에토 씨는 스포츠맨십에 어울리는 얘기를 이어갔다.

"저는 S를 원망하지 않습니다. 오히려 S의 마음에 어둠을 만든 사람은 저일지도 모른다는 생각에 안타까울 뿐입니다. 그러니까 '시구레 계곡 여사원 살해 사건'의 용의자로서 행방을 감춘 S를 제가 목격한다 해도 신고하지 않을지도 모릅니다. 그리고 어쩌면 이곳 고향에서 누군가 그녀를 숨기고 있을지도 모르고요."

에토 씨가 던진 힌트를 바탕으로 S 씨의 발자취를 조사하기 위해 고향인 산골 마을 'N사와 지구'로 향했다.

'저주의 의식'과 '묘진 신의 벌'

레몬 향기를 풍기는 완만한 산기슭에서부터 마을 중심으로 흐르는 개천의 동쪽 일대가 'N사와 지구'로 불리는 지역이다. S 씨는 태어나서 고등학교를 졸업할 때까지 18년간을 이곳에서 지냈다. 같은 지구 사람에 대

해서라면 무엇이든 잘 안다고 자신 있게 말하는 'N사와 지구' 주민들은 'S 씨'에 대해 처음에는 그녀의 회사 동료들이 그랬던 것처럼 '얌전하고, 머리 좋고, 착실한 아이'라고 좋게 말했지만 '시구레 계곡 여사원 살해 사건'에 대해서 묻자 과거의 끔찍했던 사건을 조심스럽게 털어놓았다.

레몬 재배 농가의 노인은 화재에 얽힌 일화를 떠올렸다.

"M 짱(=S 씨)이 초등학생 때 엄청난 짓을 저질렀죠. 묘진 신을 모신 신사 뒤에서 불장난을 해서 사당을 홀랑 태우고, 불이 주변 나무들에도 옮겨 붙어서 하마터면 대참사가 벌어질 뻔했어요. '시구레 계곡 여사원 살해 사건'도 피해자의 시신이 불에 태워졌다잖아요. 그 아이가 살인을 저질렀으리라고 생각하지는 않지만 전혀 무관하다고 단언할 수도 없는 거 아닌가요. 묘진 신은 이 일대의 수호신

이니 어쩌면 이번 사건은 신사를 불태운 벌인지도 몰라요."

그 화재를 발견하고 진화 작업을 벌였다는 주부는 이렇게 말한다.

"묘신 신사의 화재를 발견하고 그쪽으로 향하던 도중, 히죽거리면서 걸어가는 M 짱과 스쳐 지났어요. 그리고 동네 사람들이 양동이에 물을 담아 릴레이하면서 불을 끌 때 내가 맨 앞에 있었는데, 불똥과 함께 종이로 만든 사람 인형이 날아왔죠. 게다가 불이 처음 시작된 소각로에서는 까맣게 그슬린 재봉용 핀이 쉰 개 정도 나왔다고 하니 혹시 M 짱이 저주의 의식을 치른 거 아닐까요."

또다시 나온 '저주'라는 단어. 그러나 초등학생이 대체 누구를 저주했다는 것일까.

"발화 장소에서 가까운 곳에 M 짱이 사용한 것으로 보이는 술집 성냥이 떨어져 있었어요. 당시에 M 짱의 아버지가 그 술집에서 일하는 여자와 바람을 피우는 바람에 부인이 부엌칼을 들고 쳐들어가는 등 가정이 굉장히 엉망이었던 것 같아요. 그래서 마음에 병이 든 M 짱이 종이 인형으로 술집 여자를 벌주려 했던 것 아니겠어요. 저주 의식이라고 하면 잔혹하게 들리지만, 힘없는 어린아이에게는 그게 자신이 할 수 있는 최대한의 행동이었는지도 모르죠. 그렇게 생각하니 M 짱이 딱해서 경찰에 그 사실을 말하지 않았는데, 그때 제대로 이야기했더라면 '시구레 계곡 여사원 살해 사건'은 일어나지 않았을지도 모른다는 생각에 몹시 후회됩니다."

저주의 의식이 있었던 것만은 사실인 듯하다. 그러나 그 목적이 다른 데 있었다고 증언하는 사람도 있다. S씨와 같은 학년이었던 소꿉친구 다니마치 유코(가명) 씨다.

"저주의 의식을 제안한 사람은 M 짱으로, 제가 싫다는데도 억지로 거들게 했어요. 그 목적은 반 아이들에게 괴롭힘을 당하지 않는 것이었습니다."

여기서 저주 의식의 순서를 정리해 보자.

1. 흰 종이로 15센티미터 크기의 인형을 반 아이들 숫자만큼 만들어 머리 부분에 한 명 한 명의 이름을 쓴다.

2. 종이 인형의 왼쪽 가슴에 하트를 그린 다음 검게 칠한다.

3. 주문을 외면서 검은 하트를 핀으로 찌른다. 핀의 수가 많을수록 효과가 크다.

4. 종이 인형에 핀을 꽂은 채 사람 눈에 띄지 않는 장소에서 불태운다.

"M 쨩과 저는 반 아이들과 담임선생님의 인형을 만들어서 핀을 꽂은 다음 묘진 신사 뒤에서 태웠습니다. 그탓에 불이 났고, 그후로 저는 M 쨩과 만나지 않았습니다. 하지만 '시구레 계곡 여사원 살해 사건'을 뉴스에서 보고 맨 먼저 M 쨩을 떠올렸죠. 미키 노리코 씨를 살해한 방식이 저주 의식 그대로였기 때문입니다."

실제로 의식을 행했던 본인의 말이니 틀림없을 것이다.

"만일 미키 노리코 씨를 살해한 사람이 M 쨩이라면 제가 그랬듯이 누군가 돕지 않았을까요."

다니마치 씨는 공범의 존재를 암시하는 발언을 했다. 과거 사건에서 동기가 서로 얽갈렸듯이 이번 사건에도 애인을 빼앗긴 원한, 상사의 차별 대우로 인한 원한뿐 아니라 숨겨진 진짜 동기가 있을지도 모른다. 그렇다면 왜 이와 같은 비극까지 초래된 것일까.

저주받은 가계와 '백설'의 인연

S 씨의 집안은 전쟁 이전부터 N사와 지구에 뿌리를 내리고 살았다. 이 고장 노인의 말이다.

"M 쨩의 부친은 그 집안의 분가한 셋째 아들인데, 본가에도 사람을 죽이지 않았을까 의심되는 인물이 있어요."

사건은 50년 이상 옛날로 거슬러 올라간다.

"S 집안의 장남에게 시집간 C 씨와 같은 N사와 지구에 사는 사에코 씨(가명), 저, 이렇게 셋은 친하게 지내는 사이였어요. C 씨는 얼굴이 예쁘다고 말하기는 힘들지만 음식 솜씨가 좋아 그 덕에 우리 셋 중 맨 먼저 결혼을 했죠. 그런데 얼마 안 가서 그 남편이 사에코 씨와 바람을 피운다는 사실이 발각됐어요. 사에코 씨는 N사와 지구에서 내로라하는 미인이었거든요."

이 또한 이번 사건을 방불케 하는 내용이다.

"남편과 친구가 바람을 피우는데도 C 씨는 겉으로는 아무 일 없다는 듯 평온하게 지냈어요. 그러다가 남편과 사에코 씨가 헤어졌는데, 그 직후에

사에코 씨가 세상을 떠났어요. 폐렴이 원인이었다고 하는데, 실은 C 씨가 사에코 씨에게 가져다준 음식에 독을 조금씩 넣었던 거예요. 이 사실을 아는 사람은 저뿐입니다. 저는 C 씨가 무서워서 경찰에 알릴 수 없었어요."

노인은 무엇이 무서웠던 것일까.

"사에코 씨의 장례식을 마치고 돌아오는데, C 씨가 웃더군요. 마치 주술이라도 부리는 듯한 으스스한 얼굴로 말이죠."

주술과 저주. 그야말로 저주받은 가계라고밖에는 표현할 길이 없다. 그렇다면 그런 S 씨에 대해 그녀의 부모는 어떻게 느꼈을까.

'N사와의 호랑이 부인'으로 유명한 S 씨 어머니는 빗자루를 휘두르고 욕설까지 퍼부으며 본지 기자를 쫓아내려 했지만, S 씨 아버지의 침착한 중재로 취재에 응하게 되었다.

"부모인 내가 이렇게 말하기는 뭐하지만, 우리 M은 마음씨 착하고 얌전한 아이입니다. 사춘기에도 반항한번 안 했고, 오히려 좀 더 자기주장을 해도 좋을 텐데 하며 답답해했을 정도입니다."

아버지 역시 딸의 성품을 지금까지의 인터뷰에서 사람들이 그랬던 것과 마찬가지로 말했다.

"사건에 대해 저희는 정말 짐작되는 바가 전혀 없습니다. 딸이 어머니가 위독하다고 거짓말을 하고 사라진 것은 사실입니다. 회사에서도 확인하는 전화가 왔고, 경찰에게도 얘기를 들었어요. 그렇다고 해서 딸이 살인을 저질렀다고 할 수는 없는 거죠."

아버지는 필사적으로 딸을 비호했지만, 화재에 대해서 묻자 곧바로 입을 다물었다.

"불이 나긴 했지만 방화를 한 건 아닙니다. 불장난 한 번 안 해 본 사람이 있나요? 화재가 곧 살인으로 이어졌다면 세상 사람 전부가 예비 범죄자겠네요."

그렇게 강경한 태도를 보이던 모친도 S 씨가 저주 의식에 사용했다는 술집 성냥에 대해 묻자 안색이 달라졌다. 술집 이름이 '백설'이었던 것이다.

"살해당한 미키 노리코 씨는 남편이 바람을 피웠던 '백설'의 그 여자와 꼭 닮았어요!"

충격적인 사실이지만 그럼에도 S 씨는 아버지가 바람을 피운 상대와 얼굴이 꼭 닮은 동료와 3년 넘게 아무 일 없이 잘 지낸 것이다. 그러는 사이에 조금씩 원한이 쌓인 것일까, 아니면 갑작스럽게 임계점을 넘어서게 만든 다른 요인이 있었던 것일까.

"비누의 이름 탓이라고 생각합니다."

모친은 단언했다. 현재 폭발적인 인기를 누리는 '백설' 비누가 지금의 이름을 갖게 된 것은 1년쯤 전의 일이며 그 전에는 '날개옷'이라는 이름으로 판매되었다.

"비누 이름이 바뀌는 바람에 M이 술집 '백설'의 여자를 떠올리고 미키 노리코 씨와 닮았다는 생각이 들면서 원망이 더해진 거겠죠. 그런 상태에서 애인을 빼앗기고 상사에게 부당한 대우를 받았다면 아무리 그 아이라도 더는 참을 수 없지 않았겠어요?"

딸의 마음속에 도사린 어둠의 정체를 파악한 아버지는 무릎을 꿇고 눈물로 호소했다.

"죄송합니다. 딸이 살인을 저지른 것은 제 탓입니다. 비난하려거든 저를 비난하세요. 제발, 제발, 불쌍한 우리 딸을 용서해 주십시오."

새빨간 사과마냥 붉은 노을이 N사와 지구를 비추었다.

사랑의 벚꽃도
속속 피어
오르다!!

봄이 오는 것과
동시에
연예계에서도
밀회 장면
속속 발각!

일화 ❤1
'J-Girl' 구로사키 유리의
헌신적인 사랑

매달 20만 부가 발행되는 인기 여성 패션지 『J-Girl』의 톱 모델 구로사키 유리(20)의 밀회 장면이 포착되었다. 상대는 클래식계의 새롭게 떠오르는 귀공자로 유명한 형제 바이

올리니스트 '세리자와 브러더스'의 동생 세리자와 마사야(23). 두 사람의 만남은 1년 전 『J-Girl』의 봄 신작 컬렉션에서 배경 음악 일부를 '세리자와 브러더스'가 연주한 것이 계기가 되었다고 한다. 첫 만남 이후 곧바로 교제가 시작되었지만 두 사람 모두 높은 인기 탓에 만남은 비밀리에 이어졌다. 그러나 지난달 말부터 세리자와 마사야의 아파트에 구로사키가 출입하는 장면이 빈번히 목격되어 두 사람의 소속사에 확인한 결과 교제를 인정하게 된 것이다.

구로사키 측 관계자는 다음과 같이 말했다.

"세리자와 마사야 씨와는 전에도 마사야 씨의 형 유야 씨나 구로사키 씨의 친구들과 함께 식사 등을 한 적이 있습니다. 교제로 발전한 것은 상당히 최근의 일이고요. 콘서트 첫날 부상을 당해 심신에 큰 타격을 입은 마사야 씨를 유리 씨가 수시로 격려해 준 것이 계기가 되었던 것 같습니다. 마사야 씨도 다음 달이면 복귀할 것 같고, 유리 씨도 가을에 개봉되는 영화 '황혼의 소나타'에 출연하기로 결정된 만큼 팬 여러분께서 두 사람을 따뜻한 시선으로 지켜봐 주셨으면 합니다."

구로사키 유리가 맡게 될 역할이 '헌신적인 여자'라고 하는데, 그런 이미지와는 정반대인 그녀가 어떤 연기를 보여 줄지 흥미롭다.

또한 마사야 측 관계자는 "마사야가 앞으로의 방향성에 혼란스러워할 무렵 부상까지 당하게 되어 정신적으로 상당히 지쳐 있었고 심지어 은퇴 의사를 내비치기까지 했는데, 유리 씨의 헌신적인 도움 덕분에 부상에서도 회복되었고 새로운 방향성도 찾아 이제는 작곡 활동에 전념하고 있습니다. 유리 씨는 일본인으로서는 보기 드문 미모임에도 매우 가정적이고 요리에 뛰어납니다. 그런 일면을 알게 되어 식사를 같이 하는 친구에서 진지하게 교제하는 사이로 발전하지 않았을까 싶습니다. 콘서트에 오신 관객과 부딪혀 계단에서 구르는 바람에 입은 부상이라 팬 분들께 걱정을 많이 끼친 저희로서는 오히려 감사드리고 싶은 심정입니다."라고 말한다. 이것이야말로 전화

위복, 아니 부상의 공로라고 할까!?

"유리 씨가 출연하는 영화의 주제 음악도 '세리자와 브러더스'가 맡기로 결정되었습니다. 조만간 전에 없이 정열적인 곡을 들려 드리지 않을까 생각합니다."

구로사키 유리에게 바치는 사랑의 소나타가 벌써 기다려진다.

자료 7

조간 『마이초 신문』에서 발췌

회사 동료 여성에 체포 영장
시구레 계곡 여사원 살해 사건 — 현경

지난달 7일 사체로 발견된 T현 T시의 회사원 미키 노리코 씨(25) 살해 사건과 관련해 T 현경은 31일, 미키 씨의 동료 여성이 사건에 관여했을 가능성이 높다고 보고 체포 영장을 청구했다. T 현경은 혐의가 확인되는 대로 동료 여성을 체포할 방침이다.

현경에 따르면 두 사람이 근무하는 히노데 화장품 사내에서 지난 1월경부터 회사의 인기 상품인 '백설'(화장비누)이 상품 관리 창고에서 빈번히 도난당하고 있다는 사실을 알게 된 회사가 2월 말에 극비리에 창고에 CCTV를 설치한 결과 해당 여사원이 여러 차례에 걸쳐 상품을 무단으로 들고 나가는 모습이 촬영되었다는 것이다. 이 여사원이 상품을 외부에 팔았는지 등에 관해서는 확인되지 않았으나, 여사원을 절도 용의자로 조사하던 중 미키 씨 살해 사건에 관여했을 가능성도 있다고 보고 수사를 진행해 왔다고 한다.

한편 미키 씨가 인기 인터넷 커뮤니티 사이트 만마로에 해당 여사원의 절도 행각을 암시하는 댓글을 단 적이 있는 것으로 밝혀져, 살해 사건과 관련이 있을지 모른다고 보고 조사하고 있다.

(마이초 신문 4월 2일)

인기 상품 착복한
여사원 체포 절도 용의

히노데 화장품에서 동사의 인기 상품인 '백설' (화장비누) 도난 피해 신고를 받은 T 현경 수사 3과와 T 서는 2일 절도 혐의로 동사 여사원 가노 리사코 용의자(23)를 체포했다.

가노 용의자는 회사의 상품 관리 창고에서 올 1월부터 일곱 차례에 걸쳐 스무 개들이 '백설' 상자를 무단으로 반출한 사실을 인정했다. 가노는 "회사가 자신의 능력을 인정해 주지 않아 스트레스가 쌓였다. 처음에는 무방비하게 방치된 것들을 도둑맞고 야단을 떠는 동료들을 보면 스트레스가 해소되었는데, 점차 그 정도로는 만족스럽지 않아 회사의 인기 상품에 손을 대게 되었다. 전매할 목적은 아니었고, 훔친 상품을 집에 두고 보면서 '백설' 을 구하지 못해 안타까워하는 글들을 인터넷상에서 읽으면 만족감이 들었다"고 진술했다.

또한 동 현경 수사 1과는 지난달 7일 사체로 발견된 같은 회사 여사원 미키 노리코 씨(25) 살해 사건과 관련해서도 가노 용의자를 조사할 예정이다.

(마이초 신문 4월 3일)

가노 용의자
사건 당일 밤 수상한 행동
현경은 당초부터 의문사

T현 T시에서 일어난 회사원 미키 노리코 씨(25) 살인 사건과 관련해 지난 6일, 절도 혐의로 체포되었던 가노 리사코 용의자(23)가 미키 씨를 살해했음을 인정하는 진술을 시작했다. 이에 따라 T현경은 진술을 뒷받침할 증거 확보에 나섰다.

미키 씨는 3월 4일 밤, 회사 송별회가 있었던 선술집을 나선 후 행방불명됐고, 사흘 후인 7일 아침에 선술집에서 북동쪽으로 약 16킬로미터 떨어진 시구레 계곡의 숲속에서 사체로 발견되었다. 당시 사체는 칼로 십여 군데를 찔린 후 불태워진 상태였다.

같은 달 5일 새벽에는 역 앞에 버려진 경승용차가 T서 교통과에 견인되었는데 이 차 안에서 미키 씨의 지갑이 발견되어

현경이 차를 조사하던 중 차의 운전석 부근에서 절도 혐의로 체포된 가노 용의자의 지문이 다수 확인되었다. 이에 따라 현경은 가노 용의자의 주변을 조사한 바, 용의자가 사는 아파트 주변 주민으로부터 사건 당일 밤 가노 용의자가 차에 여성을 태우고 어디론가 가는 모습을 목격했다는 증언이 있어 수사가 확대되었다.

그 결과 용의자의 아파트 바닥 밑에서 범행에 사용된 것으로 보이는 부엌칼과 석유통, 혈흔이 묻은 오리털 점퍼 등을 찾아낸 경찰은 가노 용의자를 추궁한 끝에 미키 씨를 살해했다고 인정하는 진술을 받아 냈으나 범행 동기 등에 대해서는 아직 확인되지 않았다.

(마이초 신문 4월 7일)

'밀고당할까 두려웠다'
가노 용의자 충동적인 범행이었나

T 시에서 일어난 여사원 미키 노리코 씨(25) 살해 사건의 용의자인 회사원 가노 리사코(23)가 살인과 사체 유기 혐의를 인정한 데 이어 "시구레 계곡으로 미키 씨를 데려가 부엌칼로 십여 군데를 찌른 후 석유를 뿌리고 태웠다"고 진술한 사실이 9일, 수사 관계자를 취재한 결과 밝혀졌다.

가노 용의자는 3월 4일 늦은 밤, 3차까지 이어진 회사 송별회를 끝내고 귀가하던 중, 아파트 주차장에 방치된 경승용차에서 미키 씨가 자고 있는 것을 발견했다고 말했다.

"미키 씨가 몇 번인가 사내 도난 사건을 신고하겠다고 암시한 적이 있었다. 일자리를 잃을까 봐 두려웠다. 미키 씨가 탄 차가 왜 그곳에 있는지는 알 수 없지만, 신고를 저지할 절호의 기회라고 생각했다."

가노 용의자는 미키 씨를 인적이 드문 장소에서 살해한 후 사체를 불태우기로 결심하고 자신의 아파트 부엌에서 식칼과 사 두었던 석유통을 들고 나와 차에 실은 후 시구레 계곡으로 향했다.

"계곡에 도착했는데도 여전히 깨지 않는 미키 씨를 숲속까지 업고 가 부엌칼로 찌른 후 차에서 석유를 가져와 불을 붙였다. 그런 다음 집에 돌아와 옷을 갈아입고 다시 차를 타고 나가 역 앞에 세워 놓은 후 걸어서 집에 왔다."

현경 수사 1과는 가노 용의자가 취직을 계기로 T 시로 이주한 지 1년밖에 지나지 않았지만, 회사 행사 관계로 시구레 계곡을 방문한 적이 있어 살해 현장 주변을 잘 아는 것으로 보고 있다.

한편 미키 씨를 태운 차가 가노 용의자의 아파트 주차장에 세워져 있었던 점과 관련해 경찰은 차의 소유주이자, 살해당한 미키 씨나 가노 용의자와 같은 회사에 근무하는 여성으로부터 자세한 상황을 조사하고 있다.

(마이초 신문 4월 10일)

"자랑스러운 친구였다."
슬픔에 잠긴 미키 씨의 친구들

"다음 달 결혼식에 오기로 했는데……."

가노 리사코 용의자(23)가 미키 노리코 씨(25)를 살해했다고 인정한 것으로 알려지자 미키 씨의 친구들은 분노에 몸을 떨었다.

고교 시절 친구인 한 여성은 5월에 있을 자신의 결혼식에서 친구를 대표해 축사를 해 줄 것을 부탁했고, 이에 미키 씨는 "너의 멋진 점을 한껏 자랑해 줄게."라고 웃으며 승낙했다고 했다.

그녀는 "미키는 노력을 인정해 주는 사람이었어요. 정의감이 강해 노력하지 않는 사람에게는 엄격한 면도 있었지만, 미키 자신이 언제나 빛나는 사람이 되려고 남달리 노력했기 때문에 저는 그녀를 존경하고 자랑스러워했어요."라며 눈물을 글썽였다.

대학 시절 친구인 또 다른 여성은 졸업 후에도 미키 씨와 함께 콘서트에 가곤 했다고 한다.

"미키는 아름다운 것을 좋아했고, 최근에는 클래식에 흠뻑 빠진 것 같았어요. 한번 파고들면 끝까지 가는 성격이라 먼 곳에서 열리는 콘서트도 빠짐없이 찾아다녔고, 특별한 팬클럽 회원이 되었다며 기뻐하기도 했어요. 멋진 음악을 더 많이 듣고 싶었을 텐데……."

그녀는 분하다는 듯 입술을 깨물었다.

또한 미키 씨와 가노 용의자 두 사람을 모두 아는 같은 회사의 여사원은 "무척 사이좋은 선후배라고 생각했는데, 믿기지 않습니다."라고 하면서도 "가노 용의자는 의혹의 눈길을 벗어나려고 지인인 주간지 기자에게 마치 사내의 다른 여성이 범인인 것처럼 말했다고 하죠. 저 역시 그 여성이 범인으로 확정된 것을 전제로 하는 듯한 취재를 받은 적이 있습니다. 그런데 그런 행동이 오히려 그녀를 의심하게 한 원인이 되다니……." 하며 복잡한 심경을 드러냈다.

(마이초 신문 4월 10일)

『주간 태양』
4월 15일자(4월 8일 발매)에서 발췌

'백설 공주 살인 사건'
마녀의 정체가 밝혀지다!

지난달 7일 T 현의 시골 마을에 있는 시구레 계곡에서 발견된 검게
탄 사체의 정체가 하얀 피부의 미녀였다는 사실로 인해 전국에 백설
공주 선풍을 일으킨 미키 노리코 씨(25). 우리의 백설 공주를 살해한
마녀가 마침내 체포되었다.

본지도 마녀의 표적

마녀의 정체는 가노 리사코 용의자
(23)였다. 그녀는 '이제 당신도 백설
피부'라는 광고로 익숙한 주식회사
히노데 화장품에 지난해 입사한 여사
원이다. 히노데 화장품에서는 신입
사원을 2기 위의 사원이 1년간 맡아
교육하는 '파트너제'를 실시하고 있
는데, 놀랍게도 가노 용의자의 파트
너가 미키 씨였다고 한다. 미키 씨는
가노 용의자에게 일을 하나에서 열까
지 성심껏 가르쳤고, 가노 용의자는
주위 사람들에게 미키 씨를 '선망하

는 선배'라고 말했다고 하는데, 두 사
람 사이에 무슨 일이 있었던 것일까.

일설에 따르면 사내에서 빈발했던
도난 사건의 범인이 가노 용의자였으
며, 그 사실을 눈치챈 미키 씨의 입을
막으려고 살해했다고 하는데, 과연
동기는 그것뿐이었을까. 미키
씨의 미모와
는 무관했던
것일까.

사진에서 가
노 용의자는 '학
생 시절 소프트
볼부에서 캐처를

총력특집
'백설 공주 살인사건'의
열쇠는 마녀의 고향에

물맛이 좋은 고즈넉한 마을에서 미녀 사원 미키
해된 '시구레 계곡 여사원 살해 사건, 사체가 발
7일 새벽, 빼어나게 아름다운 백설 공주를 살해ㅎ
대단한 화제를 모았지만 범인은 아직도 체포되
지의 단독 취재로 한 시골 마을에 봉인된 끔찍
그 모습을 드러냈다.

피해자가 근무했던 회사는 '이제 나 같이
당신도 백설 피부'라는 광고로 익숙
한 곳이다. 그 회사 동료들의 증언에 친선야
따라 용의자로 부상한 피해자의 입사 를 대회
동기 S 씨, 그녀는 사건 후 어머니 히드
가 위독하다고 거짓말을 하고 자취 살해
를 감춘다. 과연 S 씨는 자금 어디서 살해
를 하고 있을 것인가 S 씨의 과거 고 것은
그 관계를 살펴보기 위해 O 현 부사를 했다.

306

맡았다'는 경력이 어울릴 만큼 여장부 같은 시원스런 성격처럼 보이지만 실은 무서운 마성의 소유자였던 것이다. 그리고 본지는 그야말로 마성의 여자에게 이용된 미키 씨에 이은 제2의 희생자라고 할 수 있다.

미키 씨를 살해한 가노 용의자는 수사의 눈길을 다른 곳으로 돌리기 위해, 고교 시절 동급생이었던 주간지 프리랜서 기자에게 연락해 마치 범인이 미키 씨의 동기 여사원인 것처럼 유도하는 발언을 했다는 것이다.

자기 자신을 보호하려고, 지난 1년간 부모처럼 자신을 지도해 준 선배를 살해한 후 주간지를 이용해서 무고한 동료를 함정에 빠뜨렸다. 근래에 이토록 몰염

치한 범죄자가 있었던가. 그야말로 '시대의 마녀'라고 할 만하다.

이 시대의 백설 공주는 왕자의 입맞춤으로 되살아나지 않는다. 그러나 본지 역시 미키 씨처럼 마녀의 사과를 먹은 입장에서 그녀의 원통함을 풀기 위해 마녀의 정체를 철저하게 파헤칠 작정이다.

* 4월 1일자, 4월 8일자의 특집 기사에 일부 오해를 불러일으킬 수 있는 표현이 있었습니다.

그러나 기사를 담당했던 본지 계약 기자는 이번 달 1일부로 계약이 해제되었으므로 본지는 어떤 책임도 지지 않음을 알려 드립니다.

라는 별명은 그녀가 혼전 섹스는 안 된다고 생각하는 요즘 세상에서 보기 드문 천연 기념물 같은 존재라는 뜻에서 유래되었습니다. 하지만 정작 본인은 같은 회사에 근무하는 남성 X씨와 그런 관계에 있었다고 합니다.'

X씨는 지난 호에서 S씨와의 교제를 부인했던, 같은 회사에 근무하는 남성으로 가운데 발가락과 네 번째 발가락 사이를 핥아 주는 등 특수한 성행위를 함께 즐기는 사이였다고 한다. 천연기념물이라고 불리는 S양인 만큼 혼전을 염두에 두었기 때문에 결혼을 했을지도 모른다.

'S양에게는 마음이 흔들릴 때나 있는 S양 스마일로 이르는 게 있는 때, X씨에 대해 이야기할 때면 입가에 그런 미소가 흘렀습니다.'

최고의 S양 스마일로 이웃들로부터 추는 때 원인을 제공한 미키 노리코 씨를 S씨는 어떻게 생각했을까. S양은 살인을 이유로 사람을

일 만큼 과격한 성격이 아닙니다. 그럴 경우 S양 또한 자기 방에 틀어박히는 타입이에요.'

고토 씨는 친구로서 무척 호의적인 해석을 했지만 이것은 S씨의 거친 모습이 아니었을뿐, 아무리 교묘하게 착한 사람을 연기하더라도 살아온 흔적을 지우기는 어렵다. 더 나아가 S씨의 고향 사람 중에는 사건을 예견했던 이도 있었다.

S씨는 고O때 학급의 각종 행사 중에

커뮤니티 사이트 '만마로'의 미도리카와 마스미 페이지 ②

man-malo ☁

『주간 태양』 4월 8일자, 최악······.
2:30 PM Apr. 1st

GREEN_RIVER

전부 헛소리니까 절대 믿지 말길!
2:44 PM Apr. 1st

NORI-MI

TO: NORI-MI '텐 짱 스마일'은 지어낼 수 있는 말이 아니잖아. 뭐야, 정보를 제공하고 있는 거야? 특수한 성행위라느니, 그런 말이 부끄럽지도 않은가? 쯧, 잘했네.
3:05 PM Apr. 1st

GREEN_RIVER

'텐 짱 스마일'은 텐 짱의 성격이 좋다는 걸 전하려고 쓴 말이고, 특수한 성행위라는 말은 절대, 절대, 절대 쓰지 않았어. 제발 믿어 줘!
3:13 PM Apr. 1st

NORI-MI

TO: NORI-MI 믿고 싶기는 하지만······. 그럼 아버지가 무릎 꿇고 사과했다는 것도 거짓말이라고 생각해?
3:20 PM Apr. 1st

GREEN_RIVER

아무리 『주간 태양』이라도 백 퍼센트 거짓말을 쓸 수는 없겠지. 그래도 아버지가 고개를 숙일 만한 짓은 했을지 모르지. 어쩌면 텐 짱, 정말로……
3:27 PM Apr. 1st

NORI-MI

TO: NORI-MI 잠깐. 이상한 점이 있어.
3:30 PM Apr. 1st

GREEN_RIVER

'세리자와 브러더스'의 팬이 추측한 바로는 시로노 씨가 미키 노리코를 살해했다면 그 동기를 '미키 노리코에게 마사야를 빼앗겼기 때문'일 거라고 했는데 『주간 태양』 4월 8일자 25페이지에 마사야와 모델 구로사키 유리의 열애 기사가 실렸어.
3:35 PM Apr. 1st

GREEN_RIVER

이 기사가 사실이라면 미키 노리코가 마사야와 사귀었던 게 아니니까 시로노 씨가 미키 노리코에게 원한을 품을 이유가 없어.
3:40 PM Apr. 1st

GREEN_RIVER

그러네!
3:45 PM Apr. 1st

NORI-MI

팬 카페에서 난리가 나서 백설 공주 살인 사건에 관여할 틈이 없지만, 내 추리를 부정하니 간단히 반론하겠습니다. 마사야와 구로사키 유리의 일은 팬 클럽 간부 회원조차 몰랐지만, 사실은 사실입니다.
4:50 PM Apr. 1st

PIANO_HIME

PIANO_HIME

미키 노리코는 구로사키 유리와 체격이나 분위기가 비슷해서 더미 (dummy. 실험용 인체 모형이나 진열용 마네킹 등을 뜻함—옮긴이)로 이용되었다는 것이 현재 시점에서 팬 클럽의 견해입니다. 그래서 시로노 씨도 저희와 마찬가지로 미키 노리코를 마사야의 연인으로 오해했을 것이라고 생각합니다.

4:55 PM Apr. 1st

PIANO_HIME

살인의 동기로는 충분하지 않겠지만요.

5:00 PM Apr. 1st

GREEN_RIVER

아쉽…….

5:05 PM Apr. 1st

KATSURA

이거 시로노 미키 블로그 아닌가? '백설 여사원의 해피 라이프', 읽어 보면 범인을 알 수 있음! http://sirayukihpl/blog/~

5:18 PM Apr. 1st

GREEN_RIVER

믿기 힘든걸.

5:25 PM Apr. 1st

NORI-MI

텐 짱이 케이크를 먹었어. 차 끓이는 일로 앙심을 품었고…….

5:32 PM Apr. 1st

GREEN_RIVER

TO: NORI-MI 텐 짱의 블로그로 확인된 건 아니잖아.
5:40 PM Apr. 1st

KATSURA

아름다운 우정 놀이로 더는 감싸기 힘들 텐데.
5:45 PM Apr. 1st

GREEN_RIVER

지금 당장 뉴스를 봐요. 미키 노리코를 살해한 용의자가 밝혀졌어요.
가노 리사코. 시로노 미키 씨가 결백하다는 사실이 증명되었습니다!
6:15 PM Apr. 1st

NORI-MI

앗싸!!!!!
6:20 PM Apr. 1st

KATSURA

그럼 가노 리사코 블로그였나? 회사에서 '백설'을 만드니까 '백설 공
주'라고 한 건 알겠지만, 여자는 다들 공주가 되고 싶어 하나?
6:27 PM Apr. 1st

GREEN_RIVER

TO: KATSURA 당신처럼 사건을 그저 재미로 여기는 사람은 피해자
의 심정도, 가해자의 심정도, 사건에 휘말린 사람의 심정도 평생 모를
테죠.
6:40 PM Apr. 1st

믿었던 대로 시로노 미키는 살인자가 아니었습니다. 저는 『주간 태양』에 항의 성명을 보낼 것입니다. 찬동하시는 분은 협력해 주셨으면 합니다.
7:00 PM Apr. 1st

GREEN_RIVER

물론 협력해야지~. 우선 승리 선언부터!
7:05 PM Apr. 1st

NORI-MI

문외한이 주간지와 싸워 봤자 뺀질거리며 요리조리 빠져나갈 테니 시간과 노력이 허사가 될 텐데. 그보다는 거짓 기사를 쓴 기자를 응징하는 게 어때? 이름은 아카호시 유지. 메일 주소는 red-star@***.ne.jp. 휴대 전화 번호는 090-****-****. 소심한 사람이니 살살 다루시길.
8:00 PM Apr. 1st

HARUGOBAN

『주간 예지』에 항의문을 보내서 '남자의 멋, 이 한잔' 코너에서 물러나도록 하면 타격이 클지도. 그런데 말이지, 만마로에서 SACO로 활동하는 사람, 혹시 가노 리사코 아니야?
8:05 PM Apr. 1st

HARUGOBAN

TO:HARUGOBAN 귀중한 정보, 감사합니다.
8:10 PM Apr. 1st

GREEN_RIVER

아무런 잘못도 없이 누명을 쓴 시로노 미키 씨를 위해 다 같이 싸웁시다!
8:15 PM Apr. 1st

GREEN_RIVER

가노 리사코의 블로그
'백설 여사원의 해피 라이프'에서 발췌

백설 여사원의 해피 라이프

저주   5. 13. 00:12

내 옆에는 왜 그 여자가 늘 있는 것일까.
아침부터 밤까지, 내 눈동자에는 거울처럼 그녀의 모습이 줄곧 비친다.
―거울아, 거울아. 세상에서 누가 제일 예쁘지?
사악한 마녀가 그런 저주를 건 게 틀림없다.
하지만 일은 얼굴과 상관이 없다. 일은 내가 그녀보다 몇 배 잘한다.
그러니까 내일도 기운차게 일해야지! ⋯⋯저주를 푸는 주문이다.

댓글(0) 좋아요

공주님   6. 3. 23:48

행복했던 일을 많이 쓰기로 결심하고 시작한 블로그인데, 스트레스를 발산하는 장소가 되어 간다. 이 또한 스트레스다. 인기 상품을 다루고 있으니 일이 바쁜 것은 어쩔 수 없지만.
오늘은 과장 때문에 열 받았다.
중요한 거래처 손님이 오면 꼭 공주님더러 차를 가져오라고 한다.
아저씨들이야 좋다고 하겠지만, 그럴 거면 애초에 차를 끓이는 것부터 공주님에게 시키지! 그렇게 소리 지르고 싶어진다.
아니, 공주님 때문에 화가 나는 건가? 당연하다는 표정을 지으며 그 기분 나쁜 목소리로 "알겠습니다~." 하며 대답하는 꼴이라니.
나는 요즘 마음속으로 그 여자를 '공주님'이라 부른다. 그녀의 만마로 네임이 '백설 공주'라는 사실을 알았기 때문이다.
내 블로그 네임도 '백설'이 들어가지만 공주를 붙일 만큼 뻔뻔하지는 않다.
아무리 미인이라도 스스로 그런 이름을 붙이다니, 바보 아니야? 실제로도 멍청하지만.

그런 주제에 남의 주위나 캐고 다니고.

백설 공주가 되고 싶으면 독이 든 사과를 먹고 죽어 버려!

라고 말할 수 있다면 스트레스가 단숨에 날아갈 텐데.

댓글(0) 좋아요

케이크 도둑   9. 10. 00:04

아침에 출근해 보니 냉장고에 생일 파티 케이크가 남아 있었다.

외근이 길어지는 바람에 포기하고 곧장 퇴근했는데 내 몫을 남겨 놓은 거다. 게다가 딸기 옆에 멜론과 밤까지 얹혀 있었다.

내가 밤을 좋아한다는 걸 누군가 기억하고 있었는지도 모르겠다.

신이 나서 먹는데 복도에서 목소리가 들려왔다.

"○○씨, 어제 생일 파티 케이크, 냉장고에 있어."

나 먹으라고 남겨 놓은 게 아니었어? 엉겁결에 밤을 뱉어 내고 접시를 도로 냉장고에 집어넣었다. 그리고 튐.

악의는 없었다. 나 말고도 생일 파티에 참석하지 못한 사람이 있다는 걸 몰랐을 뿐. 그런데 부서 내에서 소동이 벌어졌다.

범인 찾기가 시작된 것이다.

미안하다는 생각은 있지만, 그깟 케이크 때문에 그 난리를 피우다니.

댓글(0) 좋아요

백설   12. 2. 22:38

우리 회사의 '백설'이 인기 상품이라는 건 알았지만, 인터넷 경매에 나온 걸 보고 깜짝 놀랐다.

한 개에 1만 엔? 제정신이야? 하고 눈을 의심함.

시중에서는 3천 엔. 내가 사면 9백 엔.

세상 여자들이 그 정도로 '백설'을 원하나? 품절이 계속되고 있어 왠지 미안하다. 내 탓도 아닌데 말이다.

'백설'이 매우 우수한 상품인 건 사실이다. 피부가 매끌매끌, 겨울철에도 건조해지지 않는다. 올겨울은 유난히 춥다는데. 지인들에게 자신 있게 권할 수 있다.

하지만 이 말은 용서할 수 없다.

"너, 백설, 제대로 사용하는 거야?"

공주님이 내게 한 말이다.

―거울아, 거울아. 이 세상에서 누가 제일 예쁘지?

네, 그건 백설 공주죠.

나, 바보인가?

내일은 창고 담당이다. 일찍 자서 체력을 보충하자.

댓글(0) 좋아요

범인 2. 24. 01:55

"범인을 알았어."

공주님이 오늘 내게 말했다.

"무슨 말이에요?" 하고 물으니 "넌 몰라도 돼." 하고는 어딘가로 가 버렸다. 휴우, 가슴을 쓸어내리며, 슬슬 손을 뗄 때가 됐나 생각했다. 그랬는데…….

'범인을 알아냈다.'

공주님이 조금 전에 이런 글을 만마로에 올렸다. 거기까지는 회사에서 말했던 내용과 똑같지만 만마로에는 이어지는 글이 있었다.

'이걸 어느 타이밍에 터뜨리면 좋을까. 지금 당장은 터뜨려도 내게 아무런 이득이 없다. 고리타분한 이 회사는 아직도 학력 사회. 국공립대 출신인 그녀가 나보다 빨리 승진하겠지. 일도 잘 못하면서. 그녀의 지시를 받아야 한다니, 절대 그럴 수는 없다.'

세상에, 공주님이 이런 생각을 품었다니. 정말 지는 걸 죽기보다 싫어하는 사람이다. 그래서 그렇게 회사에서 내 험담을 하고 다녔나 싶어 조금은 우월감마저 느껴진다.

하지만 이렇게 한가한 글이나 올리고 있을 때가 아니다.

'그러니까 그때가 오면 터뜨려야지, 그녀가 도둑이라고.'

반드시 저지해야 한다. 그러나 어떻게?

댓글(0) 좋아요

백설 공주 3. 7. 00:19

백설 공주는 이제 없다.
새빨간 피는 사과 색. 새빨간 불길도 사과 색. 숲속 가득 사과가 굴러다닌다.
사과를 보고 깨달았다. 내가 그녀를 이토록 증오했다는 사실을.
나 자신에게 묻는다.
너는 자신을 지키고 싶었어. 그렇다면 사과 한 개로 충분하지 않았을까?
하지만 그건 어쩔 수 없다. 나는 겁쟁이니까.
거울아, 거울아. 나는 이제 어쩌면 좋지?
대답은 간단하다. 주문을 외기만 하면 된다.
그것이 진실이 될 때까지 계속, 계속⋯⋯.

나는 백설 공주를 무척 좋아했다. 나는 백설 공주를 존경했다. 나는 백설 공주를 동경했다. 나는 백설 공주를 잃어 가슴이 갈기갈기 찢어지는 것처럼 슬프다. 나는 내게서 백설 공주를 빼앗아 간 인간을 절대 용서치 않을 것이다.

마음의 준비는 끝났다. 이제 왕자님에게 전화를 걸자.
이 백설 공주를 구해 달라고.

댓글(0) 좋아요